筆記小說選讀

丁肇琴 編著

三民書局

國家圖書館出版品預行編目資料

筆記小說選讀／丁肇琴編著.－－初版一刷.－－
臺北市：三民，2008
面； 公分.－－(文苑叢書)

ISBN 978-957-14-4828-2 (平裝)

857.1 97013297

© 筆記小說選讀

編著者	丁肇琴
企劃編輯	王愛華
責任編輯	王愛華
美術設計	郭雅萍
發行人	劉振強
著作財產權人	三民書局股份有限公司
發行所	三民書局股份有限公司
	地址 臺北市復興北路386號
	電話 (02)25006600
	郵撥帳號 0009998-5
門市部	(復北店) 臺北市復興北路386號
	(重南店) 臺北市重慶南路一段61號
出版日期	初版一刷 2008年8月
編號	S 821050

行政院新聞局登記證局版臺業字第〇二〇〇號

ISBN 978-957-14-4828-2 (平裝)

http://www.sanmin.com.tw 三民網路書店

自序——筆記小說請君讀

這本筆記小說選讀是古典小說選讀的姐妹作。姐姐古典小說選讀在二〇〇五年就出生了，妹妹筆記小說選讀原本預定二〇〇七年完成，卻拖到今年（二〇〇八年）才和大家見面，這是編者我首先要請大家原諒的。

當三民書局編輯找我洽談編這本書的時候，我第一個反應是：「這樣的書會有人買嗎？」編輯同仁卻立刻回答：「怎麼會沒有？」讓我吃下了定心丸，因為我很怕辜負了三民書局的好意，編出一本銷路欠佳的書來。又想到個人能力有限，最初我也嘗試尋求合編的老師，碰了兩次軟釘子之後，只好獨力承攬下來。

本以為不過是多讀一些筆記小說，再挑選佳篇也就是了，沒想到光是挑書選篇就費去了將近一年的工夫。我記得很清楚，前年五月，張慧蘭才剛考上世新中文所（她同時還考上兩所別的學校），跑來找我，就被我訂下了功課：每天讀筆記小說，每星期和我見面討論，隨時用伊媚兒聯繫。我們師生常常在研究室裡商量許久，餓了就一道去吃義大利麵，飽足了再卯上勁繼續……

我們先從商務印書館的歷代小說筆記選（漢魏六朝至清，共十二冊）去挑，有些直接找原書選，並參考臺北新興書局早年所影印出版的筆記小說大觀（感謝世新中文系，把這一大套書全放在我的研究室），原則是篇幅短小卻有小說味道的，笑話也不排除。淘汰再淘汰的結果，終於選定了九十篇，比原定六十篇足足多了一半。

接下去的工作，編輯們非常負責，但到了我手上，我總是查證再查證，斟酌再斟酌，改來改去。經常為了一個字，一句話，得翻查好多書，才能做下決定，其中的辛苦實在不足為外人道也。慧蘭幫我找資料，倒也屢有心得。譬如金朝元好問續夷堅志的「蕭卞異政」條，她查出原來蕭卞是金人，姓石抹，蕭是他的漢姓，因而解決了壽州地名的問題。又如「營妓比海棠絕句」條，本來列在明王世貞的調謔篇中；也是慧蘭細心，發現早在北宋人何薳的春渚紀聞卷六東坡事實就收了這則故事，所以王世貞就被除名了。

還要一提的是，因為編纂此書，使我終於如願做了王國良教授的學生，聽了一學期的「古典小說研究專題」，一次也沒缺席。王教授是我碩論和博論的口試委員，我卻沒正式上過王教授的課。如今一學期下來，真是受益匪淺。有時王教授無意間迸出的一句話，卻立即解決了我的疑難，像「白水素女應該在搜神記啊，太平廣記就是這樣注的。」

現在這本書終於要和大家見面了，感謝三民書局再度給我這個機會，也感謝諸位編輯的包容，讓我一拖再拖。還要感謝好學生慧蘭陪著為師的我一路走來，為這本書盡心盡力，不離不棄。感謝引領我愛上小說的葉慶炳教授、王夢鷗教授，以及熱心指導我的王國良教授。

編輯的催稿信中說：「好多人打電話來問老師這本書什麼時候出呢？」真的嗎？謝謝您的熱情催促，如果您看了有不滿意的地方，請千萬不要客氣，一定要告訴我們喲！

丁肇琴謹誌

筆記小說選讀

目次

唐朝五代

筆記小說概述

一、「小說」名義的演變

小說一詞，最早見於莊子外物篇：「飾小說以干縣（音ㄒㄩㄢˊ，高也）令，其於大達亦遠矣。」但這裡所謂的小說並非我們今日所讀的文學作品小說，而是與「大達」相對的小道術、小技藝或淺陋的知識，大概和荀子正名篇的「小家珍說」意思差不多。到了漢朝，小說才被用來指稱書面的文字。張衡西京賦曰：「匪唯翫好，乃有祕書，小說九百，本自虞初。」班固漢書藝文志諸子略小說家著錄有「虞初周說九百四十三篇」，和張衡的說法吻合，指的是九流十家中小說家的著作。

十家包括儒家、道家、陰陽家、法家、名家、墨家、縱橫家、雜家、農家和小說家，小說家敬陪末座。班固說：「小說家者流，蓋出於稗官，街談巷語，道聽塗說者之所造也。孔子（今本論語子張篇作『子夏』）曰：『雖小道，必有可觀者焉，致遠恐泥，是以君子弗為也。』然亦弗滅也。閭里小知者之所及，亦使綴而不忘；如或一言可采，此亦芻蕘、狂夫之議也。」又說：「諸子十家，其可觀者九家而已。」明顯地把小說家排斥在外，輕視小說家的地位。由於時代久遠，這些小說都失傳了，從今天殘存的一些資料看來，漢朝人心目中的小說只是野史軼事和方術異物的短篇紀錄而已。

但這類作品到了魏晉南北朝有逐漸增多的趨勢，還有直接把「小說」當作書名的，一部是南朝宋劉義慶的小說，另一部是南朝梁殷芸的小說，不過這兩部小說也都失傳了。這時期其他的小說作品也還是延續漢朝小說的內容和形式，篇幅短小，簡略地記錄一些人、事、物，頗有說故事的味道，有人稱它們為「筆記小說」。

這種文言筆記小說被認為是中國古代小說的雛形，之後逐漸擴充發展為成熟的唐代傳奇小說。到了宋代，傳奇小說漸衰，使用白話的話本小說興盛，短篇比較出色，但也有長篇作品。至於明、清兩代，雖說是長篇章回的天下，但短篇文言也有復興的態勢，小說題材也涵蓋歷史、社會、愛情、宗教、鬼怪等各方面。總之，唐代以後許多小說都相當接近現代西方的觀念，所謂「用散文寫的虛構故事」。明代文人重視小說的社會教育功能，小說的地位逐漸提高，可以和詩、詞、曲、古文等並列為中國文學中的瑰寶。

二、何謂「筆記小說」

現在再回頭來談筆記小說。雖然從唐代開始，各個時代都有它小說的主流，如唐傳奇、宋元話本和明清章回小說等。但筆記小說卻始終沒在小說史上消失，不少文人樂於創作或抄錄這類作品，歷朝歷代也都留下了許多筆記小說集，為什麼這麼多人喜歡寫作筆記小說呢？

原因可能得從兩方面去看：一是這種筆記小說已經成了文言小說的傳統，歷代文人很自然地去延續這個傳統，寫作或編纂一些自己或他人的所見所聞；其次是筆記小說本身的因素，它的體製輕薄短小，容易下筆。三五十字可以，數百幾千字也行，寫得好壞是另一回事。不少作者因遊宦四方，體驗過各地不同的風土民情，便把奇聞異事記錄下來，可以自娛娛人，甚或還能流傳後世，何樂而不為？

「筆記」一詞，原本只是「以筆記之」的意思，後來才把「記下來的文字」叫做筆記。如丘巨源寫給袁粲的信裡說：「議者必云筆記賤伎，非殺活所待；開勸小說，非否判所寄。」（見南齊書卷五十二丘巨源傳）道出丘巨源對自己在戰亂時從事「筆記」工作，不如戰場上武將受重視的無奈。這裡的「筆記」是指為長官撰寫文稿書信等，類似現在文書官或祕書的工作；句中的「小說」和「賤伎」互文，都是小技藝的意思，所以和「筆記小說」是兩回事。

簡單地說，「筆記」的內容可以無所不包，大到為朝廷撰寫的各類公文，小到私人的日記祕笈。但「筆記小說」就不一樣了，應該是指「符合筆記性質的小說」，如同上節所述：它的篇幅通常比較短小，所述的人、事、物也不能太複雜，但又要有相當的趣味或意義，能達到「小小說」（今稱「極短篇」）的基本需求。從這樣的觀點來看，許多過去被稱為「筆記小說」的作品，事實上仍是「漢書藝文志小說家」式的雜記，文學性不夠，也不符合今日小說的基本條件，這是大家要先分清楚的。

三、筆記小說的發展簡述

筆記小說在中國文學史上源遠流長，羅宗陽先生說是「淵源於先秦，開始於魏晉」（歷代筆記小說選前言），但真正成為時代作品的表徵應該是在魏晉南北朝，這個時期的筆記小說多為數百字的短篇，內容以志怪（記鬼神怪異之事）為大宗，其次為志人（記名人軼事雋語）和笑話，代表作如列異傳、搜神記、幽明錄、西京雜記、世說新語、笑林等。

唐代傳奇小說「青出於藍而勝於藍」，脫離筆記小說的藩籬而大放異彩，就不能再以筆記小說視之了；但筆記小說在唐及五代並未消失，而且還繼續壯大，只是品類駁雜，內容也良莠不齊，代表作如大唐新語、酉陽雜俎、雲溪友議等。

宋代史學發達，文人熱中蒐羅史料，因此描寫軼事和掌故的作品較多，像歸田錄、夢溪筆談、夷堅志等都是相當著名的筆記小說集。

金代和元代戰亂頻仍，文學成就主要是在戲曲方面，但也有文人從事筆記小說的撰寫，如續夷堅志、輟耕錄就是其中的佼佼者。

明代的文言小說數量很多，大部分都是筆記體。受到當時通俗文學發達的影響，筆記小說多轉為描寫市井平民的生活，情節也較為曲折。但明人輯錄和傳抄的風氣很盛，大同小異的故事往往會出現在不同的筆記小說集當中，這時就要注意誰才是原創者了。蘇談、琅琊漫鈔、復齋日記等都是著名的筆記小說集。

清代，是筆記小說的再興盛時期，志怪、志人與笑話集兼而有之。聊齋誌異最負盛名，筆調是唐傳奇式的，題材又和六朝志怪相同。紀昀的閱微草堂筆記、袁枚的子不語是正宗的筆記小說集。今世說模仿世說新語，諧鐸中有不少笑話。

四、閱讀筆記小說的建議

筆記小說的作品太多，以臺北新興書局早年所影印出版的筆記小說大觀來說，要從頭到尾全部讀完讀通，窮一生之力還未必能夠如願。如何才能有效地閱讀？從選本入手是一個不錯的方式。目前市面上僅有少數選本，是以朝代分冊的筆記選或筆記小說選。這些選本有的附有註解，有的只有原文，對初學或自修的人來說，註解詳細的版本比較方便，可以加快閱讀的理解力和速度。如果讀出興趣，就可以再進一步尋找自己喜愛的專集詳讀。

其實精采的筆記小說和現代極短篇很類似，只是文言與白話的區別而已。掌握小說這種文體的基本認識，像情節安排、人物刻劃、主題呈現和時空背景等，對研讀筆記小說很有助益。建議閱讀時不妨先釐清人物個性和事件的發展，留心其中是否蘊含某種寓意；筆記小說因為篇幅短小，往往會有出人意表的結尾，使讀者驚嘆不已或發出會心的微笑。至於故事是發生在何朝何代、哪些地方，也不妨稍加注意。新聞學裡強調的5W (who, when, where, what, why) 原則，在閱讀筆記小說時也非常實用。

筆記小說是用文言文寫成的，故事性濃厚，很適合自修，讀多了自然可以提高文言文的程度，或作為創作現代小說的基礎。如果能在老師的指導下閱讀，進步應當更加迅速。採取讀書會的方式也很好，可以神遊在古人的天地裡；也可以找題材或技巧相似的現代極短篇比較討論，大家共同分享心得。「獨樂樂不如眾樂樂」，如果您讀出了什麼滋味，請不要害羞，勇敢地告訴您的老師和同學吧。

六朝

吳、東晉、宋、齊、梁、陳相繼建都建康（今南京），稱為六朝。這裡借用作為魏晉南北朝的省稱，從魏文帝黃初元年（西元二二〇年）到隋文帝開皇九年（西元五八九年）滅陳統一全國為止。

六朝筆記小說從內容上大致可分為兩類：志怪與志人。志怪小說是寫鬼神怪異的事情，志人小說則是名人軼事雋語的紀錄。另外笑話集的出現，可視為志人小說的支流。

這兩種不同類型的小說是從什麼樣的環境中孕育出來的？

一、**動亂的時代**：從東漢末年起，中國就處於長期戰亂，黃巾之亂，三國鼎立，西晉統一後不久又有八王之亂，接著五胡十六國出現，東晉偏安，再往後是南北朝的長期對立，社會動盪不安，老百姓的痛苦可想而知。志怪小說正是在這種情形下的產物，人們藉著鬼神故事抒發內心的苦悶，寄託自己的願望。

二、**宗教信仰的瀰漫**：西漢前期黃老思想盛行，到了東漢與神仙方術結合形成道教，在魏晉南北朝持續發展；佛教則是於東漢明帝時由印度傳入，流傳日漸廣泛。這兩種宗教信仰的勢力在六朝發展得很快，不論是王公貴族或平民百姓都喜歡談佛論道，對怪力亂神之說也深信不疑，因而社會上普遍流行鬼神靈驗、輪迴報應等觀念。佛教徒和道教徒固然到處宣揚他們的教義，就連文人也有以「發明神道之不誣」為己任，努力創作的。這麼一來，志怪小說當然就大量湧現了。

三、**清談的盛行**：六朝文人名士喜歡清談，所謂清談又可分為兩種內容，一是品評人物，也就是批評人品的高低；一是談論玄學，主要是辯論老子、莊子、周易中的義理。這種清談是知識分子為了逃避現實政治而產生的活動，卻也談出許多有趣的人物故事，被寫成了志人小說。

六朝筆記小說有哪些重要的作家和作品呢？

志怪小說比較著名的有魏文帝曹丕的列異傳、晉張華的博物志、晉葛洪的西京雜記、晉干寶的搜神記、南朝宋劉義慶的幽明錄、南朝梁吳均的續齊諧記等，限於篇幅，本書選錄了蔣濟亡兒等十六篇。

志人小說最有名的就是家喻戶曉的世說新語，由南朝宋劉義慶所編撰。書中記錄了漢末到東晉名人高士的遺聞軼事，文字雋永，耐人尋味，是研究六朝士人思想言行最可靠的材料，本書選了祖約阮孚等四則。至於笑話方面，本書從笑林和啟顏錄中選了五則。

六朝志怪小說繼承了古代的神話傳說，並且具備簡單的情節發展和人物刻劃，通常被認為是中國小說的雛形，但大多數作品還是採用交代故事的方式，以離奇取勝，藝術技巧不夠精緻。不過這些情形到唐傳奇出現後都獲得改善，不少唐傳奇其實就是把六朝志怪改寫成功的作品，如枕中記和南柯太守傳取材自搜神記的「楊林」故事，離魂記是幽明錄裡龐阿的變化。所以六朝志怪為唐傳奇做了鋪路的工作，沒有六朝志怪，就不可能有唐傳奇。

志人小說對小說的發展有很大的貢獻，特別是在人物的刻劃和語彙的豐富方面。笑話書則開啟了後代所謂的笑話文學，影響深遠，如宋朝和明朝就有大量的笑話專集出現。

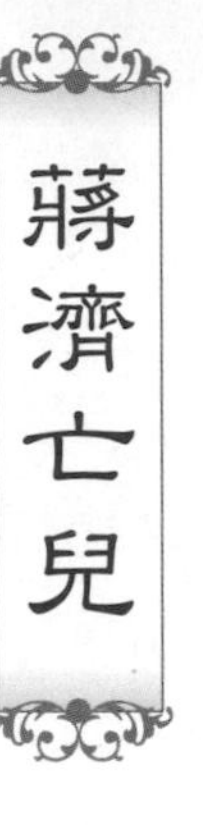

蔣濟亡兒

題解

本文選自列異傳。敘述蔣濟之子死後，不滿在陰間受苦而託夢其母，請父親為他向將就任泰山令的孫阿關說。不久孫阿過世，蔣濟亡兒的要求果然應驗。

作者魏文帝曹丕（西元一八七－二二六年），字子桓，自幼喜好文學，與父曹操、弟曹植合稱「三曹」，生平事跡可參見三國志魏志文帝紀。列異傳原書已佚，魯迅輯得五十條，收錄於古小說鉤沉中。

蔣濟❶字子通，楚國平阿❷人也。仕魏，為領軍將軍❸。其婦夢見亡兒，涕泣曰：「死生異路。我生時為卿相子孫，今在地下為泰山伍伯❹，憔悴困苦，不可復言。今太廟❺西謳士❻孫阿，見召❼為泰山令，願母為白侯❽，屬阿，令轉我得樂處。」言訖，母忽然驚寤。明日以白濟。濟曰：「夢為虛耳，不足怪也。」日暮，復夢曰：「我來迎新君，止在廟下。未發之頃，暫得來歸。新君明日日中當發，臨發多事，不復得歸，永辭於此。侯氣彊，難感悟，故自訴於母。願重啟侯，何惜不一試驗之？」

遂道阿之形狀，言甚備悉。天明，母重啟濟：「雖云夢不足怪，此何太適適❾。亦何惜不一試之？」濟乃遣人詣太廟下，推問孫阿，果得之，形狀證驗，悉如兒言。濟涕泣曰：「幾負吾兒。」於是乃見孫阿，具語其事。阿不懼當死，而喜得為泰山令，惟恐濟言不信也，曰：「若如節下❿言，阿之願也。不知賢子欲得何職？」濟曰：「隨地下樂者與之。」阿曰：「輒當奉教。」乃厚賞之。言訖，遣還。

濟欲速知其驗，從領軍門⓫至廟下，十步安一人，以傳消息。辰時⓬傳阿心痛，巳時⓭傳阿劇，日中傳阿亡。濟曰：「雖哀吾兒之不幸，且喜亡者有知。」後月餘，兒復來，語母曰：「已得轉為錄事⓮矣。」

---

❶蔣濟　三國魏人，後官至太尉。

❷平阿　古地名。故城在今安徽省懷遠縣西南。

❸領軍將軍　古官名。統領京城的禁衛軍。

❹泰山伍伯　泰山即泰山府君。主管世人生命魂魄，同下文「泰山令」。伍伯，門卒差役，掌開路、行杖諸事。此為鬼職。

❺太廟　天子諸侯的祖廟。

❻謳士　在太廟唱贊之人。

❼見召　被召。

❽侯　即蔣濟。魏明帝時，爵關內侯。齊王曹芳即位，進爵昌陵亭侯。

❾適適　同「的的」。音ㄉㄧˊ ㄉㄧˊ。分明；確實。

❿節下　猶言「麾下」。對將帥的敬稱。

⓫領軍門　領軍將軍府門口。

⓬辰時　上午七至九時。

⓭巳時　上午九至十一時。

⓮錄事　掌管文書的屬官。此亦鬼職。

翻譯

蔣濟字子通，是楚國平阿縣人。他在魏國做官，任領軍將軍。他的妻子夢見死去的兒子哭著對她說：「死和生是兩個不同的世界。我活著的時候是卿相的子孫，如今在陰間卻成了泰山府的差役，憔悴勞累，苦不堪言。現在太廟西邊的歌手孫阿，被召為泰山令，希望母親替我稟告父親，囑咐孫阿，讓他把我調到工作輕鬆的地方。」說完，他母親忽然驚醒過來。第二天，便把這事告訴蔣濟。蔣濟說：「夢是虛幻的，不值得奇怪。」到了晚上，蔣濟的妻子又夢見兒子說：「我來迎接新府君，在太廟下停留。現在趁還沒出發的時候，暫時可以回來一下。新府君明天中午要出發，臨出發時事情多，我不能再回來了，在此與母親永別。父親性格固執，很難使他覺悟，所以我獨自向母親訴說。希望再次稟告父親，為什麼要吝惜一次試驗的機會呢？」於是描述了孫阿的模樣，說得十分詳細。天亮以後，他母親再次告訴蔣濟說：「雖然說夢是不值得奇怪的，但這個夢為什麼那樣清晰明確！又何必吝惜一次試驗的機會呢？」

蔣濟便派人到太廟裡去尋找孫阿，果然找到這個人，模樣特徵完全像他兒子所講的那樣。蔣濟流著眼淚說：「差一點就要辜負我的兒子了。」於是，蔣濟便召見孫阿，詳細地告訴他這件事。孫阿並不害怕自己即將死亡，反而很高興自己能做泰山令，只怕蔣濟的話不可靠。他說：「如果真像將軍所說的那樣，那正是我的願望。不知道令郎想得到什麼職務？」蔣濟說：「隨你把陰間比較舒服的職務給他吧。」孫阿說：「我馬上會遵照您的指教。」於是蔣濟賞賜孫阿豐厚的禮物。話講完後，就讓他回去了。

蔣濟想儘快知道這件事能否證實，便從領軍將軍府門口一直到太廟，每十步距離設置一個人，以傳遞消息。果然在上午辰時傳來消息說孫阿心口痛，在巳時傳來說孫阿心痛得厲害，到了正午便傳說孫阿死了。蔣濟說：「雖然難過我兒了的不幸，但也為他死後仍有知覺而感到高興。」過了一個多月，蔣濟的兒子又回來，在夢中告訴母親說：

「我已經調任為錄事了。」

賞析

這是一個運用夢來傳達鬼世界存在的故事。全篇可分為三段：第一段是蔣濟亡兒兩次向母親託夢，要求父親去找孫阿。第二段是蔣濟找到孫阿，洽談替亡兒更換工作的事。第三段則證實了孫阿果然在日中死亡，而亡兒也如願調職。

這篇除了「託夢」的運用相當成功外，對話也很簡潔或允當。如第一次託夢時，亡兒要求母親告訴父親囑咐孫阿替他換工作，蔣濟聽了一口拒絕，只說了八個字：「夢為虛耳，不足怪也。」亡兒第二次託夢給母親，講得比較詳細，什麼時間將做什麼事，甚至連孫阿的長相都說得一清二楚。這就顯得很有說服力，也才使得蔣濟願意派人去找孫阿。

末段描寫蔣濟為了證實那天孫阿確實會死亡，每十步安排一人，以便傳遞消息。「辰時傳阿心痛，巳時傳阿劇，日中傳阿亡」，短短三個時辰的變化，不僅蔣濟有著期待，讀者也跟著緊張起來。

文中蔣濟從「氣彊，難感悟」到「喜亡者有知」，對鬼的態度有了一百八十度的轉變。而孫阿卻是：「不懼當死，而喜得為泰山令，惟恐濟言不信也。」對照兩人對鬼世界的看法，也饒有趣味。

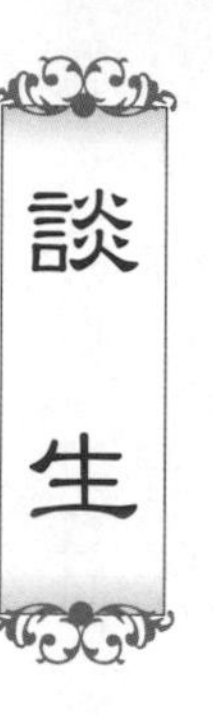

談生

題解

本文選自列異傳。敘述四十歲尚未結婚的談生，半夜讀書時，竟有美女前來願意下嫁。可惜談生不能遵守與妻子的約定，使妻子復活不成而黯然離去。後來睢陽王得知談生的經歷，便將談生視作女婿。

談生可說是後代人鬼戀故事的開端，對後世的小說戲曲影響甚大。如明湯顯祖曾在牡丹亭的題詞上寫道：「至於杜守收考柳生，亦如漢睢陽王收考談生也。」即為一例。

漢談生者，年四十，無婦，常感激❶讀詩經。夜半，有女子年可十五、六，姿顏服飾，天下無雙，來就生，為夫婦。乃言曰：「我與人不同，勿以火照我也。三年之後，方可照耳。」與為夫婦，生一兒，已二歲❷。不能忍，夜伺其寢後，盜❸照視之。其腰已❹上，生肉如人，腰已下，但有枯骨。婦覺，遂言曰：「君負我。我垂❺生矣，何不能忍一歲而竟相照也？」生辭謝。涕泣不可復止，云：「與君雖大義❻永離，然顧念我兒。若貧不能自偕活者，暫隨我去，方遺君物。」生隨之去，入華堂室宇，器物不凡，以一珠袍與之，曰：「可以自給。」裂取生衣裾❼，留之而去。

後生持袍詣市，睢陽王❽家買之，得錢千萬。王識之，曰：「是我女袍，那得在市？此必發冢。」乃取拷之。生具以實對，王猶不信，乃視女冢，冢完如故。發視之，棺蓋下果得衣裾。呼其兒視，正類王女，王乃信之。即召談生，復賜遺之，以為女婿。表❾其兒為郎中❿。

❶感激　心有所感動而激發。

❷二歲　古人出生即為一歲，故二歲實滿一足歲而已。

❸盜　私下；暗中。

❹已　通「以」。

❺垂　接近；將要。

❻大義　五倫關係都被看成大義，這裡指夫妻關係。

❼裾　音ㄐㄩ。衣襬。衣服前後下垂的部分。

❽睢陽王　漢代所封宗室諸侯王。睢陽為封國，即梁國，治所在今河南省商丘縣南。

❾表　啟奏；上奏章給皇帝。

❿郎中　官名。秦漢時為近侍之官，無專職。

翻譯

漢代有個談生，年已四十，卻還沒有妻子，常常因為心中有所感慨而誦讀詩經。有一天半夜，有個大約十五、六歲的女子，容貌和服裝打扮美極了，天下沒有第二個，她來親近談生，和他做夫妻。女子對他說：「我跟一般人不一樣，請不要用燈火照我。三年以後，才可以照我。」她和談生成了夫妻，生下一個兒子，已經兩歲了。談生忍不住好奇心，晚上等妻子睡著了，就偷偷用燭火去照她。見她腰部以上，長著肉像人一樣；腰部以下，卻只有枯骨。妻子醒過來，便說：「你辜負了我！我快要復活了，你為什麼不能再忍耐一年，竟然現在就用火來照我呢？」談生連忙賠禮道歉。他妻子痛哭流涕而無法停止，對談生說：「雖然和你永遠斷絕了夫妻關係，但我還是掛念我的兒子。像你這樣窮得不能把孩子一起養活，就暫且跟我走一趟，我將送你一點東西。」談生跟隨她去，進入一幢華麗的房屋，屋裡的器物都跟一般人家不同。妻子拿出一件綴有珍珠的袍子給談生，說：「可以拿這個去解決自己的生活問題。」她又撕下談生的一片衣襬，然後帶著這塊衣襬離開了。

後來談生拿著這件珠袍到市集上販售，被睢陽王家的人買走了，得錢一千萬。睢陽王認得這件珠袍，說：「這是我女兒的珠袍，為什麼會在市場上出現呢？這必定是盜墓得來的。」於是逮捕談生加以拷問。談生一一據實回答，睢陽王還是不相信，便去看女兒的墳墓，墳墓完好如初。挖開來看，棺材蓋子下，果然找到談生的衣襬。又叫談生的兒子來看，模樣正像睢陽王的女兒，睢陽王這才相信了。王爺立即召見談生，又賜給他財物，把他當作女婿看待，並上表奏請朝廷封談生的兒子為郎中。

賞析

談生是著名的鬼妻故事，可分為前後兩部分：前一部分是講談生四十歲才得少女為妻，但談生破壞「勿以火照我」的約定，少女只得黯然離開。第二部分是談生到市場上賣少女所贈的珠袍，被睢陽王懷疑是盜墓之人。後來在棺材中找到談生的衣裾，又見談生之子很像王女，睢陽王才承認這個女婿。

這則故事一開始提到，談生因為四十歲還沒娶妻，便常常讀詩經。詩經國風中有許多男女戀愛的描寫，談生此舉正是「借他人酒杯，澆自己塊壘」。讀著讀著，竟出現了美麗的少女願意做他的妻子，談生真是豔福不淺哩！

這少女來得突兀，開出的條件也很怪：「我與人不同，勿以火照我也。三年之後，方可照耳。」「與人不同」

是不是暗示自己是鬼呢？為什麼前三年不能用火照她，三年後就可以？這些正是所謂的「懸疑」，故弄玄虛，吸引讀者繼續往下看。

兒子都兩歲（虛歲）了，談生終於忍不住偷偷地用火照妻子，因而發現她「腰已上，生肉如人，腰已下，但有枯骨」，文中並沒有提及談生當下的反應，這裡大家可以自由想像，談生是害怕？還是悔恨交加？

鬼妻送珠袍給談生，同時撕下談生的衣襬，表現了她對丈夫和兒子的不捨，但就情節而言，這兩樣東西卻成了後來談生洗刷冤屈的重要物證。鬼妻既美麗又有未卜先知的能力，給人浪漫的遐想。

韓憑妻

題解

本文選自搜神記，敘述戰國時期宋康王因覬覦韓憑妻何氏的美色，強奪何氏為己有。後來韓憑自殺，何氏也殉情身亡，遺願希望與韓憑合葬。康王大怒，下令將他們分葬兩地，不料二墳竟各自生出大樹，合抱在一起，被稱為「相思樹」；又飛來一對鴛鴦棲息，被認為是韓憑夫婦的精魂。這則故事在後世多有改作，如敦煌變文韓朋賦；後又演變出何氏投韓憑墓與化蝶等情節，是「梁山伯與祝英台」的先聲。據元朝鍾嗣成錄鬼簿記載，當時有庾吉甫作列女青綾台雜劇，便是取材自本故事，惜今已不傳。

作者干寶（生卒年不詳，約在西元二五八—三三六年之間），字令升，晉新蔡（今河南省新蔡縣）人。西晉末年曾被召為佐著作郎，東晉初被表為史官，著晉紀二十三卷，記宣帝司馬懿至愍帝司馬鄴事，被稱為「良史」。他自幼勤學，博覽書記，好陰陽數術，並與葛洪為友。所著搜神記搜錄大量漢晉以來鬼神靈異故事及民間傳說，是魏晉六朝最著名的志怪小說集。

宋康王❶舍人韓憑❷，娶妻何氏，美，康王奪之。憑怨，王囚之，論為城旦❸。妻密遺憑書，繆其辭❹曰：「其雨淫淫❺，河大水深，日出當心❻。」既而王得其書，以示左右，左右莫解其意。臣蘇賀對曰：「其雨淫淫，言愁且思也。河大水深，不得往來也。日出當心，心有死志也。」俄而憑乃自殺。其妻乃陰腐其衣。王與之登臺，妻遂自投臺下。左右攬之，衣不中手❼而死。遺書於帶曰：「王利其生，妾利其死。願以屍骨，賜憑合葬。」

王怒，弗聽。使里人埋之，冢相望也。王曰：「爾夫婦相愛不已，若能使冢合，則吾弗阻也。」宿昔❽之間，便有大梓木生於二冢之端，旬日而大盈抱，屈體相就，根交於下，枝錯於上。又有鴛鴦，雌雄各一，恆棲樹上，晨夕不去，交頸悲鳴，音聲感人。宋人哀之，遂號其木曰「相思樹」。相思之名，起于此也。南人謂此禽即韓憑夫婦之精魂❾。今睢陽❿有韓憑城，其歌謠至今猶存。

---

❶宋康王　戰國時宋國國君。史記宋微子世家說他「淫於酒婦人，群臣諫者輒射之，於是諸侯皆曰『桀宋』」。

❷舍人韓憑　舍人，戰國時王公侯伯左右的屬官。韓憑，一作「韓馮」、「韓朋」。

❸論為城旦　論，定罪。城旦，古時一種戍邊兼苦工的刑罰，犯者黥面髡首，遣送邊境，白天防禦，晚上築城。

❹繆其辭　故意把話說得曲折隱晦。繆，通「謬」。假裝；惑亂。

❺淫淫　雨水連綿不斷的樣子。

❻當心　照著心。

❼衣不中手　意指衣服已經腐朽，禁不住手拉。

❽宿昔　猶言早晚，表示時間短暫。宿，通「夙」。昔，通「夕」。

❾南人謂此禽即韓憑夫婦之精魂　據考證，此句為唐人劉恂嶺南錄異中語，係後人所摻入。

❿睢陽　古縣名。以在睢水之北而得名。治所在今河南省商丘縣南。

翻譯

宋康王的舍人韓憑，娶何氏為妻，何氏長得很美，宋康王便奪走了她。韓憑心生怨恨，宋康王就把他囚禁起來，罰他去做城旦，白天得戍邊，晚上還要築城。韓憑的妻子偷偷寫信給他，言辭含蓄隱晦，說：「其雨淫淫，河大水深，日出當心。」後來宋康王看到這封信，便拿給左右的人看，左右的人都看不懂信上的意思。大臣蘇賀解釋說：「其雨淫淫，是說她很愁苦且思念著丈夫。河大水深，是說他們不能互相往來。日出當心，是說她心裡早已打定死的主意。」不久，韓憑就自殺了。於是他的妻子暗中先把自己穿的衣服弄腐朽。有一次宋康王和她一起登上高臺，韓憑的妻子便趁機往臺下跳。左右的人伸手拉她，卻因為衣服早已腐朽而拉不住，何氏就摔死了。她的衣帶裡有遺書說：「大王想要我活著，我卻覺得自己死掉比較好。希望能把我的屍骨賜與韓憑合葬。」

宋康王非常生氣，不肯這樣做。命令何氏的鄉人把她埋了，讓她的墳和韓憑的墳分離相望。宋康王說：「這對夫妻相愛不停止，如果能讓兩座墳墓合在一起，那麼我就不再阻攔了。」沒想到在很短的時間裡，就有兩棵大梓樹分別從兩座墳頭上長了出來，十天就長得合抱般粗。樹幹彎曲，互相靠攏，樹根在地下相互交錯，樹枝在上面相互連接。又有兩隻鴛鴦，一雌一雄，一直棲息在樹上，早晚都不肯離去，牠們把脖子互相依偎著，悲哀地鳴叫，叫聲讓人感動不已。宋國人都很同情他們，就把這兩棵樹叫做「相思樹」。「相思」的名稱，就是從這時候開始的。南方人說鴛鴦這種鳥是韓憑夫婦的靈魂變的。現今睢陽縣還有個韓憑城，關於他們的歌謠，至今還不斷流傳著。

賞析

現代人談戀愛時，常發生「劈腿」事件。古人則多半是在「父母之命，媒妁之言」的情況下，先結婚，再談戀愛共度一生；若是遇到第三者橫刀奪愛，也不乏雙雙殉情的。韓憑妻就是極著名的「殉情記」，和羅密歐與朱麗葉相比，毫不遜色。

篇中的主要人物宋康王和韓憑妻都是個性強，不肯服輸的性格，但兩人同中有異：宋康王給人強悍不講理的感覺；何氏則不然，她除了對愛情忠心，還頗富機智。像她知道和韓憑通信不易，便以隱語寫信；又如她了解在嚴密監控下很難自殺，便暗中把衣服弄「腐」（經不起手拉扯），讓別人沒法救她。她是寧為玉碎，也不肯瓦全啊！

「生同衾，死同槨」是古代夫妻相愛一生的寫照。雖然宋康王奪韓憑之愛於先，後來又違背何氏合葬的遺願，但韓憑夫婦的精魄並未因此屈服，反而透過轉化變形的方式，以相思樹和鴛鴦鳥繼續向世人彰顯他們永遠相愛，永不分離，實在太動人了。

秦巨伯

題解

本文選自搜神記，敘述某夜老翁秦巨伯酒後返家，在路上被兩個孫子毆打，後來才知道是被鬼捉弄。之後他佯醉出門，引得鬼怪前來，卻讓它們逃脫了。再隔一月餘，秦巨伯又帶著刀子佯醉夜行，不料竟將兩個來接他的孫子殺死。

呂氏春秋裡有類似的故事黎丘丈人，本篇應是這個故事改編的。秦巨伯因為不相信自己的孫子，終於被鬼捉弄而造成殺孫的悲劇，值得我們深思。

琅琊❶秦巨伯，年六十，嘗夜行飲酒，道經蓬山廟❷。忽見其兩孫迎之，扶持百餘步，便捉伯頸著地，罵：「老奴，汝某日捶我，我今當殺汝。」伯思惟某時信❸捶此孫，伯乃佯死，乃置伯去。伯歸家，欲治❹兩孫。兩孫驚惋，叩頭言：「為子孫，寧可有此？恐是鬼魅，乞更試之。」伯意悟。

數日，乃詐醉，行此廟間。復見兩孫來，扶持伯，伯乃急持，鬼動作不得。達家，乃是兩偶人❺

也。伯著火炙之，腹背俱焦坼❻。出著庭中，夜皆亡去。伯恨不得殺之。後月餘，又佯酒醉夜行，懷刃以去，家不知也。極夜不還，其孫恐又為此鬼所困，乃俱往迎伯，伯竟刺殺之。

❶瑯　瑯　古郡名。秦朝設置，在今山東省諸城縣。

❷蓬山廟　因瑯琊郡濱海，此似為祭祀海上仙山之一蓬萊山之祠廟。

❸信　確實。

❹治　懲罰。

❺偶　人　木製的鬼神像。原文無「偶」字，汪紹楹校注搜神記卷十六云：「疑脫『偶』字。」

❻焦　坼　燒焦裂開。坼，音ㄔㄜˋ。裂開。

翻譯

瑯琊郡人秦巨伯，六十歲，曾在夜裡出去喝酒，路過蓬山廟。忽然看見他的兩個孫子前來迎接他，扶著他走了一百多步，便掐著他的脖子把他按倒在地上，罵他：「老不修，你某天打我，我今天要殺死你！」秦巨伯回想那一天確實打過這個孫子，秦巨伯於是裝死，兩個孫子這才扔下他走了。秦巨伯回到家中，要處罰這兩個孫子。兩個孫子又驚訝又難過，向他磕頭說：「做子孫的，怎麼會做出這種事呢？恐怕是鬼怪做的，請您再去試它一下。」秦巨伯心裡才醒悟。

過了幾天，秦巨伯便假裝醉酒，來到這座祠廟。又看見兩個孫子前來要攙扶他，秦巨伯就趕快抓住它們，兩個鬼被抓得動彈不得。到家一看，竟是兩個木偶人。秦巨伯點火來燒它們，把它們的腹部背部都燒得焦裂了。然後把它們扔到庭院裡，到晚上它們都逃走了。秦巨伯後悔自己沒能把它們殺死。

一個多月以後，秦巨伯又假裝酒醉夜裡出門，他身上藏著刀出去，家人都不知道。夜很深了，還不見他回來，他那兩個孫子擔心他又被鬼魅所圍困，就一起去迎接他，秦巨伯竟然把兩個孫子都刺死了。

賞析

這則故事乍看好像是孫子戲弄祖父，其實是惡鬼假扮成孫子模樣捶打秦巨伯，屬人鬼之間的衝突。秦巨伯不堪受辱，一心復仇，結果卻誤殺了自己的孫子。

一開篇就充滿了詭異的氣氛，巨伯喝醉了走夜路，遇到孫子來接，本是美事一樁，不料卻差點被打死。第二次，巨伯裝醉，抓了兩個鬼回家，把它們烤得焦裂。第三次，巨伯重施故技，還帶了刀子，卻讓孫子做了刀下亡魂，釀成人倫悲劇。

到底他們祖孫之間出了什麼問題？一般祖父都是很疼孫子的，疼愛的程度甚至比兒子更有過之，但秦巨伯似乎不是慈祥的爺爺，他曾經捶打孫子，大概是「愛深責切」吧！所以第一次遇見惡鬼，他還以為真是孫子報復他呢！

其次是人鬼之間應該如何相處？孔子曾言：「敬鬼神而遠之。」（論語雍也）如果能抱持這種態度，秦家的悲劇或許就不會發生了。

篇幅短小，卻有強烈的戲劇性，結局又出人意表，都是本文的特點。

千日酒

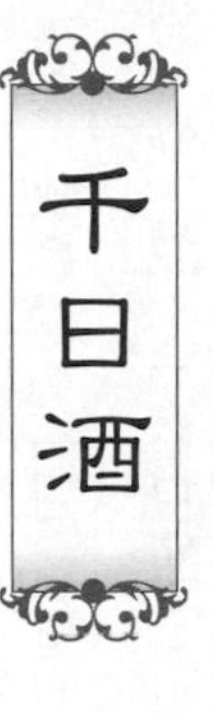

題解

本文選自搜神記（一說本篇出自博物志），敘述愛喝酒的劉玄石向能製「千日酒」的狄希討了一杯酒喝，回家後竟然醉死，家人只好為他處理喪事；三年後狄希去拜訪劉玄石，說出玄石只是大醉三年，並非身亡。家人這才將玄石挖出，玄石甦醒後，旁人聞到玄石身上的酒氣，竟也因此醉臥三月。「千日酒」後來成為「美酒」的代名詞。

狄希，中山❶人也。能造千日酒，飲之千日醉。時有州人姓劉，名玄石，好飲酒，往求之。希曰：「我酒發來未定❷，不敢飲❸君。」石曰：「縱未熟，且與一杯，得否？」希聞此語，不免飲之。復索曰：「美哉！可更與之。」希曰：「且歸，別日當來，只此一杯，可眠千日也。」石別，似有怍色❹。至家，醉死。家人不之疑，哭而葬之。

經三年，希曰：「玄石必應酒醒，宜往問之。」既往石家。語曰：「石在家否？」家人皆怪之，曰：「玄石亡來，服以闋❺矣。」希驚曰：「酒之美矣，而致醉眠千日，今合醒矣。」乃命其家人，鑿塚破棺看之，塚上汗氣徹天，遂命發塚。方見開目張口，引聲❻而言曰：「快哉，醉我也。」因問希曰：「爾作何物也，令我一杯大醉，今日方醒。日高幾許？」墓上人皆笑之，被石酒氣衝入鼻中，亦各醉臥三月。

❶中　山　古郡名。今河北省定縣。
❷發來未定　發酵而酒性未穩定。
❸飲　音ㄧㄣˋ。給人畜流質食品喝。
❹怍　色　慚愧的表情。怍，音ㄗㄨㄛˋ。
❺服　以　闋　謂喪期已滿，喪服已除。古禮父母或丈夫死，守喪三年，期滿服除，稱為服闋。以，通「已」。
❻引　聲　拖長聲音。

翻譯

狄希，是中山郡的人。他能釀造一種「千日酒」，人喝了這種酒會醉上千日。當時有個同州人姓劉，名玄石，喜歡喝酒，去他那兒討酒喝。狄希說：「我的酒才發酵，酒性還不穩定，不敢給你喝。」劉玄石說：「即使沒有熟成，姑且給我一杯，行不行？」狄希聽到這話，不得已給他喝了一杯。劉玄石喝完以後還要求說：「美味極了！請再給我一杯。」狄希說：「你暫且先回家吧，改天再來。僅僅這一杯酒，就會讓你醉上千日了。」劉玄石告別時，臉上似乎有慚愧的表情。回到家，他竟醉死了。家裡的人並沒有懷疑他的死因，哭著把他埋葬了。

過了三年，狄希說：「劉玄石酒該醒了，應該去看看他。」就前往劉玄石家。狄希問：「玄石在家嗎？」劉家的人都感到奇怪，說：「玄石死了，喪期都已經服滿了。」狄希驚訝地說：「這酒確實醇美極了，竟使他醉臥千日，如今該醒了。」於是叫劉家的人去鑿開墳墓、打開棺材來看。只見墓上汗氣衝天，便命人挖開墳墓。正好看見劉玄石睁開眼睛，張大嘴巴，拖長了聲音說：「醉得我好痛快啊！」便問狄希說：「你釀造的是什麼酒，我喝了一杯就酩酊大醉，今天才醒來！現在是什麼時候了？」站在墓上的人聽了都笑了，大家被劉玄石的酒氣衝入鼻子裡，也個個都醉臥了三個月。

賞析

這篇篇幅雖短，卻寫得十分風趣，可以分成兩部分來看：前邊是劉玄石向狄希求酒，後半是狄希去劉家拜訪的經過。

故事一開頭就點出狄希是擅長造酒的人，他造的酒能讓人飲了千日不醒，這太誇張了吧！但接下去劉玄石的故事告訴我們真有其事。

文中對劉玄石「好飲酒」的描寫也挺有趣味，他向狄希求酒，狄希以酒還沒發酵完成婉拒，他居然說：「沒熟的酒給我一杯，行吧？」喝了一杯還要第二杯，臉皮真厚！

大家都不知道千日酒的厲害，劉家人糊裡糊塗就把玄石裝棺入殮了。「死」是何等嚴肅的大事啊，可是這會兒卻讓讀者忍不住暗暗發笑。劉玄石甦醒後的問話讓墓旁的人發噱，但大家吸入玄石的酒氣，也都回家躺了三個月！

喝一杯醉上千日，聞一回也得躺三個月，這千日酒比今天的安眠藥還厲害呢！

白水素女

題解

本文選自搜神後記（今本太平廣記云此篇出搜神記），敘述孑然一身的年輕人謝端，偶然拾獲一個大螺，從此改變了他的一生。「白水素女」又稱為「田螺姑娘」，許多地區皆有類似的故事，歷代文人也多次加以改寫。

搜神後記作者不詳，舊題為陶潛所撰。陶潛（西元三六五—四二七年），字淵明，或云元亮，潯陽柴桑（今江西省九江縣）人。曾歷任州祭酒、建威參軍、彭澤令。自晉安帝義熙二年以後，隱居不仕，後來以詩作聞名。搜神後記原已亡佚，今本為明人輯佚而成。

晉安侯官❶人謝端，少喪父母，無有親屬，為鄰人所養。至年十七八，恭謹自守，不履非法。始出居❷，未有妻，鄰人共愍❸念之，規❹為娶婦，未得。端夜臥早起，躬耕力作，不舍晝夜。後於邑下❺得一大螺，如三升壺，以為異物，取以歸，貯甕中。畜之十數日，端每早至野，還見其戶中有飯飲湯火，如有人為者。端謂鄰人為之惠也。數日如此，便往謝鄰人。鄰人曰：「吾初不❻為是，何見謝也？」端又以鄰人不喻其意。然數爾⑦如此，後更實問。鄰人笑曰：「卿已自娶婦，密著室中炊爨，而言吾為之炊耶？」端默然心疑，不知其故。

後以雞鳴出去，平早⑧潛⑨歸，於籬外竊窺其家中，見一少女從甕中出，至竈下⑩燃火。端便入門，徑⑪至甕所視螺，但見女⑫。乃到竈下，問之曰：「新婦⑬從何所來，而相為炊？」女大惶惑，欲還甕中，不能得去。答曰：「我天漢⑭中白水素女也。天帝哀卿少孤，恭慎自守，故使我權⑮為守舍炊烹。十年之中，使卿居富得婦，自當還去。而卿無故竊相窺掩，吾形已見，不宜復留，當相委去。雖然，爾後自當少差⑯，勤於田作，漁採治生。留此殼去，以貯米穀，常可不乏。」端請留，終不肯。時天忽風雨，翕然⑰而去。端為立神座，時節祭祀。居常饒足，不致大富耳。於是鄉人以女妻之，後仕至令長云。今道中素女祠是也。

---

①晉安侯官　晉安，郡名。晉初置，治侯官（今福建省福州市）。
②出居　出外獨居。
③愍　憐恤。
④規　計劃；打算。
⑤邑下　猶言縣城裡。
⑥初不　並不；並沒有。
⑦數爾　不止一次。數，音ㄕㄨㄛˋ。屢次。
⑧平早　天亮的時候。
⑨潛　祕密；暗中。
⑩竈下　廚房。竈，以磚土或石塊砌成，用來生火烹飪。
⑪徑　通「逕」。直接。
⑫女　疑為「殼」之誤。
⑬新婦　此處猶言「大姐」（敬稱）。
⑭天漢　即銀河。
⑮權　暫且。
⑯少差　稍微好些。
⑰翕然　忽然。翕，音ㄒㄧˋ。

翻譯

謝端是晉安郡侯官縣人，小時候他的父母就去世了，因為沒有其他親人，被鄰居撫養長大。到十七、八歲時，很恭敬謹慎守本分，從來不做非法的事。剛開始搬出去獨自居住時，還沒有娶妻，鄰居們都很關心他，打算幫他娶個媳婦，但還沒有成功。謝端晚睡早起，努力耕作，日夜辛勞。有一天，他在縣城裡撿到了一個大螺，那螺像容量三升的壺那麼大，謝端覺得這是個奇物，便拿回家放在甕中。養了十幾天後，謝端每天早上到田裡耕作，回家就發現家裡有熱飯熱湯，像是有人做好的。好幾天都是如此，謝端以為是鄰居幫他做的，便去鄰居家道謝。鄰居說：「我並沒有替你做飯，你幹麼謝我呢？」謝端以為鄰居不明白他的意思。之後又發生了好幾次一樣的事，謝端就再仔細地詢問鄰居。鄰居笑著說：「你已經自己娶了媳婦，藏在家裡為你燒菜煮飯，怎麼反倒說是我幫你做的？」謝端沉默不語，心中納悶，不知為何會這樣。

之後某一天，謝端在雞鳴時出門，天亮後偷偷回來，躲在籬笆外偷看家中情況，看見一個少女從甕中走出來，到廚房生火。謝端便進屋，直接走到放甕的地方看螺，卻只看見螺殼。於是，謝端走到廚房，問那名少女說：「大姐您從哪裡來？為什麼要幫我做飯？」少女非常惶恐，想躲回甕裡，卻被謝端擋住回不去，只好回答：「我是天河中的白水素女。因為天帝可憐你年少孤苦，卻能恭謹自守，所以派我暫時幫你看家做飯。十年內將讓你家境富裕，並娶個媳婦，到那時我就該回去了。但是你今天無故偷看，我的原形已經暴露，不能再留下來，必須離開你了。不過，今後你的日子會稍微好過些，你要努力耕作，以捕魚打柴來維持生計。我把這個螺殼留下來給你，用來貯存穀米，可保常年不缺糧。」謝端懇請白水素女留下，但她始終不答應。這時天空忽然風雨大作，轉眼間白水素女就消失了。謝端於是為白水素女立了神位，並按時節祭祀她。謝端的家境變得豐足，但不到非常富有的地步。有個同鄉因此願意把女兒嫁給他，謝端後來做到縣令。現在侯官縣道路上的素女祠就是這麼來的。

賞析

白水素女是寫孤兒謝端的故事。謝端恭謹自守又勤勞耕作，無意間撿了個大螺回家，放在甕中，從此每天都有熱飯熱湯可以享用，原來是天帝派白水素女來照拂他。後來白水素女離開，而謝端還為她立神位，按時祭祀。

這類天助自助者、好人有好報的故事所在多有，勉勵處於困境的人努力上進，道德意味十分濃厚。但本篇倒寫得不落俗套，如謝端以為是鄰居好心為他準備飯菜，先後兩次向鄰人致謝。第一次鄰人莫名其妙，第二次鄰人卻笑他：已經娶了妻子替他煮飯，還來謝什麼？換成謝端摸不著頭腦了。使原本嚴肅的內容變得輕鬆活潑許多。

文中另一個值得注意的是「偷窺」事件。很多時候「偷窺」是不道德的，但在本篇，謝端「偷窺」的目的很正當，他必須弄清楚是誰替他炊煮，好去感謝人家。當謝端藉由偷窺發現了少女，少女吐露實情，但也必須離去，只留下螺殼讓謝端貯米。

故事結尾提到「素女祠」，可能是有意以謝端的遭遇來說明「素女祠」的由來。

士人甲

題解

本文選自幽明錄，敘述士人甲暴卒後，因命不當絕重回陽世，卻因腳痛不能成行，主司者只好替他換上胡人康乙的腳。士人甲復活後，對自己醜陋的胡腳惆悵欲死，而康乙之子常因思念父親跑來找他，更使他不堪其擾。

作者劉義慶（西元四〇三—四四四年），南朝宋宗室長沙景王劉道憐之子，出嗣臨川王劉道規後，襲封為臨川王。為人恬淡，愛好文學，著作豐富，著有宣驗記、幽明錄、世說新語、小說等。幽明錄原本已亡佚，後由魯迅輯得二百六十五條，收錄於古小說鉤沉。幽明錄收集了許多晉、宋時的奇聞異事、鬼怪傳說。文筆流暢、內容新穎，是志怪小說中的佳作，許多題材被後世小說戲曲取用。

晉元帝❶世有甲者，衣冠族姓❷，暴病亡。見人將❸上天詣司命❹，司命更推校，算歷❺未盡，不應枉召，主者發遣令還。甲尤❻腳痛，不能行，無緣得歸。主者數人共愁，相謂曰：「甲若卒以腳痛不能歸，我等坐枉人之罪。」遂相率具白司命。司命思之良久，曰：「適新召胡人康乙者，在西門外，此人當遂死，其腳甚健，易之，彼此無損。」主者承敕出，將易之，胡形體甚醜，腳殊可惡，甲終不肯。主者曰：「君若不易，便長決留此耳。」不獲已❼，遂聽之。主者令二並閉目，倏忽，二人腳已各易矣。仍即遣之。

豁然復生，具為家人說。發視，果是胡腳，叢毛連結，且胡臭。甲本士，愛翫手足，而忽得此，了不欲見。雖獲更活，每惆悵，殆欲如死。旁人見識此胡者，死猶未殯，家近在茄子浦❽。甲親往視胡尸，果見其腳著胡體，正當殯斂，對之泣。胡兒並有至性，每節朔❾，兒並悲思，馳往抱甲腳號咷；忽行路相遇，便攀援啼哭。為此，每出入時，恆令人守門，以防胡子。終身憎穢，未嘗悮❿視，雖三伏⓫盛暑，必復重衣，無暫露也。

❶晉元帝　即司馬睿。永嘉之亂後在南京即位，後因王敦叛亂，憂憤而死。

❷衣冠族姓　指名門世族。

❸將　帶；拿。

❹司命　掌管人生死的神。

❺算歷　活在世上的歲數。

❻尤　甚；非常。

❼不獲已　不得已。

❽茄子浦　地名。在今江蘇省江寧縣附近。

❾節朔　泛指節日。朔，每月初一。

❿悮　同「誤」。

⓫三伏　從夏至後第三個庚日起，每十日為一伏，依序為初伏、中伏、末伏，合稱「三伏」，是一年中最熱的時候。

翻譯

晉元帝時有個某甲，出身於名門世族，忽然得急病死了，魂魄被帶上天去拜見司命。司命重新推算了一番，發現某甲的陽壽未盡，不應該冤枉召來，管事的便下令將他遣返。某甲的腳痛得非常厲害，不能行走，無法回去。管事的幾個人都非常煩惱，他們說：「某甲若是因為腳痛回不去，我們就得承擔冤枉他人的罪名。」於是一起向司命報告這件事。司命想了很久，說：「剛才有個新召來的胡人康乙，住西門外，這個人注定會立刻死，他的腳很強健，讓他們二人換腳，彼此都沒什麼損失。」管事的人領命而出，就要為他們換腳，但是那胡人的身體很醜陋，腳更難看，某甲始終不肯。管事的說：「你若是不換腳，就得永遠留在這裡了。」某甲不得已，只好任憑他們了。管事的讓他們倆閉上眼睛，一下子，他們的腳就互相調換了，某甲也隨即被送回陽世。

某甲忽然復活後，向家人詳細述說自己的遭遇。脫鞋一看，果然是胡人的腳，腳上的體毛茂密錯結，而且還有胡臭味。某甲本來是個讀書人，非常喜愛賞玩自己的手腳，卻忽然得了這樣的一雙腳，完全不想再看它們一眼。雖然獲得重生，某甲卻常覺得鬱悶，難過得幾乎想死。旁人中有認識那個胡人的，說他還沒有出殯，家住茄子浦附近。某甲親自去看那胡人的屍體，果然看見自己的腳附著在胡人的身上，當時正要為胡人舉行殯殮，某甲只能對著自己的腳哭泣。胡人的兒子對父親很孝順，每到節日時，他都會悲傷地想起父親，然後跑到某甲家，抱住他的腳號啕大哭；即使在路上偶然相遇，也要抓住某甲啼哭不已。因此，每當某甲要出入家門時，總要讓人守著門，以防止胡人的兒子騷擾他。某甲一輩子厭惡那雙腳，從來沒好好看過它們。即使在炎熱的三伏天，也一定要穿好幾層衣服，不讓腳露出片刻。

賞析

這是描寫士人甲死而復活，卻因換了胡人的腳而生不如死的故事。讓人讀了悲中帶喜，淚中含笑。

一開始是士人甲暴病而亡，不料司命發現他命不該絕，必須遣返陽世。偏偏這時士人甲腳痛得不能走路，司命考慮良久，決定讓他和胡人康乙換腳，他不得已只好答應，所以士人甲雖然復活，從此竟有了一雙胡腳。

姑且不論返陽是否必須走路的問題，單就這個故事的情節設計，我們可以很清楚地發現：只要發生了第一個錯誤，即使嘗試彌補，仍然會有更麻煩的事情接踵而來。士人甲非常倒楣，莫名其妙被送到陰間，根本不是他的錯，但卻面臨「留在陰間」或「換胡腳返陽」的兩難。選擇了後者，結果卻失去了「翫手足」之樂，又招來了胡子的攪擾，精神上苦不堪言。

從字裡行間，我們也似乎感覺到作者對胡人頗有成見，如：「胡形體甚醜，腳殊可惡」、「胡腳，叢毛連結，且胡臭」等，可見當時的審美觀。但胡子的孝心，倒是值得肯定的。

龐阿

題解

本文選自幽明錄，敘述石氏女因窺見俊美的龐阿，心生愛慕，靈魂竟屢次出竅與龐阿相會。後來龐妻病故，石氏女終於嫁給龐阿為妻。

「離魂」的題材對後世文學頗有影響，唐代陳玄祐作小說離魂記，元代鄭光祖又據以編成迷青瑣倩女離魂雜劇。

鉅鹿❶有龐阿者，美容儀。同郡石氏有女，曾內❷覩阿，心悅之。未幾，阿見此女來詣阿。阿妻極妬，聞之，使婢縛之，送還石家，中路遂化為煙氣而滅。婢乃直詣石家，說此事。石氏之父大驚，曰：「我女都不出門，豈可毀謗如此！」

阿婦自是常加意伺察之。居一夜，方值女在齋中，乃自拘執以詣石氏。石氏父見之瞪眙❸，曰：「我適從內來，見女與母共作，何得在此？」即令婢僕於內喚女出，向所縛者奄然❹滅焉。父疑有異，故遣其母詰之。女曰：「昔年龐阿來廳中，曾竊視之，自爾彷彿即夢詣阿，及入戶，即為妻所縛。」

石曰：「天下遂有如此奇事！夫精情❺所感，靈神為之冥著❻；滅者蓋其魂神也。」既而女誓心不嫁。經年，阿妻忽得邪病，醫藥無徵❼。阿乃授幣❽石氏女為妻。

❶鉅鹿　古地名。在今河北省平鄉縣。
❷內　暗地裡。
❸瞤眙　音ㄜˋ ㄔˋ。驚視的樣子。瞤，通「愕」。
❹奄然　忽然。
❺精情　至情；真情。
❻冥著　暗中顯現。
❼無徵　無效。
❽授幣　即「納幣」。古代婚嫁六禮之一。指男方擇一吉日，贈送財物到女方家作為聘禮。

翻譯

鉅鹿縣有個叫龐阿的男子，長得很英俊瀟灑。同郡石家的女兒，曾暗地裡偷看過龐阿，心裡就喜歡他了。不久，龐阿看見石氏前來找他。龐阿的妻子嫉妒心很重，知道了這件事，便命令婢女把石氏綁起來，送回石家。半路上，石氏突然化成一股煙就消失了。婢女於是直接前往石家說明這件事。石氏的父親聽了大吃一驚，說：「我的女兒從不出門，你們怎麼可以這樣誹謗她！」

龐阿的妻子從此以後就特別留意觀察這種事情。有天晚上，龐妻正好碰到石氏在書房裡，便親自把她綁起來送回石家。石氏的父親看見後非常驚訝，說：「我剛從房裡出來，看見我女兒和她母親在一起作活，怎麼可能會在這裡呢？」馬上要僕人到房內叫女兒出來，這時，剛剛被綁住的女子忽然消失了。石氏的父親認為這情況非常怪異，便要他妻子問女兒到底是怎麼回事。女兒說：「當年龐阿到家裡來時，我曾偷偷地看過他。從此以後好像就會做夢去找龐阿，剛一進門，就被他妻子綁了起來。」石氏的父親說：「天下竟有這樣的怪事！原來人有真情感應，靈魂就會為他暗自顯現；剛才消失不見的，大概是我女兒的魂魄吧！」之後，石氏便發誓終生不嫁他人。過了一年，龐阿的妻子忽然得了怪病，怎麼醫都醫不好，吃藥也沒有用，最後就死了。龐阿便向石家下了聘禮，娶石氏為妻。

賞析

龐阿是一篇志怪小說，但其中的愛情成分很濃，而且是未婚女子追求有婦之夫，情節顯得非常特殊。石氏只見過龐阿一面就愛上了他，甚至自己跑到龐阿家兩次。第二次，龐阿的妻子親自把石氏捆綁送回，結果石氏根本好端端地在家，被綁的人卻化成煙不見了。這到底是怎麼一回事？石氏自己說是在做夢，她的父親卻認為是女兒太愛龐阿，以致靈魂出竅。故事結局倒是可喜的，因為龐阿妻得了不治之症，石氏終於嫁給心愛的人。

這個故事並不是鼓勵女子做第三者，而是強調「精誠所至，金石為開」的道理。文中石氏追求龐阿的精神，證明愛情力量的偉大，和敢愛敢恨的現代人比起來毫不遜色哩！

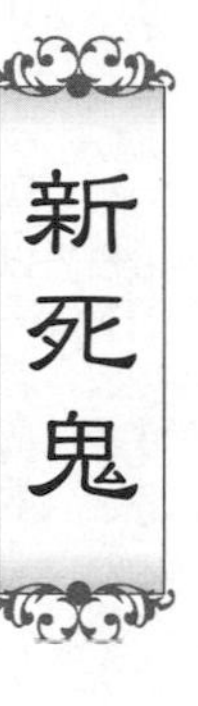

題解

本文選自幽明錄，敘述新死鬼向亡故已久的老友請教求食的祕訣，不料卻連遭兩次失敗，直到第三次，新鬼作弄無信仰的人家，才得以飽餐一頓。

有新死鬼，形疲瘦頓。忽見生時友人，死二十年，肥健，相問訊曰：「卿那❶爾？」曰：「吾飢餓，殆不自任❷，卿知諸方便❸，故當以法見教。」友鬼云：「此甚易耳，但為人作怪，人必大怖，當與卿食。」

新鬼往入大墟❹東頭，有一家奉佛精進❺，屋西廂有磨，鬼就推此磨，如人推法。此家主便語子弟曰：「佛憐吾家貧，令鬼推磨。」乃輂❻麥與之。至暮磨數斛，疲頓乃去。遂罵友鬼：「卿那誑我？」又曰：「但復去，自當得也。」

復從大墟西頭入一家，奉道，門傍有碓❼，此鬼便上碓，如人舂狀。此人又言：「昨日鬼助某甲，今復來助吾，可輂穀與之。」又給婢簸❽篩。至夕，力疲甚，不與鬼食。鬼暮歸，大怒曰：「吾與卿為婚姻，非他比，如何見欺？二日助人，不得一甌飲食。」友鬼曰：「卿自不偶❾耳。此二家奉佛事道，情自難動，今去，可覓百姓家作怪，則無不得。」

鬼復去，得一家，門前有竹竿。從門入，見有一群女子，窗前共食；至庭中，有一白狗，便抱令空中行。其家見之大驚，言自來未有此怪，占云：「有客鬼索食，可殺狗，并甘果酒飯，於庭中祀之，可得無他。」如師言，鬼果大得食。自此後恆作怪，友鬼之教也。

❶那　音ㄋㄚˇ。如何。六朝人常語。
❷殆不自任　幾乎支持不下去了。
❸方便　便利於人的事。此指竅門、方法。
❹墟　村莊。
❺精進　佛教用語。為六度之一。指在修善斷惡、去染轉淨的修行過程中，不斷地努力。
❻輂　音ㄋㄧㄢˇ。運送；運載。
❼碓　音ㄉㄨㄟˋ。運用腳力舂米的用具。
❽簸　音ㄅㄛˇ。用畚箕搖動，使米起落，以除去米糠。
❾不偶　運氣不好。

翻譯

有個新死的鬼，身形消瘦憔悴。有天忽然遇見了生前的老朋友，已經死亡二十年了，外表卻是又肥又壯，兩個鬼相互問候，友鬼便問新鬼說：「你怎麼變成這樣？」新鬼說：「我已經餓得快撐不下去了，你一定知道一些可以吃飽的方法，應該說出來教教我。」友鬼說：「這太簡單啦，你只要到人們家裡作怪，他們一定會害怕，就會給你食物吃。」

於是，新鬼從一個大村莊東邊進入，有一戶人家信奉佛教非常虔誠，西廂房裡有一個石磨，新鬼就像人那樣推起磨來。這家主人看見後就向晚輩們說：「佛祖可憐我們家境貧窮，派一個鬼來替我們推磨了。」於是就運來很多麥子往磨裡倒。到了傍晚，新鬼已經磨了好幾斛的麥子，又累又餓，這才離開。新鬼罵友鬼說：「你為什麼騙我？」友鬼說：「你再去試試看，保證可以得到吃的。」

新鬼又到村莊西邊的一戶人家，這家人篤信道教，門旁有個舂米的石碓，新鬼就站上去像人一樣用腳舂起米來。這家主人又說：「昨天鬼幫助村東邊的那家推磨，今天又來幫我們家搗米了，可以多運些穀子給它。」又讓婢女們拿著篩子篩去米糠。一直到傍晚，力氣用盡疲倦得很，這家人也沒給它食物。新鬼晚上回去見到友鬼，非常生氣地說：「我們兩家是姻親，和一般人的交情不同，你為什麼騙我？我白白幫人做了兩天的工，卻沒得到一點吃的。」友鬼說：「是你的運氣太差了。這兩家篤信佛道，要嚇倒他們比較難。今後就到平常百姓家去作怪，包準可以成功。」

新鬼又去找了一家，這家門口有竹竿，新鬼進了門，看見一群女子在窗前一起吃東西；到了院子裡，看見一隻白狗，新鬼便把狗抱起來在空中行走。這家人看了大為驚訝，說從來沒見過這樣的怪事，便找巫師占卜。巫師占卜後說：「有個外來的鬼來這裡討吃食，你們可以把狗殺掉，再準備些果品酒飯，放在院子裡祭祀它，就不會有什麼事了。」這家人便照巫師的話做了，新鬼果然飽餐了一頓。從此以後新鬼就常常作怪，這些都是友鬼教它的。

賞析

每逢新學年開學前，各校總有新生訓練的活動；剛拿到駕駛執照的人，也會在車後貼上「新手上路，請多包涵」等字樣。同樣的，新死鬼也需要學習鬼世界的謀生之道。這篇小說，其實就是一個新死鬼的「求食三部曲」。

第一次和第二次它都是白做工，累得半死卻毫無所獲。它氣得大罵友鬼不夠意思，友鬼點醒它要選一般百姓家，第三次它終於成功了。從此以後，它便無往不利。全文採三段式的結構，同中有異。對話生動自然，把新鬼的委屈無奈和友鬼的世故老練表達得入木三分。

這個故事很幽默，把鬼世界寫得和人間一樣：鬼也分胖瘦，鬼也需要飲食飽暖；鬼友之間，也會互通消息、傳授祕訣。這篇也表現了當時佛教和道教的信仰相當普遍，奉佛事道的人家比較不怕鬼，十分有趣。

紫荊樹

題解

本文選自續齊諧記，敘述田真三兄弟議分家產時，打算將一株紫荊樹也劈成三片，第二天這棵樹竟然枯死了。田真認為這是反映兄弟分離不祥的徵兆，於是改變了分家的決定。

作者吳均（西元四六九－五二〇年），字叔庠，吳興故鄣（今浙江省安吉縣）人。南朝梁時曾任吳興主簿、建安王記室等職。好學有俊才，文章為沈約所稱賞。其文清拔有古氣，被稱為「吳均體」。著有齊春秋、廟記、十二州記、錢唐先賢傳、續釋文等，又曾為范曄後漢書作注。續齊諧記為東陽无疑齊諧記的續篇，今存一卷十七篇，內容廣博，包括節令故事、古代傳說、因果志怪等。

京兆❶田真兄弟三人，共議分財，生貲❷皆平均，惟堂前一株紫荊樹，共議欲破三片。明日就截之，其樹即枯死，狀如火然❸。

真往見之，大驚，謂諸弟曰：「樹本同株，聞將分斫❹，所以顦顇❺，是人不如木也。」因悲不自勝，不復解樹，樹應聲榮茂。兄弟相感，合財寶，遂為孝門。真仕至大中大夫❻。陸機❼詩云：「三荊歡同株❽。」

❶京　兆　即漢代京師。在今陝西省長安縣西北。
❷生　貲　指所有的家產。生，指生產物，如田地、牲口等。貲，通「資」。財貨。
❸然　通「燃」。燒。
❹斫　音ㄓㄨㄛˊ。以刀斧砍削。
❺顦　顇　同「憔悴」。枯槁瘦弱的樣子。
❻大中大夫　古官名。職掌議論的官員。
❼陸　機　字士衡，晉吳郡華亭（今江蘇省松江縣）人。為晉太康、元康間聲譽最著的文學家，所著文賦，為古代重要的文學理論作品。
❽三荊歡同株　陸機詩豫章行之句。

翻譯

京兆人田真兄弟三人，一起商議分家，他們將所有的家產都均分後，只剩下堂前的一株紫荊樹，大家商量想把紫荊樹也剖成三片。第二天準備要砍樹時，發現紫荊樹竟在一夜之間枯死了，樣子像是被火燒過一樣。田真親自去看，十分震驚，便告訴兩個弟弟：「紫荊樹原本好好一株，一聽說要被砍成三份，便枯槁了，這是我們不如草木啊。」大家因此感傷不已，也不打算再砍樹了，紫荊樹馬上又恢復了枝繁葉茂的樣子。兄弟三人受到這件事的感召，決定把家產聚合起來不分家了，最後成為以孝悌聞名的家族。田真後來還做到大中大夫。陸機有首詩說：「原本要三分的荊樹很高興能夠同為一株。」就是源自於此。

賞析

這篇故事寫兄弟三人分家，為求公平，連堂前的紫荊樹也要分成三份，結果樹立刻枯死；後來兄弟們感慨「人不如木」，決議不分家，樹又活了。

故事很簡短，主題「兄弟友愛」也很明確嚴肅，但透過一棵紫荊樹的榮枯去呈現，卻是非常高明的技巧。「三荊」，也因此成為兄弟的代詞，經常被後世文人使用。另外，河南鞏縣西南有「孝義村」，據說就是因為這則故事而得名的，可見這則故事早已深入人心了。

陽羨書生

題解

本文選自續齊諧記，敘述陽羨人許彥遇到一名身懷法術的書生，他不但能棲身鵝籠之中，更能由口中吐出器具、佳肴及美女，美女則在書生醉倒後再吐出情人，情人又吐出另一女子。最後，他們一一被納回口中，書生還送一個銅盤給許彥。

靈鬼志也有相似的故事外國道人，兩篇皆源於佛經故事，以「吐人」作為揭露心中情欲的象徵。許彥雖親眼目睹一連串的背叛過程，卻又一一為他們隱瞞。全篇展露人的欲念與複雜的內心世界，奇幻生動，成功的將佛經故事「中國化」，如清紀昀閱微草堂筆記曾云：「陽羨鵝籠，幻中出幻。」

陽羨❶許彥，於綏安❷山行，遇一書生，年十七八，臥路側，云腳痛，求寄鵝籠中。彥以為戲言。書生便入籠，籠亦不更廣，書生亦不更小，宛然❸與雙鵝並坐，鵝亦不驚。彥負籠而去，都不覺重。前行息樹下，書生乃出籠，謂彥曰：「欲為君薄設❹。」彥曰：「善。」乃口中吐出一銅奩子❺，奩子中具諸飾饌，珍羞方丈。其器皿皆銅物，氣味香旨❻，世所罕見。酒數行，謂彥曰：「向將一婦人自隨，今欲暫邀之。」彥曰：「善。」又於口中吐一女子，年可❼十五六，衣服綺麗，容貌殊絕，共坐宴。

俄而書生醉臥，此女謂彥曰：「雖與書生結好，而實懷外心。向亦竊得一男子同行，書生既眠，暫喚之，君幸勿言。」彥曰：「善。」女子於口中吐出一男子，年可二十三四，亦穎悟可愛，乃與彥敘寒溫。書生臥欲覺❽，女子口吐一錦行障❾遮書生，書生乃留女子共臥。

男子謂彥曰：「此女子雖有心，情亦不甚。向復竊得一女人同行，今欲暫見之，願君勿洩。」彥曰：「善。」男子又於口中吐一婦人，年可二十許，共酌，戲談甚久。聞書生動聲，男子曰：「二人眠已覺。」因取所吐女人，還納口中。

須臾，書生處女乃出，謂彥曰：「書生欲起。」乃吞向男子，獨對彥坐。然後書生起，謂彥曰：「暫眠遂久，君獨坐，當悒悒❿邪？日又晚，當與君別。」遂吞其女子、諸器皿，悉納口中，留大銅盤，可二尺廣，與彥別曰：「無以藉⓫君，與君相憶也。」

彥太元⓬中，為蘭臺令史⓭，以盤餉⓮侍中⓯張散。散看其銘⓰，題云是永平⓱三年作。

---

❶陽　羨　古地名。在今江蘇省宜興縣南。

❷綏　安　古地名。在今江蘇省宜興縣西南。

❸宛　然　安然自得的樣子。

❹薄　設　謙稱自己準備的酒菜不夠豐盛。設，準備酒食。

❺奩　子　盛物的小盒子。奩，音ㄌㄧㄢˊ。

❻旨　美味可口。

❼可　大約。

❽覺　睡醒。

❾行障　屏風一類的遮蔽物。

❿悒悒　鬱悶的樣子。

⓫藉　貢獻。

⓬太元　晉孝武帝的年號（西元三七六－三九六年）。

⓭蘭臺令史　古官名。主持整理圖書及掌理書奏的職官。蘭臺，漢代宮中藏書的地方。

⓮餉　餽贈；贈送。

⓯侍中　古官名。原為皇帝的侍從、顧問機構，但權力逐漸擴大。東漢設侍中寺，至晉改為門下省，到北朝時，門下省甚至成為中央政治機構的重心。侍中即為門下省的長官，元代時廢除。

⓰銘　刻在器物或石碑上的文字。

⓱永平　東漢明帝的年號（西元五八－七五年）。

翻譯

陽羨地方有個名叫許彥的人，一天在綏安山中行走，遇見一位書生，年約十七、八歲，躺在路邊，說他腳痛，懇求許彥能讓他寄身在鵝籠裡。許彥以為對方是在開玩笑，但書生就鑽進了鵝籠中，奇怪的是，鵝籠並沒有變大，書生也沒有變小，只見他安然自得地和兩隻鵝坐在籠子裡，鵝也沒受到驚嚇。許彥背起鵝籠繼續前行，也不覺得更沉重。

走了一段路後，許彥在一棵樹下休息，書生便從鵝籠裡走出來，對許彥說：「我想為你擺一桌簡單的酒席。」許彥說：「好呀。」書生於是從口中吐出一個銅盒子，盒子裡有各式各樣的酒菜，山珍海味滿滿地擺了一桌，所有的器皿都是銅製的，食物芳香味美，世上罕見。酒過數巡，書生對許彥說：「我帶了一個婦人陪我，現在想邀她出來同樂。」許彥說：「好。」於是書生又從口中吐出一名女子，年約十五、六歲，衣服華麗，姿色美豔絕倫，一起坐下來吃喝。

不久，書生喝醉躺下休息，這女子對許彥說：「我雖然和他相好，但其實懷著異心。我之前也偷帶了一個男人同行，現在書生已經睡著了，我想邀情人出來一會兒，希望你不要講出去。」許彥說：「好。」女子於是從口中吐出一名男子，年約二十三、四歲，看起來也很聰明可愛，他就和許彥閒聊。過了一會兒，書生好像就要醒過來，女子連忙吐出一座錦繡屏風，遮住書生。書生於是就拉著女子陪他一塊睡覺。

男子對許彥說：「這個女人雖然對我有心，但也不是全然愛著我。我之前也偷偷帶了一個女人同行，現在想和她見個面，請你不要洩露。」許彥說：「好。」於是，男子又從他口中吐出另一名女子，年約二十來歲，一起吃喝說笑好一陣子。忽然聽到書生翻動身體的聲音，男子說：「他們倆要醒了。」於是將他剛吐出來的女子又吞入口中。

不久，書生那兒的女人走出來，對許彥說：「書生就要起來了。」也張口吞下她吐出來的男人，獨自和許彥相對坐著。然後書生起身了，對許彥說：「我原只想小睡一下，想不到竟睡了這麼久，你一個人坐著一定很無聊吧？天色已晚，我必須和你告別了。」說完就將女人和各式器皿都吞回口中，留下一個約二尺寬的大銅盤，向許彥道別說：「我沒有什麼東西好送你，這個銅盤就給你留作紀念吧。」

太元年間，許彥擔任蘭臺令史，將銅盤送給侍中張散。張散看銅盤上刻的文字，上面說是漢朝永平三年製作的。

賞析

這則故事像是魔術表演，讓人嘖嘖稱奇。

第一段寫許彥遇見書生求寄鵝籠。第二段寫書生吐出山珍海味和美女。第三段寫書生醉臥，美女也吐出一男子。第四段男子又吐出一女子，之後再吞回去。第五段，美女吞了男子，書生睡醒，吞下美女，送一個大銅盤給許彥做紀念。第六段說明銅盤的製作年代。

陽羨書生和荀氏靈鬼志裡的外國道人前半類似，但外國道人比較簡略，技巧也沒有這篇好。據學者研究，這類故事是從印度的舊雜譬喻經「梵志吐壺」故事轉化而來，想像力極為豐富，令人嘆為觀止。

這篇故事還有一個值得注意之處，文中書生擁有美女為妻，但美女卻另有意中人，而這男子居然也有個「共酌，戲談甚久」的女子。這代表什麼意義呢？是人的感情世界太複雜，還是暗示「色即是空，空即是色」的道理？讀者可以自行揣摩。

題解

本文選自冥祥記，敘述趙泰因急病暴卒後被帶到地獄，親眼目睹地獄種種慘狀，生前造孽者在死後皆遭受殘酷的懲罰。當他受審時，主事者發現他陽壽未盡，因此送回人間。趙泰復活後，將遊歷地獄之事轉述給眾人知道，並勸人應當信奉佛法。

作者王琰，生卒年不詳，原籍太原，生於南朝宋時，於南朝齊時任太子舍人、義安太守，入梁後為吳興令，著有宋春秋、冥祥記。冥祥記原本已亡佚，魯迅輯得序言及正文一百三十一條，收於古小說鉤沉。王琰在自序中提及他幼時供奉的觀世音金像，曾多次顯靈，故收集東漢至齊之間的奉佛故事而成此書。冥祥記的故事篇幅較長，手法也較為高明，對後世小說頗有影響。

晉趙泰，字文和，清河貝丘❶人也，祖父京兆太守❷。泰郡舉孝廉❸，公府辟❹，不就❺。精思聖典，有譽鄉里。當晚乃仕，終中散大夫❻。泰年三十五時，嘗卒❼心痛，須臾而死。下屍于地，心煖不冷，屈申隨意。既死十日，忽然喉中有聲如雨，俄而蘇⑧活。

說初死之時，夢有一人，來近心下。復有二人乘黃馬，從者二人，夾扶泰腋，徑將東行。不知可幾里，至一大城，崔崒⑨高峻，城邑青黑色。遂將泰向城門入，經兩重門，有瓦室可數千間；男女大小，亦數千人，行列而立。吏著皁衣⑩，有五六人，條疏⑪姓字，云當以科⑫呈府君⑬。泰名在三十。須臾，將泰與數千人男女一時俱進。府君西向坐，閱視名簿訖，復遣泰南入里門。有人著絳衣，坐大屋下，以次呼名，問：「生時作何孽罪？行何福善？諦⑭汝等以實言也。此恆遣六部使者在人間，疏記善惡，具有條狀，不可得虛。」泰答：「父兄仕官皆二千石⑮。我少在家，修學而已，無他事也，亦不犯惡。」乃遣泰為水官監作使，將二千餘人，運沙裨⑯岸，晝夜勤苦。後轉泰水官都督，知諸獄事。給泰兵馬，令案行⑰地獄。

所至諸獄，楚毒⑱各殊。或針貫其舌，流血竟體，或被頭露髮，躶形徒跣⑲，相牽而行。有持大杖，從後催促。鐵床銅柱，燒之洞然⑳，驅迫此人，抱臥其上，赴即焦爛，尋復還生。或炎鑪巨鑊，焚煮罪人，身首碎墜，隨沸飜轉。有鬼持叉，倚于其側。有三四百人，立于一面，次當入鑊，相抱悲泣。或劍樹高廣，不知限極，根莖枝葉，皆劍為之。人眾相訾㉑，自登自攀，若有欣競，而身體割截，尺寸離斷。泰見祖父母及二弟在此獄中涕泣。

泰出獄門，見有二人齎㉒文書來，說獄吏，言有三人，其家為於塔寺中懸幡㉓燒香，救解其罪，可出福舍㉔。俄見三人自獄而出，已有自然衣服，完整在身。南詣一門，名「開光大舍」，有三重門，朱彩照發，見此三人即入舍中，泰亦隨入。前有大殿，珍寶周飾，精光耀目，金玉為牀。見一神人，姿容偉異，殊好非常，坐此座上，邊有沙門[25]立倚其眾。見府君來，恭敬作禮。泰問：「此是何人，府君致敬？」吏曰：「號名『世尊』[26]，度人之師。有頃，令惡道[27]中人皆出聽經。時有萬九千人皆出地獄，入百里城。在此到者，奉法眾生也，行雖虧殆，尚當得度，故開經法。七日之中，隨本所作善惡多少，差次[28]免脫。」

泰未出之頃，已見十人昇虛而去。出此舍，復見一城，方二百餘里，名為「受變形城」。地獄考治已畢者，當於此城更受變報。泰入其城，見有土瓦屋數千區，各有坊巷。正中有瓦屋高壯，欄檻采飾。有數百局吏，對校文書。云：「殺生者當作蜉蝣[29]，朝生暮死；劫盜者當作豬羊，受人屠割；婬逸者作鶴、鶩、麞、麋；兩舌[30]作鴟梟、鵂鶹[31]；捍債[32]者為騾、驢、牛、馬。」泰案行畢，還水官處。主者語泰：「卿是誰者子，以何罪過而來在此？」泰答：「祖父兄弟皆二千石，我舉孝廉，公府辟，不行。修志念善，不染眾惡。」主者曰：「卿無罪，故相使為水官都督。不爾[33]，與地獄中人無以異也。」泰問主者曰：「人有何行，死得樂報？」主者言：「唯奉法弟子，精進持戒，得樂報，無有謫罰也。」泰復問曰：「人未事法時所行罪過，事法之後得以除否？」答曰：「皆除也。」語畢，主者開縢篋[34]，檢年紀，尚有餘算三十年在，乃遣泰還。臨別，主者曰：「已見地獄罪報如是，當告世人，皆令作善。善惡隨人，其猶影響，可不慎乎？」

時親表內外候視[35]泰者五六十人，同聞泰說。泰自書記，以示時人。時晉太始[36]五年七月十三日也。乃為祖父母二弟延請僧眾，大設福會[37]。皆命子孫改意奉法，課勸[38]精進。士人聞泰死而復生，多見罪福，互來訪問。時有太中大夫[39]武城[40]孫豐、關內侯[41]常山[42]郝伯平等十人，同集泰會，款曲[43]

尋問，莫不瞿然㊹，皆即奉法。

❶貝丘　古地名。在今山東省臨清市東南。
❷京兆太守　古官名。管理長安地區的行政長官。
❸舉孝廉　漢朝的一種取士制度。指地方官向朝廷推薦孝順父母、品行清廉方正的人出來做官。魏、晉沿襲此法。
❹辟　音ㄅㄧˋ。徵召。
❺不就　不擔任；不接受。
❻中散大夫　古官名。王莽時設置，掌論議之事。魏、晉時為閒散職。
❼卒　通「猝」。音ㄘㄨˋ。突然。
❽蘇　甦醒；復活。
❾崔崒　音ㄘㄨㄟ ㄗㄨˊ。高峻的樣子。
❿皁衣　黑色衣服。為下級官吏的服裝。皁，音ㄗㄠˋ。
⓫條疏　逐條記錄。疏，音ㄕㄨˋ。分條陳述、記錄。
⓬科　分類。
⓭府君　對尊者、長者的尊稱。此指治理陰間的冥官。
⓮諦　詳審；細察。
⓯二千石　漢代內自九卿、郎將，外至郡守、尉，俸祿皆為二千石。後因稱郎將、郡守、知府為二千石。約當於後世的三品官。
⓰裨　音ㄅㄧˋ。修補。
⓱案行　巡行。
⓲楚毒　酷刑。
⓳躶形徒跣　光著身子，赤足步行。躶，同「裸」。
⓴洞然　形容鐵床銅柱燒得很透亮的樣子。
㉑呰　音ㄗˇ。非議；詆毀。
㉒齎　音ㄐㄧ。拿；持。
㉓幡　音ㄈㄢ。一種狹長、垂直懸掛的旗幟。此處指繡有經文或佛像的經幡。
㉔福舍　監獄或囚繫犯人的地方。
㉕沙門　梵語譯音，指佛教僧侶。
㉖世尊　佛陀的尊號之一。
㉗惡道　佛教的六道輪迴中，三種痛苦的生存狀態。地獄、餓鬼、畜牲為三惡道。
㉘差次　分別等級或輕重次序。
㉙蜉蝣　音ㄈㄨˊ ㄧㄡˊ。蟲類。體細而狹。夏秋之交，多近水而飛，往往數小時即死。
㉚兩舌　挑撥離間、搬弄是非。
㉛鵂鶹　音ㄒㄧㄡ ㄌㄧㄡˊ。貓頭鷹的別名。古人認為貓頭鷹是惡鳥。

32 捍　債　欠債不還。

33 不　爾　不然。

34 縢　篋　音ㄊㄥˊ ㄑㄧㄝˋ。用繩子捆綁的箱子。縢，繩子，這裡作動詞用。

35 候　視　探視問候。

36 太　始　即泰始。晉武帝的年號(西元二六五—二七四年)。

37 福　會　佛教稱拜懺等祈福活動。

38 課　勸　督促勸勉。

39 太中大夫　古官名。古代職掌議論的官員。

40 武　城　古地名。在今山東省武城縣西北。

41 關 內 侯　秦、漢時的封爵。有侯號而無封地，僅於關中京畿領取少數租稅。

42 常　山　古地名。在今河北省正定縣。

43 款　曲　仔細；周詳。

44 瞿　然　驚駭的樣子。瞿，音ㄐㄩˋ。

翻譯

晉朝人趙泰，字文和，是清河郡貝丘縣的人，他的祖父曾擔任京兆太守。當地郡府推舉趙泰為孝廉，想徵召他出來做官，但趙泰卻不接受。他精心鑽研聖人的典籍，在鄉里中很有名望。晚年才出來做官，最終擔任中散大夫。趙泰三十五歲那年，曾因突然心痛，一下子就死了。將屍體放在地上時，心臟還很溫熱，並沒有變冷，四肢也可隨意屈伸。在他死後的第十天，他的喉嚨突然傳出有如下雨的聲音，過了一會兒就甦醒了。

他說他剛死的時候，夢見有一個人來靠近他心下，又有兩人騎著黃馬，帶著兩個隨從，夾扶著趙泰的胳臂直向東走。不知走了多少里，來到一座大城，城牆高大險峻，牆面是青黑色的。他們帶趙泰從城門進入，經過兩層大門後，便見到幾千間的瓦房，還有幾千個男女老幼排列站立。有五、六個身穿黑衣的官員，依次記錄每個人的姓名，並說要分門別類呈報給陰間府君。趙泰排在第三十個。不久後，就將趙泰和數千名男女全帶進地府。府君面西而坐，檢閱名冊結束，又讓趙泰向南進入里門。有個官員穿著深紅色衣服坐在大屋裡，按順序叫名字，並問每個人：「活著時犯過什麼罪？做過什麼善事？要照實詳細地說。陰間會派遣六部使者在人間，逐條記錄每個人的善惡，每件事都有白紙黑字的記載，不可說謊。」趙泰回答：「我的父兄都當到三品官，我自少在家讀書，研究學問而已，沒有做什麼事，也沒犯過什麼罪。」於是陰官便派趙泰當水官監作使，帶領兩千多人，運沙石修堤岸，從早到晚都很忙碌辛苦。後來又讓趙泰轉任水官都督，管理地獄中的事務。給他兵馬，命他巡視地獄。

趙泰所到的各處地獄，殘酷的刑罰各有不同。有的人被針穿過舌頭，血流得滿身都是；有的人披頭散髮，赤身裸足，相互拉著走。鬼吏拿著大木棒，在後面催促他們。鐵床銅柱用火燒得紅通通的，鬼吏驅趕逼迫這些人躺在上面，一上去身體就被燒得焦爛，但隨即又恢復原樣。還有火爐和大鍋，燒煮著罪人，把他們煮得全身粉碎，隨著沸水翻滾。有拿著叉子的鬼吏站在旁邊監視，三、四百人站在一邊，當輪到自己該進大鍋時，便互相擁抱哭泣。還有一棵非常高大的劍樹，不知道究竟有多高，樹的根莖枝葉都是用劍做成。人們互相詆毀，又各自攀登上樹，好像很高興似的競爭著，但身體卻被割裂，變成一截一截的。趙泰看見他的祖父母和二弟也在這個獄中哭泣。

趙泰走出獄門，看見兩個人拿著文書前來，告訴獄吏說，有三個人，他們的家人在寺廟中懸掛經幡、燒香拜拜，解救了他們的罪過，這三人可以離開這裡了。沒多久，就看見三人從地獄中走出來，他們已經穿著原來的衣服，身體也完好無缺。他們往南到一座門前，名叫「開光大舍」，有三道大門，漆成耀眼的紅色。趙泰見這三人進入開光大舍中，也跟著他們進去。前面有一座大殿，四周都用珍寶裝飾，精光耀眼，還有用金玉鋪成的坐榻。有一個神仙，容貌姿態莊嚴非凡，坐在殿中座位上，旁邊有許多和尚站著服侍他。又見地府府君走來，恭敬地向那位神仙行禮。趙泰問獄吏：「那位在上座的人是誰，連府君都得向祂行禮？」獄吏說：「他的法號『世尊』，是超度人的老師。過一會兒，會讓淪入三惡道的人都出來聽經，屆時會有一萬九千多人走出地獄，進入百里城。到這裡的人，大都是生前信奉佛法的人，雖然他們的行為有缺失，但還是可以得到超度的，所以請僧人來講經說法。七天之中，根據他們所做的善惡多寡，依序給予超度。」

趙泰還沒走出去，就看見十個人升空而去。走出開光大舍後，又看見一座城，方圓二百多里，名為「受變形城」。在地獄中審判懲罰完的人，就會到這座城，再接受變形報應。趙泰進入城內，看見土瓦房幾千區，各處都有街坊巷弄，城的正中央有一座非常高大的瓦房，欄杆都有彩色的裝飾。有數百名官吏，正在校閱文書。他們說：「殺生的人應變作蜉蝣，朝生暮死；搶劫偷盜者應變成豬羊，任人宰割；淫亂放蕩的人應變成水鳥和麋鹿；愛搬弄是非的人應變成鴟梟、鵂鶹；欠債不還的人該變成騾驢牛馬。」趙泰巡視完畢，回到他的水官都督府，主事的人問趙泰：「你是誰的兒子？犯了什麼罪會到這裡來？」趙泰回答說：「我的祖父和兄弟，都是三品大官。我被鄉里推舉為孝廉，官府召我做官我沒去。一心向善，從不做惡事。」主事的人說：「你沒有罪過，所以才派你做水官都督。不然的話，你和地獄中其他的人也沒什麼不同。」趙泰又問主事人：「人要做什麼事才能得到好報？」主事的人說：「唯有信奉佛法的弟子，堅修佛法、遵守戒律，才能得到好報，不受懲罰。」趙泰又問：「人在還沒信奉佛法前所犯的罪過，信奉佛法以後能免除嗎？」主事的人回答說：「都可以免除。」說完，主事人打開了用繩子捆綁的箱子，檢視趙泰的陽壽，還剩三十年可以活，便讓趙泰還陽。臨別時，主事人說：「你已經見過地獄中犯罪會遭受的報應，應該回去告訴世間的人，叫他們都要做善事。善惡與人相隨，就像影子和回音一樣，能不謹慎嗎？」

當時裡裡外外來探視趙泰的親戚朋友有五、六十個人，大家一起聽到趙泰說這些事。趙泰還親自寫下這次的遭遇，用來告誡世人。那天是晉武帝泰始五年七月十三日。於是他為祖父母、二弟請了許多僧侶，舉辦超度法會，又叫自己的子孫改信佛教，並經常督促勸勉他們。一些讀書人聽說趙泰死而復生，在陰間見到了許多罪報與福報，都一起前來詢問拜訪。當時有太中大夫武城人孫豐、關內侯常山人郝伯平等十人，一齊聚在趙泰家集會，仔細地詢問，聽了趙泰的經歷以後，沒有不害怕的，全都立即信奉佛法。

賞析

這篇篇幅較長，是一般志怪小說的三倍左右，也是把地獄描寫得最詳盡的筆記小說。全文可分為三個部分，開頭介紹趙泰死而復活，中段描繪地獄的各種樣貌，包括建築、刑具、受難者、判官等，最後再由趙泰以親身經歷力勸親友信奉佛法。

這篇「地獄旅行記」告訴我們，地獄中也有大小不一的城市和各級官員。趙泰因未犯惡，被派為水官監作使，率領二千多人運沙修岸。後來又轉任水官都督，巡察各地，一路上看到各種地獄的慘狀。文中用了不少四字句，如：「或針貫其舌，流血竟體，或被頭露髮，裸形徒跣，相牽而行。……鐵床銅柱，燒之洞然，驅迫此人，抱臥其上，赴即焦爛，尋復還生。」讓人觸目驚心！但地獄裡也有好的居處，像趙泰後來進入的開光大舍「珍寶周飾，精光耀目，金玉為牀」，布置得富麗堂皇，原來這是讓奉法眾生受度的地方，和之前的恐怖情狀形成強烈對比。

這種寫作方式很明顯是為了勸人信佛，以免墮入地獄受苦。讀者隨著趙泰的腳步，不但認識地獄的情況，就連作惡者應受什麼懲罰也了然於心。如進入受變形城，就知道「殺生者當作蜉蝣，朝生暮死；劫盜者當作豬羊，受人屠割……」，趙泰還向主事者請教，得知奉法可以獲得樂報、免除前罪等，他的地獄之行，收穫是豐碩的。

由於篇幅較長，本篇的場景描寫也比較細緻。相關的佛法知識，透過對話的方式傳達，避免枯燥的說教，也是十分難得的。

徐鐵臼

題解

本文選自冤魂志，敘述徐鐵臼自幼遭後母陳氏百般虐待，十六歲就死了。後來鐵臼的鬼魂前來報復，讓陳氏子鐵杵得病而亡。這個故事揭露了後母苛待前妻之子的問題，也展現了因果報應的佛教思想。

作者顏之推（生年不詳，卒於隋開皇年間），字介，琅琊臨沂（今山東省臨沂市）人。南朝梁時為散騎侍郎，入北齊後為黃門侍郎，北周時為御史上士，後為隋朝東宮學士。他博覽群書，詞情典麗，是當時著名的學者與文學家。顏之推篤信佛教，收集歷代鬼魂報冤故事，並寫出親見耳聞者，著成冤魂志，用以勸戒世人。

宋東海❶徐某甲，前妻許氏，生一男，名鐵臼，而許亡，某甲改娶陳氏。陳氏凶虐，志滅鐵臼。陳氏產一男，生而呪❷之曰：「汝若不除鐵臼，非吾子也。」因名之曰鐵杵，欲以杵擣鐵臼也。於是捶打鐵臼，備諸苦毒，饑不給食，寒不加絮。某甲性闇弱❸，又多不在，後妻恣意行其暴酷。鐵臼竟以凍餓病杖而死，時年十六。

亡後旬餘，鬼忽還家，登陳牀曰：「我鐵臼也，實無片罪，橫❹見殘害。我母訴怨於天，今得天曹符❺，來取鐵杵。當令鐵杵疾病，與我遭苦時同。將去自有期日，我今停此待之。」聲如生時，家人賓客不見其形，皆聞其語。於是恆在屋梁上住。

陳氏跪謝搏❻頰，為設奠，鬼云：「不須如此，餓我令死，豈是一餐所能對謝？」陳夜中竊語道之，鬼厲聲曰：「何敢道我？今當斷汝屋棟。」便聞鋸聲，屑亦隨落，拉然有響，如棟實崩，舉身走出，炳燭照之，亦了無異。鬼又罵鐵杵曰：「汝既殺我，安坐宅上以為快也？當燒汝屋。」即見火然，烟焰大猛，內外狼狽，俄爾自滅，茅茨❼儼然，不見虧損。日日罵詈❽，時復歌云：「桃李花，嚴霜落奈何？桃李子，嚴霜早落已！」聲甚傷切，似是自悼不得長成也。於時鐵杵六歲，鬼至便病，體痛腹大，上氣妨食。鬼屢打之，處處青黶❾，月餘而死，鬼便寂然無聞。

❶東海　古地名。今江蘇省漣水縣北。
❷呪　通「咒」。音ㄓㄡˋ。用惡毒不吉利的話罵人。
❸闇弱　愚昧懦弱。
❹橫　音ㄏㄥˋ。無端。
❺天曹符　天上官署的命令。符，文件；憑證。
❻搏　拍打。
❼茅茨　用茅草蓋成的屋頂。茨，音ㄘˊ。
❽詈　音ㄌㄧˋ。罵人。
❾黶　同「黯」。音ㄢˋ。深黑色。

翻譯

南朝宋時，東海人徐某甲，他的前妻許氏生了一個男孩，取名為鐵臼，不久許氏就死了。某甲再娶陳氏。陳氏凶狠殘暴，一心想除掉鐵臼。陳氏也生了一個男孩，剛生下來時就向兒子賭咒：「你若不除掉鐵臼，就不是我的兒子。」因此給孩子取名叫鐵杵，意思是要用鐵杵搗打鐵臼。此後陳氏便經常毆打鐵臼，用盡各種辦法虐待他，餓了不給他吃東西，冷了不幫他加衣服。徐某甲生性愚昧懦弱，又經常不在家，陳氏更是任意地酷虐鐵臼。最後鐵臼終於因為挨餓受凍，生了病又挨打而死了。那年他才十六歲。

鐵臼死後十幾天，他的鬼魂忽然回家，登上陳氏的床說：「我是鐵臼，實在沒犯過一點錯，卻無故遭你虐待。我母親向上天訴冤，現在得到天官的命令，要來取鐵杵的性命。將讓鐵杵生病，就和我生前遭受的痛苦一樣。鐵杵自有他的死期，我現在就要待在這裡等他死。」鐵臼說話的聲音和他活著的時候一樣，家人賓客看不見鐵臼的形體，但全都聽到他所說的話。從此鐵臼的鬼魂便一直住在屋梁上。

陳氏跪著打自己的臉頰向鐵臼謝罪，又擺設祭品祭拜鐵臼。鐵臼的鬼魂說：「不必這樣。你當初活活地把我餓死，怎麼是一頓飯就能抵過來的？」陳氏在半夜時偷偷提起這些事，鐵臼的鬼魂便大聲叱罵說：「你怎麼敢說我的不是？我現在就要鋸斷你家的屋梁。」接著就聽到鋸木聲，木屑也隨著落下來，房屋摧折拉扯的聲響，就好像真的倒塌了一樣。全家嚇得跑出屋外，拿來蠟燭照亮一看，沒有一點異樣。鐵臼的鬼魂又罵鐵杵說：「你害死了我，怎麼還能安穩地坐在屋子裡享福？我要燒掉你們的屋子。」接著就看見火焰，火勢越燒越大，房屋內外一片混亂。不一會兒火自己滅了，屋頂上的茅草整整齊齊，沒有一點損壞。鐵臼的鬼魂每天咒罵，有時又唱著：「桃李花，嚴霜落下來又能怎麼辦？桃李子，嚴霜落下時早已死了。」歌聲悲傷淒涼，好像是哀悼自己無法長大成人。

那時鐵杵六歲，鐵臼的鬼魂出現後，他就開始生病，全身疼痛，肚子脹大，呼吸困難，食不下嚥。鐵臼的鬼魂還經常打他，鐵杵的身上到處都有瘀青，一個多月後，鐵杵就死了，而鐵臼的鬼魂便也消聲匿跡了。

賞析

這是一則冤鬼報仇的故事，讓人讀了十分傷感。

故事裡的主角徐鐵臼，不見容於後母陳氏，陳氏故意把親生子取名鐵杵，因為杵可以搗臼。後來，鐵臼挨餓受凍被打而死，年僅十六歲。他的母親許氏向天曹控訴，天曹判定鐵杵將生病受苦，陳氏後悔莫迭。

鐵臼的鬼魂回到徐家，住在屋梁上，陳氏跪謝搏頰，為鐵臼祭奠，鐵臼毫不領情。鐵臼還發揮「鬼力」，用鋸子鋸斷屋梁，使屋子起火；天天罵陳氏和鐵杵，也時常唱悲傷的桃李歌，感嘆自己年輕的生命就像被嚴霜打落的桃花，根本不能結成果實。

鐵臼後來復仇成功，陳氏把自己愛子的性命也賠上了，這是她害人害己的下場！後母難為，但沒有必要把前室之子除之而後快。為什麼不能將心比心，愛屋及烏呢？這故事也許有意警告荼毒他人兒女的人，多想想孟子說的「老吾老以及人之老，幼吾幼以及人之幼」吧！

王嬙

題解

本文選自西京雜記。敘述宮女王嬙因不肯賄賂畫師，而被漢元帝挑選出來和番。臨行前，漢元帝才發現她是後宮第一美女，便將畫工毛延壽等人斬首棄市。王昭君的故事，在漢書、後漢書都有，但畫工毛延壽索賄，則起於西京雜記的記載。後代文人對昭君和番多有歌詠，元代馬致遠的雜劇漢宮秋到達極致。

葛洪在西京雜記題辭中說此書原來是劉歆所作，但舊唐書經籍志、新唐書藝文志及宋史藝文志都認為是葛洪作的。今學者多認為是葛洪雜鈔漢代佚事而成，託名劉歆所作。

葛洪（約西元二八三—三四三年），字稚川，丹陽句容（今江蘇省句容市）人，原以儒學聞名，博覽典籍，尤其愛好神仙導養之法。他與干寶是好友，曾經任官，後辭官隱居煉丹，自號抱朴子。著有抱朴子、神仙傳等。

元帝❶後宮❷既多，不得常見，乃使畫工圖形❸，案圖召幸❹之。諸宮人皆賂畫工，多者十萬，少者亦不減❺五萬，獨王嬙❻不肯，遂不得見。

匈奴入朝求美人為閼氏❼，於是上案圖以昭君行❽。及去，召見，貌為後宮第一，善應對，舉止閑雅，帝悔之。而名籍❾已定，帝重信於外國，故不復更人。乃窮案❿其事，畫工皆棄市⓫，籍⓬其家，資皆巨萬。

畫工有杜陵毛延壽⓭，為人形⓮，醜好⓯老少，必得其真。安陵⓰陳敞，新豐⓱劉白、龔寬，並工為牛馬飛鳥，亦肖⓲人形，好醜不逮⓳延壽。下杜⓴陽望亦善畫，尤善布色。樊育亦善布色。同日棄市。京師畫工，於是差稀㉑。

❶元帝　即漢元帝劉奭（西元前七六—前三三年）。在位十餘年。好儒學，性懦弱，寵信宦官，致使西漢由盛而衰。

❷後宮　本為皇帝嬪妃所居之處，此指皇帝的嬪妃、宮女等。

❸圖形　即畫像。

❹召幸　指皇帝召喚妃嬪宮女侍寢。

❺減　少於。

❻王嬙　亦作「王檣」或「王牆」。西漢南郡秭歸（今湖北省興山縣）人，字昭君。漢元帝時被選入宮。竟寧元年（西元前三三年），匈奴單于呼韓邪入朝，求美人為閼氏（ㄧㄢ ㄓ），元帝乃出昭君與之和親。昭君戎服乘馬，提琵琶出塞。入匈奴後，號寧胡閼氏，與呼韓邪生一男。呼韓邪死，復嫁其子復株絫若鞮單于，生二女。死後葬匈奴。今內蒙古呼和浩特市南有昭君墓，人稱青冢。

❼閼氏　漢時匈奴王嫡妻的稱號。

❽於是上案圖以昭君行　由此句看，昭君出塞的原因，乃是畫工有意醜化其形象，而致元帝誤選、錯遣。

❾名籍　名冊。

❿窮案　徹底追究。

⓫棄市　古代在鬧市執行死刑，並將犯人的屍體暴於街頭示眾，稱為棄市。

⓬籍　沒收財物入官。

⓭杜陵毛延壽　杜陵，古地名，在今陝西省西安市東南。毛延壽，人名，生平事跡僅見於西京雜記。以下陳敞、

⑭為人形　劉白、龔寬、陽望、樊育，皆與此同。謂畫人像。

⑮好　美。

⑯安陵　古縣名。在今陝西省咸陽市東北。

⑰新豐　古縣名。秦為驪邑，在今陝西省臨潼縣東北。

⑱肖　本義為相似，此謂畫。

⑲逮　及。

⑳下杜　古地名。在今陝西省西安市南。

㉑差稀　幾乎少有，即少了很多。差，幾乎；大概。

翻譯

漢元帝後宮的嬪妃宮女太多，不能經常召見她們，於是就派畫師畫出她們的相貌，然後根據畫像召喚她們侍寢。這樣一來，宮女們都以錢財賄賂畫師，多的十萬銅錢，少的也有五萬，只有王嬙不願行賄，因此沒被元帝召幸。

後來匈奴的君王來漢朝要求美女為妻子。於是，元帝依照畫師所畫的宮女圖像，選出昭君出塞和親。等到昭君臨走時，元帝召見她，發現她的容貌實在是後宮第一，而且應對得體，舉止嫻靜高雅，元帝很後悔。但是名冊已經定了下來，元帝對匈奴又很重信用，所以沒有再換人。事後徹底追查此事，宮中那些畫師，都被處死示眾，家產沒收，他們家裡的資財都不計其數。

畫師中有一個杜陵人毛延壽，他畫人像，不論美、醜、老、少，都畫得很逼真。安陵人陳敞、新豐人劉白、龔寬，他們擅長描畫牛馬飛鳥的形態，也畫人像，但卻不及毛延壽逼真。下杜人陽望也很會繪畫，特別擅長著色。樊育也很會著色。這些畫師在同一天被殺，陳屍示眾。京都的畫師，因此少了很多。

賞析

王昭君的故事家喻戶曉，這是出現得比較早，內容也較簡單的一篇。

本篇前半寫王嬙雖是美女，卻被冷落在後宮，之後因和親政策變成匈奴的閼氏。後半則是寫當時收賄畫工的下場。

整個故事充滿了反諷：元帝的後宮美女竟多到得「案圖召幸」，因而給了畫工受賄的機會；王嬙不肯行賄，就始終得不到皇上的青睞。直到匈奴來求美人，元帝把「己所不欲」的宮女送給匈奴拚外交，這才發現王嬙之美為後宮第一，後悔莫及。元帝頭腦還算冷靜，「君子一言既出，駟馬難追」，美人照送，但貪婪的畫工不可饒恕，追查的結果，畫工們個個都是百萬富翁。

都是「貪」惹的禍！皇帝貪色，把真正的美女拱手讓人；畫工貪財，讓大好的生命草草結束。至於王嬙，誠如王安石明妃曲所說：「漢恩自淺胡自深。」她算是因禍得福的美人吧！

司馬相如

題解

本文選自西京雜記卷二。敘述司馬相如與卓文君私奔後，生活困窮，只得在成都賣酒。卓王孫深以為恥，送了許多財物給文君。後來相如耽溺文君的美色，消渴疾復發而死。這則故事史記中也有記載，但與本文略有出入。

司馬相如❶初與卓文君❷還成都，居貧愁懣❸，以所著鸘鷞裘❹就市人陽昌貰酒❺，與文君為歡。既而文君抱頸而泣曰：「我平生富足，今乃以衣裘貰酒。」遂相與謀於成都賣酒❻。相如親著犢鼻褌❼滌器❽，以恥王孫。王孫果以為病❾，乃厚給文君，文君遂為富人。

文君姣好❿，眉色如望遠山⓫，臉際常若芙蓉⓬，肌膚柔滑如脂⓭。十七而寡，為人放誕風流，故悅長卿之才而越禮⓮焉。長卿素有消渴疾⓯，及還成都，悅文君之色，遂以發痼疾⓰。乃作美人賦⓱，欲以自刺，而終不能改，卒以此疾至死。文君為誄⓲，傳於世。

❶司馬相如　西漢文學家，字長卿，蜀郡成都（今屬四川）人（西元前一七九—前一一七年）。善作辭賦。所作子虛賦為武帝所賞識，因得召見，又作上林賦，被武帝任為郎。

❷卓文君　蜀郡臨邛富豪卓王孫之女，好音樂。司馬相如至卓家赴宴，以琴挑之，文君心悅而愛之，遂與之私奔成都。

❸居貧愁懣　生活貧苦，心情愁悶。

❹鷫鸘裘　以鷫鸘羽毛製作的裘衣。鷫鸘，音ㄙㄨˋ　ㄕㄨㄤ。鳥名。長頸綠身，其形似雁。

❺貰酒　賒酒。貰，音ㄕˋ。

❻於成都賣酒　據史記及漢書司馬相如傳所載，相如與文君賣酒之處當在臨邛。

❼犢鼻褌　短褲之褲管至膝蓋犢鼻穴者。犢鼻，穴道名，在人的膝下。褌，音ㄎㄨㄣ。褲子。

❽滌器　洗滌食用器皿（如碗、盤之類）。

❾病　恥辱。

❿姣好　形容相貌美麗。

⓫眉色如望遠山　謂兩眉的顏色為黛青，就像遠處望去的山色一樣。後世文人詩文多以「眉山」為典。

⓬芙蓉　即荷花。

⓭脂　凝凍的油脂。此喻皮膚細白潤澤。

⓮越禮　違反禮教。古代男婚女嫁，必聽父母之命，須有媒妁之證，還得履行種種禮節。而文君私奔與相如結合，故被視為「越禮」。

⓯消渴疾　現代醫學根據古籍所載多食、多飲、多尿、發癰疽等消渴病狀，認為此病即今所謂糖尿病。

⓰痼疾　經久難癒的疾病。

⓱美人賦　賦名。寫相如遊於梁王，鄒陽乃向梁王進言誹謗相如：「相如美則美矣，然服色容治，妖麗不忠，將欲媚辭取悅，遊王後宮。」相如便作辭以自辯。

⓲誄　一種哀祭死者的文體。文君為相如所作的誄文，今已失傳。清人嚴可均編全上古三代秦漢三國六朝文輯有卓文君司馬相如誄，據考證為後人偽作。

翻譯

司馬相如與卓文君剛回到成都的時候，因為生活貧困，心情也很愁悶，便拿自己所穿的鸘鷞裘衣去向市民陽昌賒酒，同文君一道喝酒消愁。酒後，文君抱頭痛哭，說：「我生平都過著富足的日子，現在卻落得用身上穿的裘衣賒酒喝！」於是兩人商量一番，就在成都賣起酒來。相如穿著短褲親自洗刷碗盤，以使卓王孫感到羞恥。王孫果然覺得丟臉，就給了文君很多財物，文君因而成了有錢人。

文君長得很美麗，她的眉毛就像遠遠望去的青山那樣綠，兩頰上總是像荷花般粉紅，皮膚細嫩白淨如同凝脂。文君十七歲就成了寡婦，個性放縱不羈，因為喜愛相如的才華而違抗禮教，與他私奔。相如本來就患有消渴病，回到成都時，因迷戀文君的美色，又犯了這個老毛病。於是他寫了一篇美人賦，想用來警戒自己，但終究改不了對文君的著迷，最後還是因此病而死。文君寫了篇誄文哀祭他，此文流傳於世。

賞析

司馬相如和卓文君是才子佳人的絕配，但二人婚後生活無著，面臨嚴苛的經濟危機。日子難過，酒卻不能不喝，相如當了美麗的羽裘賒酒，出身富裕的卓文君從來沒這麼狼狽過。她怨恨父親卓王孫不肯伸出援手，和丈夫抱頭痛哭，卻也想出了開酒店的主意。「知父莫若女」，文君這一招果然奏效，卓王孫大手筆送給女兒女婿「僮百人，錢百萬」（見史記司馬相如傳），相如和文君從此生活無虞。

本文只用短短幾句勾勒卓文君的美，影響卻十分深遠：「眉如遠山」、「臉若芙蓉」、「膚滑如脂」一直是古典美人的最高標準。又說文君放誕風流，這是指她能為人所不敢為，越禮私奔爭取自己的婚姻幸福。她的才華也不容小覷，為司馬相如寫的誄文流傳於世。

這篇寫卓文君的地方比寫司馬相如的地方多，寫司馬相如有消渴疾，這點和史傳相符。至於美人賦，前人已考證並非司馬相如所作，所以相如因「悅文君之色」引發舊病甚至死亡的說法，並不可靠。

翔風

題解

本文選自拾遺記，敘述石崇的婢女翔風才貌雙全，頗受寵愛。後來翔風因年華老去，遭年輕貌美者毀謗而失寵，只得作詩自哀。

作者王嘉（生卒年不詳），字子年，隴西安陽（今甘肅省境內）人。清虛服氣，不與世人交往，隱居山林，鑿崖穴居，有弟子數百人。前秦苻堅屢次徵召而不仕。姚萇入長安，王嘉被迫追隨在側，後遭殺害。拾遺記現存十卷，前九卷記三皇至東晉時的歷史佚事，第十卷則為仙山靈物。此書文字綺麗，情節曲折，描寫細膩，在六朝小說中相當突出。

石季倫❶愛婢名翔風，魏末於胡中得之，年始十歲，使房內養之。至十五，無有比其容貌，特以姿態見美。妙別❷玉聲，巧觀金色。石氏之富，方比王家，驕侈當世。珍寶奇異，視如瓦礫，積如糞土，皆殊方異國所得，莫有辨識其出處者。乃使翔風別其聲色，悉知其處。言：「西方北方，玉聲沉重，而性溫潤，佩服者，益人性靈；東方南方，玉聲輕潔，而性清涼，佩服者，利人精神。」石氏侍人，美豔者數千人，翔風最以文辭擅愛。石崇常語之曰：「吾百年❸之後，當指白日❹，以汝為殉。」答曰：「生愛死離，不如無愛。妾得為殉，身其何朽！」於是彌❺見寵愛。

崇常擇美容姿相類者數十人，裝飾衣服大小一等，使忽視不相分別，常侍於側。使翔風調玉以付工人，為倒龍之珮，縈金為鳳冠之釵。言刻玉為倒龍之勢，鑄金釵象鳳皇之冠。結袖繞楹而舞，晝夜相接，謂之「恆舞」。欲有所召，不呼姓名，悉聽珮聲，視釵色：玉聲輕者居前，金色豔者居後，以為行次而進也。使數十人各含異香，行而語笑，則口氣從風而颺。又屑沉水之香❻如塵末，布象床❼上，使所愛者踐之。無迹者，賜以真珠百琲❽，有迹者，節其飲食，令身輕弱。故閨中相戲曰：「爾非細骨輕軀，那得百琲真珠？」

及翔風年三十，妙年者爭嫉之。或者云：「胡女不可為群。」競相排毀。石崇受譖潤❾之言，即退翔風為房老❿，使主群少。乃懷怨而作五言詩曰：「春華誰不美？卒傷秋落時。突烟⓫還自低，鄙退豈所期！桂芳徒自蠹⓬，失愛在蛾眉⓭。坐見芳時歇，憔悴空自嗤⓮！」石氏房中並歌此為樂曲，至晉末乃止。

---

❶石季倫　即石崇，晉南皮（今屬河北省）人。任荊州刺史時，劫掠財富無數。與貴戚王愷、羊琇之徒，以奢靡相尚。八王之亂時，為趙王司馬倫所殺。

❷妙別　善於辨別。

❸百年　死亡的委婉說法。

❹指白日　指日為誓。

❺彌　更加。

❻沉水之香　即沉香。一種名貴的薰香料，因置於水中會下沉，

故稱。

❼象床　象牙製的床。

❽琲　音ㄅㄟˋ。成串的珠子。

❾譖潤　日積月累的讒言。譖，音ㄗㄣˋ。詆毀。

❿房老　婢妾之長。負責管理婢妾的生活。

⓫突烟　煙囪裡的炊煙。

⓬蠹　音ㄉㄨˋ。腐壞；敗壞。

⓭蛾眉　代指美人。

⓮嗤　音ㄔ。譏笑。

翻譯

石崇有一名寵婢，名叫翔風，是曹魏末年從胡地買回來的。買來的時候才十歲，就讓人養在內房。長到十五歲時，翔風的美麗容貌無人能比，姿態更是優雅非凡。她善於從玉石敲擊的聲音中辨別玉石的種類，還懂得審視黃金的色澤。石崇富有的程度，可以和王室相比，生活驕侈，在當時非常著名。家中的奇珍異寶被視如瓦礫，像糞土一樣隨便堆積，都是從遠方異域蒐羅來的，有的已無法辨識是哪兒出產的。於是石崇讓翔風辨別這些珍寶的聲色，她都能知道它們的產地。翔風說：「西方北方所產的玉，敲擊出的聲音沉重，但性質溫潤，佩戴後可使人心智靈秀；東方南方所產的玉，敲擊出的聲音輕淨，而性質清涼，佩戴後可使人精神振奮。」石崇身邊的侍女，容貌美豔的有數千人，翔風因善於文辭，最受石崇寵愛。石崇曾經對她說：「待我百年之後，你要對天發誓，為我殉葬。」翔風回答說：「活著的時候恩愛，死了卻分開，這樣還不如不愛。若能為您殉葬，我也能永垂不朽了。」因此更受寵愛。石崇曾挑選幾十個容貌姿態相似的美女，讓她們穿著樣式大小一樣的服飾，使人乍看幾乎分不出來，並讓她們常在身邊服侍。石崇還讓翔風挑選玉石交給工匠，雕刻出倒龍形的玉珮，纏繞金絲做出鳳冠上的金釵。是說把美玉刻成倒龍的形狀，鑄造金釵像鳳凰鳥冠的樣子。讓美女們佩倒龍珮、戴鳳冠釵，衣袖相連繞著廊柱跳舞，晝夜接替，稱之為「恆舞」。當石崇想召見美女時，不叫她們的名字，只聽玉珮敲擊所發出的聲音，看金釵的顏色：玉珮敲擊聲聽起來輕的排列在前，金釵色澤濃豔的排列在後，以此為序依次進來。他讓這些美女口中含著異香，一邊走一邊談笑，口中的香氣便隨風飄揚。又把沉香削成粉末，撒在象牙床上，讓他寵愛的美女在上面行走。走過後不留腳印的，就賜予百串珍珠；留下腳印的，就要她節制飲食，使身體輕弱。所以這些美女在內房互相開玩笑說：「你如果不是細骨輕軀，哪能得到百串珍珠的獎賞？」

等到翔風三十歲了，有些年輕女子嫉妒她，便說：「她是來自胡族的女子，我們不應該與她往來。」又紛紛說翔風的壞話。石崇漸漸受這些詆毀的影響，就不再寵愛翔風，並把她貶為婢妾的管理者，負責管理年輕的婢妾。翔風心生怨恨，便作了一首五言詩：「春天的花朵哪個不美呢？到秋天花落時卻教人感傷。我已經把自己的姿態降低了，哪料到還是被貶退啊！芳香的桂花會自己招來蠹蟲，再美的女人也會失去寵愛。眼看著香花逐漸凋謝，我也只能徒然嘲笑自己的憔悴吧！」石崇房中的婢妾們都唱著這首詩所譜成的樂曲，一直傳唱到晉朝末年才絕跡。

賞析

這是講一個美婢色衰愛弛的故事。文中極力描寫翔風的美麗和才藝：她的美一方面是「容貌」，另一方面是「姿態」，顯然她是稀有的動靜皆宜的美女。她的才華也與眾不同，「妙別玉聲，巧觀金色」的本領，正好在晉朝首富的石崇家派上用場，她把石家各種珍寶的來歷一一考辨出來，使石崇能督促玉匠設計製作「倒龍之珮」和「鳳冠之釵」，還讓侍女們穿戴這些特製的珮釵表演「恆舞」，極盡奢華之能事。

翔風是胡女，卻有很高的文學素養，因而贏得石崇的寵愛，甚至說死後要以她殉葬。後來翔風年紀大了，不敵年輕美女的譖潤之言，只得做個房老，也就是婢妾的管理者，唱著哀怨的自嗤曲：「春華誰不美？卒傷秋落時。」以色事人的下場，總是令人不勝唏噓啊！

祖約阮孚

題解

本文選自世說新語雅量，敘述祖約與阮孚各有嗜好：祖約愛財物，而阮孚愛木屐。當他們面對訪客時，態度也大不相同，因此可分出他們的高下。所謂「雅量」，是指心胸開闊，度量恢宏，能夠包容萬物的氣度。雅量所收諸篇，皆是魏晉時有度量者的故事。

世說新語為劉義慶率門客共同編纂之作，收集了漢末至東晉約兩百年間名流的言行軼事，記錄六朝詭譎多變的政治情勢及當時士人的思想言行，是研究魏晉時代的重要典籍，也是魏晉志人小說的代表作。文字雋永，刻劃傳神，可謂六朝筆記小說之冠冕。

祖士少❶好財，阮遙集❷好屐，並恆自經營❸，同是一累❹，而未判其得失❺。人有詣祖，見料視❻財物；客至，屏當❼未盡，餘兩小簏❽著❾背後，傾身障之，意未能平❿。或有詣阮，見自吹火蠟屐⓫，因歎曰：「未知一生當著幾量⓬屐！」神色閑暢。於是勝負始分。

❶祖士少　即祖約，晉范陽遒縣（今河北省淶水縣北）人。官至豫州刺史。與蘇峻反，峻敗投石勒。因貪得無厭，奪人田地，為勒所殺。

❷阮遙集　即阮孚，晉陳留（治所在今河南省陳留縣東北）人，阮咸的次子。風韻疏誕，頗有門風。

❸經營　管理；處理。

❹累　負擔。

❺得失　此謂優劣。

❻料視　撿點察看。

❼屏當　收拾。屏，音ㄅㄧㄥˋ。

❽簏　竹箱。

❾著　通「貯」。收藏。

❿平　安。

⓫蠟屐　以蠟塗木屐。後指悠閒、無所作為的生活。

⓬量　通「緉」。量詞。雙。

翻譯

祖士少喜歡財物，阮遙集偏愛木屐，兩人經常親自撿點自己的收藏品，都成為他們生活上的一種負擔，可是人們始終未能判斷他們的優劣。有人去拜訪祖士少，見他正在檢點察看他的財物；他見客人到來，東西一時收拾不完，就把剩下的兩小箱藏在背後，斜著身子遮住，心中似乎仍覺得不安。有人去拜訪阮遙集，見他正在吹火融蠟，要為木屐上蠟，看到來客就慨嘆道：「不知一生能穿幾雙木屐啊！」神色悠閒舒暢。從此，他們之間才分出高下。

賞析

祖約、阮孚各有癖好，原本分不出誰高誰低，但後來從兩人待客的態度，終於分出高下來。祖約好財，客人來了，他趕緊把財物藏起來，藏不住的用身體擋住，臉上有不放心的表情，顯然是不太高興客人打擾他的休閒活動。

阮孚喜歡木屐，為了長久保存，他還悉心融化蠟膏替木屐上蠟，面對客人神色舒暢，樂在其中，很願意和別人分享他的快樂。

孟子主張「與民同樂」，所謂「獨樂樂不如眾樂樂」。如此說來，祖約好財，充其量只是孤芳自賞而已；阮孚好屐，雖稱不上風雅，但還是比較接近孟子的。

劉伶醉酒

題解

本文選自世說新語任誕，敘述「竹林七賢」中的劉伶嗜酒如命，妻子要他戒酒，他卻假意向神明禱告後繼續飲酒，完全不顧妻子的苦心。「任誕」指的是任性放縱而不拘禮法，任誕篇呈現了魏晉時人放縱曠達的一面。

劉伶❶病酒渴甚，從婦求酒。婦捐❷酒毀器，涕泣諫曰：「君飲太過，非攝生❸之道，必宜斷之！」伶曰：「甚善。我不能自禁，唯當祝❹鬼神自誓斷之耳。便可具❺酒肉。」婦曰：「敬聞命。」供酒肉於神前，請伶祝誓。伶跪而祝曰：「天生劉伶，以酒為名❻；一飲一斛❼，五斗解酲❽。婦人之言，慎不可聽。」便引酒進肉，隗然❾已醉矣。

❶劉伶　字伯倫，晉沛國（今安徽省宿縣）人。與阮籍、山濤、向秀、阮咸、王戎、嵇康六人，寄情於竹林山水之鄉，號稱「竹林七賢」。性好酒，常乘鹿車攜酒，使人荷鍤相隨，說：「死便埋我！」

❷捐　拋棄；放棄。

❸攝生　養生。

❹祝　以言詞告神祈福。
❺具　準備。
❻名　通「命」。生命。
❼斛　十斗。
❽酲　音ㄔㄥˊ。酒醒後感到不適的症狀。
❾隗然　酒醉欲倒的樣子。隗，音ㄨㄟˇ。一作「隤」。

翻譯

劉伶的酒癮發作，非常口渴，就向妻子討酒喝。他的妻子把酒倒掉，把酒器摔毀，哭著勸他說：「您喝得太過分了，這不是養生的方法，一定得戒掉！」劉伶說：「你說得很對。可是我不能自己戒絕，只有在神明前禱告發誓才行。你現在就可以準備酒肉了。」他的妻子說：「遵命。」就把酒肉供在神前，請劉伶禱告發誓。劉伶跪地禱告說：「老天生下劉伶，把酒當作生命。一喝就是一斛，再喝五斗來解除酒病。婦人所說的話，千萬不能聽從。」就拿起酒喝吃起肉來，不一會兒就醉得搖搖欲墜了。

賞析

「竹林七賢」各有特點，劉伶更是其中行為最前衛的！世說新語任誕篇另有一則記述他酒後裸體的故事，但此篇的趣味性較高，也可以看出他的機智和表演天分。

本篇寫他在神前祝禱，本以為他是真誠懺悔，會戒除酒癮，不料一句：「婦人之言，慎不可聽。」立刻來了個大翻轉，劉伶又開懷暢飲，終於醉倒。讀到這裡，怎不令人發噱！

吳郡卒

題解

本文選自世說新語任誕，敘述庾冰在逃亡期間為一郡卒所救，郡卒以酒後失態的方式保住庾冰的性命。後來庾冰想報恩，郡卒不願做官，只求以酒安度餘生。由此可見郡卒放任曠達的一面。

蘇峻❶亂，諸庾逃散。庾冰❷時為吳郡❸，單身奔亡；民吏皆去，唯郡卒獨以小船載冰出錢塘口，籧篨❹覆之。時峻賞募❺覓冰屬❻，所在搜檢甚急；卒捨船市渚❼，因飲酒醉還，舞棹向船曰：「何處覓庾吳郡？此中便是！」冰大惶怖，然不敢動。監司❽見船小裝狹❾，謂❿卒狂醉，都不復疑。自送過淛江⓫，寄山陰⓬魏家，得免。

後事平，冰欲報卒，適⓭其所願。卒曰：「出自廝下⓮，不願名品⓯。少苦執鞭，恆患不得快飲酒；使其酒足餘年，畢⓰矣，無所復須⓱。」冰為起大舍，市奴婢，使門內有百斛酒，終其身。時謂此卒非唯有智，且亦達生⓲。

❶蘇峻　字子高，晉長廣掖（今山東省掖縣）人。永嘉之亂時，糾合流民數千家以自守。南渡後，任冠軍將軍、歷陽內史等官。後舉兵反，兵敗而死。

❷庾冰　字季堅，庾亮之弟。少有檢操，累遷車騎將軍、江州刺史。

❸為吳郡　治理吳郡。為，治理。吳郡，古地名。在今浙江省境內。

❹籧篨　音ㄑㄩˊ　ㄔㄨˊ。粗竹席。

❺賞募　懸賞招募。

❻冰屬　指庾冰一族。

❼市渚　到渚上買東西。渚，水中的小塊陸地。

❽監司　負責監察的官吏。

❾裝狹　容量狹小。

❿謂　以為；認為。

⓫淛江　即浙江。

⓬山陰　古縣名。今浙江省紹興縣。

⓭適　安適；滿足。

⓮廝下　地位卑賤。廝，析薪養馬的賤役。

⓯名品　顯達的官位。

⓰畢　終止。指心願已了。

⓱須　期待；需求。

⓲達生　曠達的處世態度。

翻譯

蘇峻作亂的時候，各庾家的宗親都逃散了。庾冰當時擔任吳郡太守，獨自逃亡；人民和官吏都離他而去，只有一個郡裡的小卒用小船載庾冰逃出錢塘江口，用一張粗竹席蓋住他。當時蘇峻懸賞通緝庾冰一族，到處都搜索得很急切；小卒下船到小洲上去買東西，喝醉了酒才回來，竟揮舞著船槳指著船說：「到哪兒去找庾吳郡？這裡面就是啦！」庾冰非常驚恐，但是不敢亂動。監察的官員看這艘船船身很小，容量不大，以為是小卒發酒瘋，都不再懷疑。小卒因而把庾冰送過浙江，寄居在山陰縣的魏家，才能免於被捕。

後來亂事平定了，庾冰想報答小卒，滿足他的心願。小卒說：「我出身卑賤，不希望得到顯達的官位。但我從小就覺得執鞭趕馬很辛苦，老是恨不能痛快地喝酒；如果能讓我的酒足夠下半輩子飲用，我就很滿足了，也沒有什麼要求了。」庾冰於是為他建了一所大宅子，買了奴婢，還在他家裡貯放百斛的藏酒，讓他能享受到老。當時的人認為這個小卒不但有智慧，而且處世態度也很曠達。

賞析

小人物也有可取之處，平凡中往往蘊含著不凡。攸關生命存亡的時刻，見多識廣的庾冰慌亂緊張，反而是小郡卒一派從容不迫。

郡卒喝得醉醺醺地說：「何處覓庾吳郡？此中便是！」明明說的是真話，卻沒人相信，大家都認為他在發酒瘋，胡言亂語，庾冰因而逃過一劫，這不是很反諷嗎？

庾冰要報答郡卒，原以為他和一般人一樣希望升官或發財，不料他要的只是「酒足餘年」。郡卒喝酒救了庾冰一命，現在他的要求仍然是酒，一輩子有酒喝以前是他的奢望，如今庾冰讓他如願。吳郡卒真是一位生活藝術家！

溫公喪婦

題解

本文選自世說新語假譎，敘述溫嶠想娶堂姑之女劉氏做填房，於是先打探堂姑選女婿的標準，再假託他人用一枚玉鏡臺下聘，其實這一切早就被劉氏識破了。「假譎」指的是假意行權，假譎篇皆是與權變相關的故事。後來元代關漢卿作溫太真玉鏡臺雜劇，明代朱鼎作玉鏡臺記傳奇、范文若作花筵賺傳奇，皆是由此故事敷演而來。

溫公❶喪婦，從姑❷劉氏，家值亂離❸，唯有一女，甚有姿慧；姑以屬❹公覓婚。公密有自婚意，答云：「佳婚難得，但如嶠比❺云何？」姑云：「喪破❻之餘，乞得粗❼相存活，便足慰吾餘年，何敢希汝比？」卻❽數日，公報姑云：「已得婚處，門地粗可，婿身❾不減嶠。」因下❿玉鏡臺一枚。姑大喜。

既婚，交禮，女以手披紗扇⓫，撫掌大笑曰：「我固疑是老奴⓬，果如所卜⓭！」玉鏡臺，是公為劉越石⓮長史，北征劉聰⓯所得。

❶溫公　指溫嶠。字太真，晉太原祁（今山西省祁縣）人。性聰敏，有識量，博學能文，善談論。累遷驃騎大將軍。

❷從姑　父親的堂姐妹。

❸亂離　遭遇戰爭，家人四散逃難。

❹屬　通「囑」。託付。

❺比　類；輩。

❻喪破　家破人亡。

❼粗　粗略；勉強。

❽郤　「卻」的譌字。間隔。

❾身　人品。

❿下　贈送。

⓫披紗扇　將遮面的紗扇拿開。古代婚禮，新婦行禮時以扇遮面，交拜禮後即將扇拿開，謂之「卻扇」。

⓬老奴　對溫嶠的暱稱。

⓭卜　預料。

⓮劉越石　即劉琨。晉魏昌（今河北省無極縣東北）人。少稱俊朗。元帝稱制江左，上表勸進，遷侍中太尉。忠於晉室，素有重望，為段匹磾所忌而被害。

⓯劉聰　聰，一名載，字玄明，屠各（匈奴部落之一）人。晉懷帝永嘉四年（西元三一〇年）繼承其父漢王的基業，僭即皇帝位。懷帝建興二年（西元三一四年），溫嶠為劉琨假守左司馬，進討劉聰。

翻譯

溫嶠的妻子過世了，他的堂姑劉氏，因遇到戰爭，家人離散，身邊只有一個女兒，非常美麗聰明；堂姑就囑託溫公替她找個對象。溫嶠暗中有娶她的意思，便答道：「好的婚姻對象難找，像我這樣的人您覺得怎麼樣？」堂姑說：「家破人亡之後，只求能找到一個勉強共同生活的人，就足以安慰我的晚年了，哪敢妄想像你一樣的人？」隔了幾天，溫公稟告堂姑說：「已找到成婚的人家了，門第還算可以，女婿的人品不比我差。」於是送了一座飾有美玉的鏡臺做聘禮。堂姑非常歡喜。

等到結完婚，行交拜禮，新娘用手拿開遮面的紗扇，拍手大笑道：「我本來就懷疑是你這老奴才，果然如我所料！」這玉鏡臺，是溫公擔任劉越石的長史，北伐劉聰時得到的。

賞析

古人毛遂自薦的事時有所聞，但為自己做媒的倒不多見。

溫嶠死了太太，劉家表妹甚有姿慧，正是他屬意的。巧的是從姑劉氏託他替女兒找對象，溫嶠不好意思自我推薦，於是拐彎抹角地說：「如嶠比云何？」劉氏說不敢奢望，溫嶠知道此事可成，便用一枚玉鏡臺下聘。他自以為做得天衣無縫，但這一切都瞞不了聰慧的劉小姐，她早就料到表哥的計謀。「我固疑是老奴，果如所卜！」劉小姐不但甚有姿慧，還很有幽默感哩！

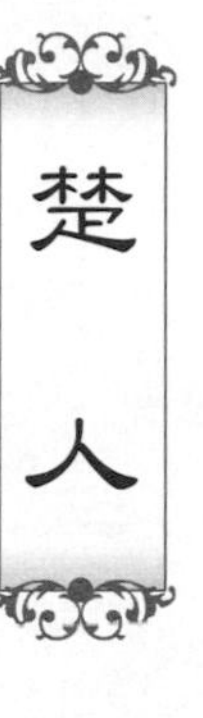

楚人

題解

本文選自笑林，敘述楚人一心想致富，便努力練習如何隱形以竊取財物。當他以為自己能隱形了，上街行竊反而被逮，官員對他的說詞感到好笑而釋放了他。文中描寫楚人利令智昏的愚蠢行為，相當諷刺。

作者邯鄲淳，一名竺，字子叔，又字子禮，潁川（今河南省境內）人。博學多才，又擅長書法。曾作曹娥碑，被蔡邕譽為「絕妙好辭」。曹操聞其名而召見，對他相當敬重。魏黃初年間（西元二二〇－二二六年），曾以千餘字的投壺賦上奏曹丕，當時他已高齡九十餘歲，獲賜帛千匹。笑林為中國第一部笑話集，原本已亡佚，後人共輯得三十條。書中內容反映或諷刺人情世態，對後來的軼事類小說頗有影響。

楚人貧居，讀淮南方❶「得螳蜋伺蟬自鄣❷葉，可以隱形。」遂於樹下仰取葉。螳蜋執葉伺蟬，以摘之，葉落樹下。樹下先有落葉，不能復分別，掃取數斗歸。一一以葉自鄣，問其妻曰：「汝見我不？」妻始時恆答言：「見。」經日乃厭倦不堪，紿❸云：「不見。」嘿然❹大喜，齎❺葉入市，對面取人物。吏遂縛詣❻縣，縣官受辭❼，自說本末。官大笑，放而不治。

❶淮南方　書名。原書已失傳，相傳為漢淮南王劉安編纂。內容為神仙術數的相關記載。
❷鄣　通「障」。屏障；遮蔽。
❸紿　音ㄉㄞˋ。欺騙。
❹嘿然　暗自高興的樣子。嘿，同「默」。暗中。
❺賫　通「齎」。音ㄐㄧ。攜帶。
❻詣　到；前往。
❼受辭　聽取供詞。

翻譯

楚地有一個人生活貧窮，他從淮南方上讀到：「得到螳螂等候捕蟬時用來遮蔽自己的葉子，可以用來隱藏形體。」就到樹下抬頭尋找這種葉子。楚人一發現螳螂正以葉子遮蔽身體等待捕蟬，便上前摘取，卻不小心讓葉子掉落到樹下。而樹下本來就有許多落葉，所以無法分辨出哪片才是能讓人隱形的葉子，他只好把樹下的落葉掃起來，將好幾斗的落葉全部帶回。回家後，楚人將葉子一片一片地拿來遮蔽自己，並問妻子說：「你看得見我嗎？」妻子開始時都回答：「看得見。」一整天下來，妻子感到很厭煩，就騙他說：「看不見。」楚人聽了暗自高興，於是他帶著葉子到市集去，當著別人的面直接拿走東西。差吏便將他縛綁到縣府裡，縣官聽取供詞時，楚人把事情的經過從頭到尾說了一次。縣官聽後大笑，放了楚人而沒有將他治罪。

賞析

這是貧窮小人物異想天開的可笑故事。

孟子嘗云：「盡信書，則不如無書。」白紙黑字固然有它存在的道理，但也有些書冊的內容根本經不起考驗。楚人誤信淮南方上螳螂伺蟬葉可以隱形的說法，便去摘取樹葉，拿回家一一試驗。本來就是無稽之談，他卻嚴肅地做起實驗來，把妻子弄得煩擾不堪，隨意敷衍他一句，他竟信以為真。

誤信方書，是楚人的第一樁錯誤；掃取落葉數斗只為一葉，是他第二件錯誤；讓妻子配合他的愚昧，是第三樣錯；搶人財物，以身試法，是第四個錯。幸虧最後縣官沒有當真審判發落，否則他真該找個地洞鑽進去。

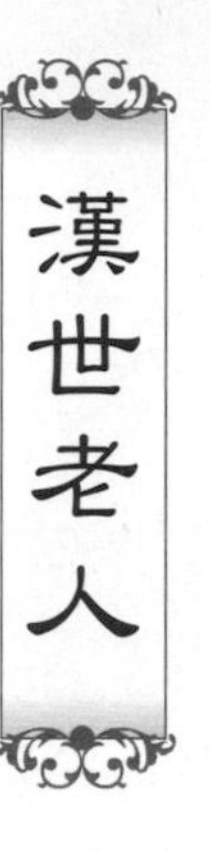

漢世老人

題解

本文選自笑林，敘述漢朝時一位老人雖很富裕，卻十分吝嗇，後來他死了，田宅財富全數充公。本篇對於守財奴的心態與行為，頗有諷刺之意。

漢世有人，年老無子。家富，性儉嗇，惡衣蔬食❶。侵晨❷而起，侵夜而息。營理產業，聚斂無厭，而不敢自用。

或人從之求丐者，不得已而入內，取錢十，自堂而出，隨步輒減，比至於外，纔餘半在。閉目以授乞者，尋復囑云：「我傾家贍❸君，慎勿他說，復相效而來！」老人俄死，田宅沒官，貨財充於內帑❹矣！

❶惡衣蔬食　破舊粗劣的衣服和粗糙的食物。

❷侵晨　天快亮的時候。侵，將要。

❸贍　周濟；救濟。

❹內帑　國庫。帑，音ㄊㄤˇ。貯藏錢財的府庫。

翻譯

漢朝的時候有個人，年紀老了卻沒有兒子。他很富有，但生性非常節儉吝嗇，穿的是粗布衣裳，吃的是粗茶淡飯。他總是天快亮時就起床，天快黑了才休息。努力地經營自己的財產，貪得無厭地累積財富，自己卻捨不得花用。

有個人向老人乞討，不斷地求他施捨，老人拒絕不了，只好到屋內拿了十枚錢，從廳堂走出來，每走一步就收起一枚錢，等走到屋外，手中的錢只剩下一半。他閉上眼睛把錢交給乞討的人，還再三叮嚀乞討者說：「我可是把所有的家產都拿來幫助你了，你千萬別告訴別人，以免其他人也學你來跟我要錢！」沒多久老人死了，他的田地和房子被官府沒收，錢財也統統被收入國庫裡了。

賞析

關於富翁吝嗇的故事，一直是大家深感興趣的。我們一方面羨慕這種人的富有，但又不免要鄙視他們的慳吝。這則故事很簡短，一開始說老人勤勤懇懇，「侵晨而起，侵夜而息」，產業愈來愈多，但年老無子的他分文不敢花用。後段提到有人向他乞討，他不得已進屋拿了十枚錢，區區幾枚錢，他還要走一步減一枚，到了外邊只剩下一半，才閉著眼睛交給那人，並且說這是「傾家贍君」，真是讓人哭笑不得。

節儉確實是美德，「大富由天，小富由儉」也是至理名言，但錢財要用在適當的地方才有意義。像這位老人吝嗇到捨不得吃穿，也不肯濟助窮人，最後財產全部充公，又何必呢？

山東人

題解

本文選自啟顏錄，敘述一個蒲州人懷疑女婿不聰明，便出題考問，不料卻被女婿反將一軍，自討沒趣。

作者侯白，字君素，隋朝魏郡（今河南、河北省交界處）人。好學有捷才，個性滑稽，善於辯論。舉秀才，為員外郎。隋文帝聽聞其名，召令於祕書修國史。後給五品食，月餘而死，時人都為他的薄命而感傷。啟顏錄一書記先秦至隋、唐時事，因侯白在隋朝時已死，有人認為可能是託名或後人增益之作。書中故事多為真人真事，或取自子史，或取自當時瑣事；內容雅俗共賞，有些則流於粗鄙。啟顏錄已經亡佚，但太平廣記中引錄頗多。

山東人娶蒲州❶女，多患癭❷，其妻母項癭甚大。成婚數月，婦家疑婿不慧，婦翁置酒，盛會親戚，欲以試之。問曰：「某郎在山東讀書，應識道理，鴻鶴能鳴，何意？」曰：「天使其然。」又曰：「松柏冬青，何意？」曰：「天使其然。」又曰：「道邊樹有骨䶊❸，何意？」曰：「天使其然。」婦翁曰：「某郎全不識道理，何因浪❹住山東？」因以戲之曰：「鴻鶴能鳴者，頸項長；松柏冬青者，心中強；道邊樹有骨𩩲者，車撥❺傷。豈是天使其然？」婿曰：「請以所聞見奉酬❻，不知許否？」曰：「可言之。」婿曰：「蝦蟆能鳴，豈是頸項長？竹亦冬青，豈是心中強？夫人項下癭如許大，豈是車撥傷？」婦翁羞愧，無以對之。

❶蒲　川　古地名。今山西省永濟縣。
❷癭　音ㄧㄥˇ。長在頸部的囊狀腫瘤。
❸𩩲　音ㄎㄨ。又作「䯚」，是「窟」的古字，此指長在樹上的贅瘤。
❹浪　白白地；徒然。
❺撥　碰觸撞擊。
❻奉　酬　應答；酬答。

翻譯

有個山東人娶了一位蒲州姑娘作媳婦。蒲州有很多人都患有脖子腫大的毛病，這個山東人的岳母脖子上的腫塊特別大。結婚幾個月後，岳家懷疑女婿不聰明，於是岳父特意辦了一桌酒席，將親友都請來，準備在宴會上，試探一下女婿。開宴後，岳父問女婿：「你在山東讀書，應該懂得很多道理，你能說說鴻雁與鶴鳥會鳴叫，是為什麼呢？」女婿回答說：「這是天生的。」又問：「松柏能在冬天長青，是為什麼呢？」回答說：「這是天生的。」又問：「路旁的樹長了一個大疙瘩，又是為什麼呢？」回答說：「這是天生的。」

岳父說：「女婿，你一點也不懂得道理，為什麼白白地住在山東？」於是戲弄女婿，說：「鴻雁和鶴鳥能鳴叫，是因為脖子很長；松柏冬天長青，是因為內心剛強；路邊的樹長了個大疙瘩，是因為被車子碰傷。哪裡是天生的？」女婿說：「請讓我用我的所見所聞來回答您，不知可不可以？」岳父說：「你說說看。」女婿說：「蝦蟆能鳴叫，難道是因為牠脖子長得長？竹子冬天也青，難道是因為它內心剛強？岳母大人脖子下面長了那麼大的腫包，難道也是被車碰傷的嗎？」岳父聽了羞愧滿面，一句話也說不出來了。

賞析

俗話說：「人必自侮而後人侮之。」動輒以為別人比自己笨，瞧不起別人，最後難堪的反倒是自己。岳父似乎沒注意自己的妻子有頸瘤的毛病，反而懷疑女婿不聰明，故意在酒席上考問他，問題很普通：為什麼「鴻鶴能鳴」、「松柏冬青」和「樹有骨朏」？女婿的回答都是「天使其然」，這本是正確答案，岳父卻認定女婿腦筋不靈光，把女婿數落了一頓。等岳父提出自己的答案以後，女婿立即仿照岳父發問的形式也反問三個問題，一下子就把岳父考倒了，最後一個問題還將了岳父一軍，讓岳父尷尬不已。

「人外有人，天外有天」，做人還是謙虛點好。

劉道真

題解

本文選自啟顏錄，敘述晉朝的劉道真自恃口才而嘲弄婦人，卻接連兩次遭到婦人反唇相稽。

晉劉道真❶遭亂，於河側與人牽船。見一老嫗❷操櫓❸，道真嘲之曰：「女子何不調機弄杼❹？因甚傍河操櫓？」女答曰：「丈夫何不跨馬揮鞭？因甚傍河牽船？」又嘗與人共飯素盤❺草舍中，見一嫗將兩小兒過，並著青衣，嘲之曰：「青羊引雙羔❻。」婦人曰：「兩豬共一槽。」道真無語以對。

❶劉道真　即劉寶，晉高平人。為著名的軍事將領、文學家。

❷老嫗　年老的婦人。嫗，音ㄩˋ。婦女的通稱。

❸操櫓　划船。櫓，音ㄌㄨˇ。船槳。

❹調機弄杼　指織布。機，織布機。杼，音ㄓㄨˋ。梭子。

❺素盤　沒有彩繪，呈現陶瓷原色的盤子。

❻羔　小羊。

翻譯

晉朝的劉道真遭遇變亂，只好到河邊替人拉船。他看見一名老婦也在這裡划船，便嘲諷她說：「女人怎麼不在家織布，為什麼到河邊來划船？」老婦人回答：「男子漢不去騎馬揮鞭，為什麼到河邊拉船？」又有一次，劉道真在草屋中和人共用一個盤子吃飯，看見一個婦人帶著兩個孩子走過，三人都穿著黑色衣裳。他便嘲諷著說：「黑羊帶領兩隻小羊。」那婦人立刻回敬一句：「兩隻豬共用一個食槽。」劉道真聽了說不出話來。

賞析

劉道真似乎很瞧不起女性，第一次他嘲笑的對象是操櫓的老婦，老婦立即反擊；第二次他看見青衣婦人帶兩個小孩經過，又忍不住譏諷了一句，對方也毫不客氣地回敬。他雖然逞了一時的口舌之快，但兩位婦女也不是省油的燈，都能出口成章，讓他無言以對。

這則故事很簡短，但你來我往的對話充滿機鋒，而且還押著韻，讀起來特別有味。第一次道真說的「杼」和「櫓」同韻（「杼」古為上聲），老婦說的「鞭」和「船」同韻；第二次道真只用了一句，句尾的「羔」和婦人回敬的「槽」押韻。

石動筩

題解

本文節選自啟顏錄，第一則敘述石動筩宣稱他作的詩會比郭璞好一倍，北齊高祖聽了很不高興，後來證實是玩笑一場。第二則是他考問博士「孔子學生的年齡」，博士答不出來。當他提出自己的答案時，把大家都逗樂了，可見石動筩的幽默和機智。

高祖❶嘗令人讀文選❷，有郭璞❸遊仙詩，嗟嘆❹稱善。諸學士皆云：「此詩極工，誠如聖旨。」動筩❺即起云：「此詩有何能？若令臣作，即勝伊一倍。」高祖不悅。良久，語云：「汝是何人！自言作詩勝郭璞一倍，豈不合❻死？」動筩即云：「大家❼即令臣作。若不勝一倍，甘心合死。」即令作之。動筩曰：「郭璞遊仙詩云：『青溪❽千餘仞❾，中有一道士。』臣作云：『青溪二千仞，中有兩道士。』豈不勝伊一倍？」高祖始大笑。

又嘗於國學❿中看博士⓫論云：「孔子弟子，達⓬者七十二人⓭。」動筩因問曰：「達者七十二人，幾人已著冠⑭？幾人未著冠？」博士曰：「經傳無文⑮。」動箭曰：「先生讀書，豈合不解？孔子弟子，已著冠有三十人；未著冠有四十二人。」博士曰：「據何文以辨之？」曰：「論語云：『冠者五六人。』⑯五六三十人也；『童子六七人。』六七四十二人也。豈非七十二人？」坐中⑰皆大悅，博士無以復⑱之。

❶高　祖　指北齊高祖高歡，為人思慮深刻，沉穩而大方，對錢財看得很淡，卻很重視人才。

❷文　選　即昭明文選。南朝梁昭明太子蕭統召集文人所編纂，選錄先秦至南朝梁的詩文辭賦，為中國現存最早的詩文總集。

❸郭　璞　字景純，東晉時人。博學高才，好古文詩賦，富文采。

❹嗟　嘆　讚美。

❺動　箭　即石動箭，北齊高祖時的一位俳優。在古代，俳優以表演詼諧、說話風趣幽默為特色，歷代皇帝、權貴身邊常有俳優提供娛樂。箭，音ㄊㄨㄥˇ。

❻合　應該。

❼大　家　古代親近侍從官員對皇帝的敬稱。

❽青　溪　山名。在今湖北省遠安縣。

❾仞　量詞，計算長度的單位。古代以七尺或八尺為一仞。

❿國　學　太學。

⓫博　士　太學裡的教授。

⓬達　通曉事理，明德好義。

⓭七十二人　史記孔子世家：「孔子以詩書禮樂教，弟子蓋三千焉。身通六藝者七十有二人。」

⓮著　冠　戴著帽冠，此代指成年。古代男子二十歲時開始戴帽，表示成年。

⓯經傳無文　典籍中沒有記載。經，儒家的重要典籍。傳，解釋經文的書籍。經傳為儒家經典的統稱。

⓰論語云二句　論語先進篇：「冠者五六人，童子六七人，浴乎沂，風乎舞雩，詠而歸。」

⓱坐　中　在場的人。坐，通「座」。

⓲復　回應；反駁。

翻譯

北齊高祖曾命人誦讀文選，當讀到郭璞的遊仙詩時，高祖讚嘆不已，認為實在作得太好了。在場的學士都說：「這首詩極為巧妙，誠如皇上所說。」石動筩聽到了，馬上站起來說：「這詩有什麼了不起？如果命令臣下來作，一定能贏過他一倍！」高祖聽了很不高興。過了好一陣子，才說：「你算什麼東西！竟敢說自己作的詩贏過郭璞一倍，難道不該死嗎？」石動筩馬上回答：「皇上就讓臣下作詩，如果贏不過郭璞的詩一倍，我甘願受死。」於是高祖就讓石動筩作詩。石動筩說：「郭璞的遊仙詩裡寫的是：『千餘仞高的青溪山中，隱居著一個道士。』臣下作的詩則是：『兩千餘仞高的青溪山中，隱居著兩個道士。』這不就贏過他一倍了嗎？」高祖聽了，這才哈哈大笑。

石動筩又曾在太學裡觀看博士講論經義時提到：「孔子的弟子中，能通曉事理，明德好義的有七十二個人。」石動筩便問：「您說這通曉事理，明德好義的七十二個人裡頭，有幾個人已經戴冠？幾個人還未戴冠呢？」博士回答：「這在典籍裡面沒有記載。」石動筩就說：「您讀書，難道不該求清楚明白嗎？孔子的弟子裡面，已經戴冠的有三十個人，而還未戴冠的有四十二個人。」博士反問石動筩：「你是根據哪篇經文知道的？」石動筩說：「論語裡說：『冠者五六人。』五、六相乘，就是三十人了；又說：『童子六七人。』六、七相乘，就是四十二人了。加起來不就是七十二個人嗎？」在座眾人聽了都樂得大笑，而博士也不知該怎麼反駁他。

賞析

「幽默」一詞雖是自英語 humor 翻譯而來，但中國自古就不乏幽默人物，像漢武帝時的東方朔、北齊初的石動簫就是其中的佼佼者。

本文節錄兩則石動筩的逗趣事跡。第一則與郭璞的遊仙詩有關，石動筩故意和北齊高祖唱反調，說郭璞的詩並不出色，他來寫的話會勝過原作一倍。高祖很不高興，覺得動筩太狂妄，居然敢大言不慚和名詩人較量，弄了半天，動筩的勝過一倍只是把詩中的數字加一倍而已。這種無傷大雅的玩笑，使原本緊繃的氛圍頓時化解，君臣都鬆了一口氣。

第二則是石動筩故意刁難博士，考他孔子弟子七十二達人的年齡，這下可把博士考倒了，只得老實巴交兒說：「經傳無文。」石動筩的答案是怎麼來的呢？原來他把論語先進篇上的「冠者五六人，童子六七人」用乘法計算，所以得到「已著冠有三十人；未著冠有四十二人」的結果，大家都被他逗樂了，博士也啞口無言。

石動筩對數字特別有興趣，他能利用數字的變化做新奇的解釋，出人意表，也代表他的思考模式與眾不同。他的另類言談，確實給嚴肅的朝廷增添了不少歡樂。

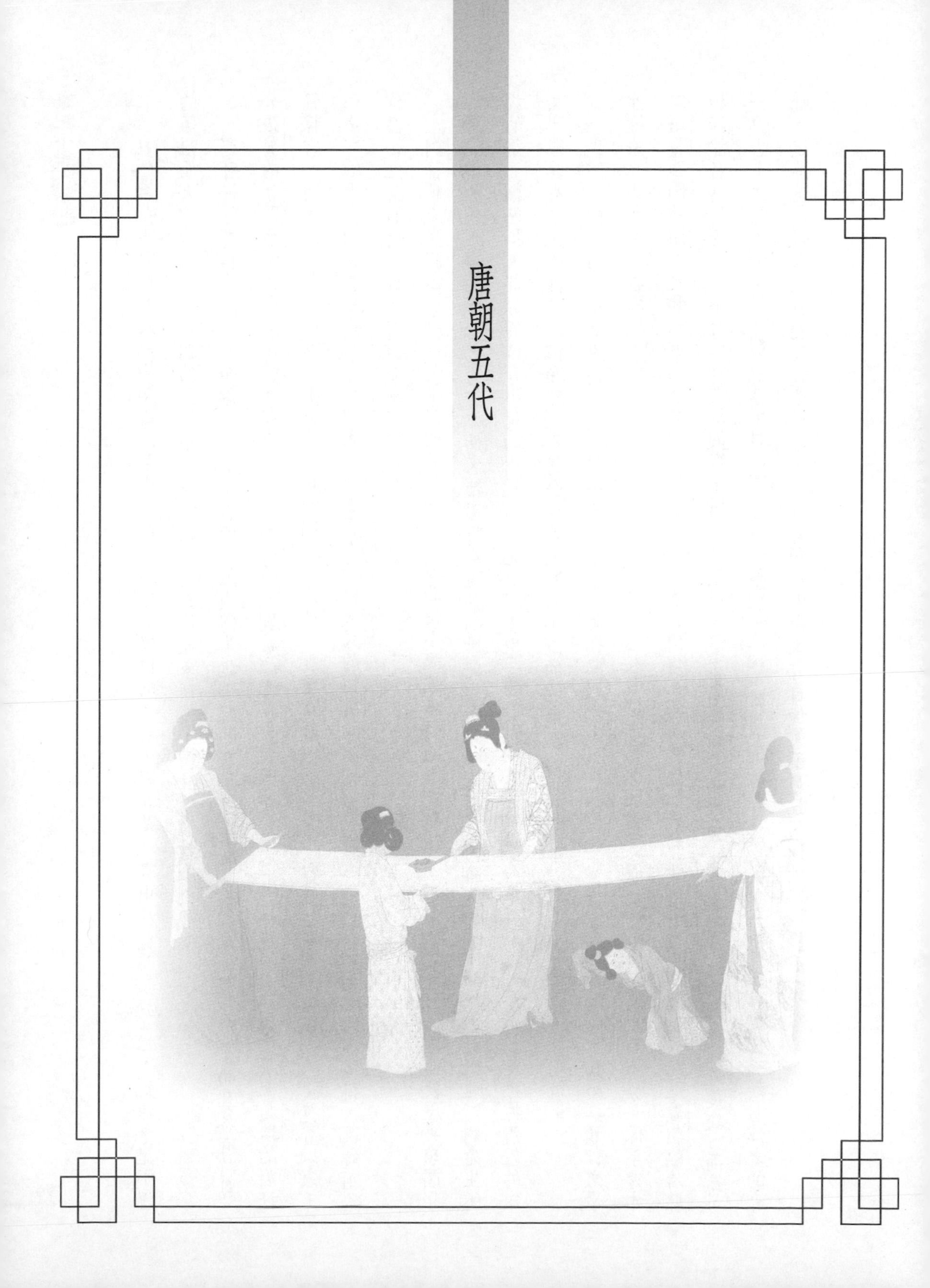

唐朝五代

提起唐朝小說，大家都知道傳奇小說是最具代表地位的，它可以說是「青出於藍而勝於藍」，脫離筆記小說的藩籬而大放異彩；但六朝的筆記小說傳統在唐及五代並未斷絕，而且還繼續壯大著。

這可從作者和作品兩方面得到證明：唐朝和五代寫筆記小說的人很多，流傳下來的作品也不少，而且各有特點。如張鷟的朝野僉載，以多記神異之事著名；劉肅的大唐新語，書名和內容都模仿世說新語，分門記事；趙璘的因話錄採宮、商、角、徵、羽五音來分部，相當別致；范攄的雲溪友議，內容多半與詩歌有關，情韻動人；范資（或王仁裕）的玉堂閒話，摭拾社會逸聞，資料豐富；而段成式的酉陽雜俎因體製龐大，內容分三十六項編排，既錄前人作品，也有自行創作，可說是無所不包了。

劉葉秋先生說：「唐代是筆記的成熟期，一方面使小說故事類的筆記增加了文學成分，另一方面使歷史瑣聞類的筆記增加了事實的成分，另一方面又使考據辨證類的筆記走上了獨立發展的路途。」（歷代筆記概述）劉先生所說的第一類包括大部分的傳奇小說和少數的筆記小說，第二類中大多數亦可視為筆記小說，第三類是考據辨證的短文，雖具有筆記的性質，但顯然已不符合今天大家對小說的要求。

我們這裡選的十八篇唐朝五代筆記小說，基本上是採取劉先生第一類（已經把傳奇小說排除）和第二類裡文學性較強的篇章。整體來說，形式和內容都比較接近六朝志人小說，但少數幾篇仍含有志怪或傳說的成分。像李秀才（選自酉陽雜俎）就和六朝志怪類似，但主角是秀才和僧侶，而非鬼怪。妒婦津（選自酉陽雜俎）記述晉朝臨清縣妒婦津名稱的由來，很有地方傳說的鄉土情味。柳宗元（選自因話錄）和班支使解大明寺語（選自桂苑叢談）兩篇，一為占卜之談，一為謎語解說。出自諧噱錄的二篇則是比較文雅的笑話，可以看出笑話書在唐代仍受到寫作者的青睞。這些選篇如果原有題目就依原題，如沒有題目則由編者自加，不另註明。

王顯

題解

本文選自朝野僉載，敘述王顯向唐太宗求官成功之後，當晚便死去的故事。

作者張鷟（鷟，音ㄓㄨㄛˊ。約西元六六〇—七四〇年），字文成，號浮休子，深州陸澤（今河北省深縣西）人。唐高宗調露元年（西元六七九年）登進士第，考功員外郎騫味道讚其文「天下無雙」。授岐王府參軍，再調長安尉，遷鴻臚丞。時人以「鷟文辭猶青銅錢，萬選萬中」，而稱他為「青錢學士」。張鷟個性急躁，舉止輕薄。開元初年曾被彈劾，貶至嶺南。後來做到司門員外郎。著有朝野僉載、遊仙窟等，名揚新羅與日本。朝野僉載本二十卷，記載朝野軼事，尤以武后時期為多，對武周政治社會現象頗有批判。原書已佚，今日僅賴太平廣記輯錄部分篇章。

唐王顯與文武皇帝❶有嚴子陵之舊❷。每掣褌為戲❸，將帽為歡。帝微時❹常戲曰：「王顯抵老不作繭❺。」及帝登極而顯謁，因奏曰：「臣今日得作繭耶？」帝笑曰：「未可知也。」召其三子，皆授五品；顯獨不及。謂曰：「卿無貴相，朕非為卿惜也。」曰：「朝貴而夕死足矣！」時僕射❻房玄齡❼曰：「陛下既有龍潛❽之舊，何不試與之？」帝與之三品，取紫袍金帶❾賜之。其夜卒。

❶文武皇帝　指唐太宗李世民。諡文武皇帝，太宗為其廟號。

❷嚴子陵之舊　形容君臣之間毫無尊卑之分，感情深厚。嚴子陵，即嚴光，與東漢光武帝劉秀是少年時的同學好友。劉秀即位後，不忘舊情，把他接到京城，傳說兩人終日談論國事，曾同榻共眠。

❸掣褌為戲　把拉扯對方褲子當成遊戲。掣，音ㄔㄜˋ。拉扯。褌，音ㄎㄨㄣ。褲子。

❹微　時　身分未顯貴時。此處指唐太宗即位以前。

❺作　繭　比喻做官出仕。

❻僕　射　古官名。唐代官制設左、右僕射，相當於宰相的職位。射，音ㄧㄝˋ。

❼房玄齡　唐太宗時著名的宰相。博學多聞，書法與文章都有很深的造詣，執政寬大平正。

❽龍　潛　指天子尚未即位的時候。

❾紫袍金帶　紫色官袍，黃金為飾的腰帶。為古代高官的穿著。

翻譯

唐代王顯與太宗的交情，就像東漢時的嚴子陵和光武帝那麼好。兩個人老是互相扯褲子戲鬧，或拿對方的帽子取樂。太宗還沒有當皇帝時，常常開玩笑說：「王顯到老都不會當官。」等太宗即位後，王顯前往拜見，趁機上奏說：「我現在可以當官了嗎？」太宗笑著對他說：「還不知道呢！」太宗召來王顯的三個兒子，都授予他們五品的官秩，惟獨王顯得不到官爵。太宗說：「是你沒有顯貴的面相，不是我吝惜給你一個官職。」王顯卻說：「就算是早晨當官，晚上就死，我也滿足了！」當時的宰相房玄齡對太宗說：「您既然和他是舊交，為什麼不試著給他個官職？」於是太宗便授予王顯官秩三品，又叫人拿來紫袍、金帶賞給他。結果當天夜裡王顯就死了。

賞析

王顒和李世民是好朋友，時常開玩笑。李世民曾說王顒到老都不會做官，但等李世民當了皇帝，王顒問唐太宗：「我現在可以做官了吧？」意思是只要你給我個官做，我不就可以做官了嗎？偏偏唐太宗只讓王顒三個兒子做五品官，沒給王顒任何官職。唐太宗是知人善任的英主，他表明自己並非吝惜官位，而是王顒沒有貴相，也就是說王顒不適合做官。王顒不服氣，把孔子「朝聞道夕死可矣」的名言改成「朝貴而夕死足矣」，向太宗強索官位，結果竟一語成讖，得官當晚就死了。

「強摘的果子不甜」，順其自然是一種優雅的處世哲學，積極努力是向上提升的生活方式，但勉強追求或太過造作的結果，往往得不償失。篇中雖然透露了「命裡有時終須有，命裡無時莫強求」的宿命觀，但也值得我們深思：為名利爭強好勝，未必是好事啊！

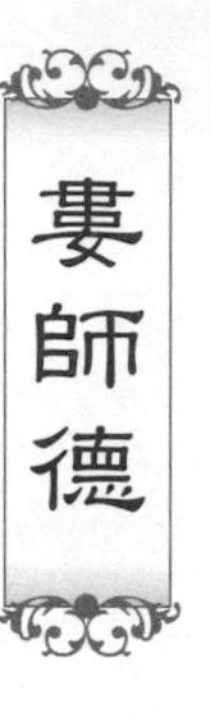

婁師德

題解

本文選自隋唐嘉話，敘述大臣婁師德謙遜待人的處世態度，使他能安然度過險惡的官場生涯。

作者劉餗（餗，音ㄙㄨˋ。生卒年不詳），字鼎卿，彭城（今江蘇省徐州市）人，是唐代知名史學家劉知幾之子。唐玄宗天寶（西元七四二—七五五年）初年，曾任集賢殿學士，兼知史官，終右補闕，曾修國史。隋唐嘉話又名國史異纂，記隋至唐開元年間軼事，以唐太宗時期為多，可補國史之不足。此書的人物描寫相當生動，許多典故經常被後人援引。

李昭德❶為內史❷，婁師德❸為納言❹，相隨入朝。婁體肥行緩，李屢顧待❺不即至，乃發怒曰：「叵耐殺人❻，田舍漢❼！」婁聞之，反徐笑曰：「師德不是田舍漢，更阿誰是❽？」

師德弟拜代州❾刺史❿，將行，謂之曰：「吾以不才⓫位居宰相，汝今又得州牧⓬，叨據⓭過分，人所嫉也，將何以全先人髮膚⓮？」弟長跪⓯曰：「自今，雖有唾某面者，某亦不敢言，但拭之而已。

以此自勉，庶⑯免兄憂。」師德曰：「此適為我憂也！夫人唾汝者，發於怒也；汝今拭之，是惡其唾惡而拭⑰，是逆⑱人之怒也！唾不拭將自乾，何若？」笑而受之。武后年竟保寵祿。

①李昭德　唐京兆長安（今陝西省西安市附近）人。曾任武則天時宰相，因恃權專政被貶，後被酷吏來俊臣誣陷而死。

②內史　古官名。唐代為中書省的長官，相當於宰相的職位。

③婁師德　字宗仁，唐鄭州原武（今河南省原武鎮西）人。任官高宗、武后兩朝，統領邊塞軍隊三十年，頗有戰功。為人謹慎容忍，有雅量，任武后宰相時為國舉才，勤於政事，卒謚貞。

④納言　古官名。唐代又稱侍中，為門下省的長官，相當於宰相的職位。

⑤顧待　回頭張望等待。

⑥叵耐殺人　可惡透了。叵耐，可惡；可恨。叵，通「叵」。殺，音ㄕㄚˋ。極；甚。

⑦田舍漢　即俗稱的「鄉巴佬」，有輕視的意味。

⑧更阿誰是　還有誰是。阿，語助詞，無義。

⑨代州　古地名。又稱雁門郡，約在今山西代縣。

⑩刺史　古官名。唐代治理一州的長官。

⑪不才　指自己沒有才能，多用作自謙之詞。

⑫州牧　古代將中國分為九州，首長稱「伯」，又稱「牧」。此處即指刺史。

⑬叨據　占居不應有的職位，多用作自謙之詞。

⑭全先人髮膚　保全祖先給我們的身體，即保護自身的安全。先人，指祖先。髮膚，頭髮和肌膚，借指身體。

⑮長跪　一種伸直腰股的跪姿，用來表示莊重與敬意。

⑯庶　希望；但願。

⑰惡其唾惡而拭　厭惡他惡意的口水而擦掉它。第一個「惡」，音ㄨˋ。厭惡。第二個「惡」，音ㄜˋ。有惡意的。

⑱逆　違抗。

翻譯

李昭德官拜內史，婁師德任納言，兩人結伴一起入宮朝會。婁師德因身軀肥胖而走得慢，李昭德多次回頭張望等他還等不到，於是生氣地說：「這個鄉巴佬真是可惡透了！」婁師德聽了，反而慢慢地笑著回答：「我婁師德不是鄉巴佬，還有誰是呢？」

婁師德的弟弟被派為代州刺史，即將出發上任，婁師德跟他說：「像我這樣沒有才能的人還位居宰相，你現在又做了一州之長，我們占居不應有的職位，是會招別人嫉妒的，你將怎麼做來保全自己呢？」弟弟莊重地跪著說：「從今起，就算有人吐口水在我臉上，我也不敢說什麼，只是擦掉它罷了。用這樣的態度來自我勉勵，但願能免除哥哥您的憂慮了。」婁師德說：「這正是我所擔憂的事啊！別人會吐你口水，正是因為他有怒氣；你現在把口水擦掉，是因為厭惡他惡意的口水才擦掉它，這樣做就是在違逆他的怒氣呀！口水不擦自然會乾，怎麼樣？」弟弟笑著接受了。就因為這樣，婁師德在武后執政時期終能保有榮寵與官位。

賞析

本文可分成兩段：第一段是李昭德和婁師德的互動，顯現婁師德的「行」；第二段是婁師德和弟弟的對話，呈現婁師德的「言」。前後對照，正可以看出婁師德是言行一致的。

婁師德的修養極好，官拜宰相，走路慢了點被罵「田舍漢」也不生氣，還笑咪咪地承認：「我是啊！」弟弟要到代州赴任，他教弟弟唾面自乾，以免和人結仇。也許有人覺得婁師德太軟弱，太沒有氣勢，殊不知這正是「柔弱勝剛強」的道理。

孔子的先人正考父輔佐宋戴公、武公、宣公三朝，「一命而僂，再命而傴，三命而俯」，官愈大態度愈謙恭，婁師德正是深得個中三昧的人。如今已是民主時代，大家可以透過選舉選出政府的長官和民意代表，但這些所謂的「公僕」當選後，卻往往忘了競選時對百姓的承諾，日益驕縱自大起來，所謂：「權力使人腐化，絕對的權力使人絕對的腐化。」讀一讀婁師德的故事，是不是值得我們深思呢？

安金藏

題解

本文選自大唐新語，敘述武后時酷吏來俊臣審太子（後來的唐睿宗）謀反之事，眾人皆在刑求下做出偽證，只有安金藏不畏拷打，並以切腹自盡的方式來表明皇嗣的清白。

作者劉肅（生卒年不詳），所著大唐新語一書，體裁仿世說新語，分門別類，記載唐初至代宗大曆（西元七七六－七七九年）年間的逸聞舊事，為雜史類著作，又兼有小說之風格。目的在以前事勸戒世人，意義相當深刻。書中掌故頗多，很受後代研究者重視。

安金藏為太常工人❶，時睿宗❷為皇嗣❸，或有誣告皇嗣潛有異謀❹者。則天❺令來俊臣❻按❼之。左右不勝楚毒❽，皆欲自誣，惟金藏大呼，謂俊臣曰：「公既不信金藏言，請剖心以明皇嗣不反。」則引佩刀自割，其五臟皆出，流血被❾地，氣遂絕。則天聞，令舁❿入宮中，遣醫人卻內⓫五臟，以桑白皮⓬縫合之，傅藥⓭，經宿乃蘇。則天臨視歎曰：「吾有子不能自明⓮，不如汝之忠也。」即令停推⑮，睿宗由是乃免⑯。

金藏後喪母，復於墓側躬⑰造石墳、石塔。舊源⑱上無水，忽有湧出泉，又李樹盛冬開花，大鹿挾其道⑲。使盧懷慎⑳以聞，詔旌其門閭㉑。玄宗㉒即位，追思金藏節㉓，下制㉔褒美，拜右驍衛將軍，仍令史官編次㉕其事。

---

❶太常工人　太常寺的樂工。太常，即太常寺，是古代掌理宗廟禮儀的機關。

❷睿宗　即李旦，唐高宗與武則天之子。曾繼中宗為帝，後被武后所廢。則天晚年中宗復位，封安國相王。後再度即位。

❸皇嗣　皇位的繼承人。

❹異謀　反叛的計畫。

❺則天　名曌，唐并州文水（今山西省文水縣）人。太宗時入宮為才人，高宗時立為皇后，高宗死，廢其子中宗、睿宗，自立為帝，改國號「周」。為人富於權略，知人善任，是中國史上唯一的女皇帝。

❻來俊臣　武后朝任御史中丞，是唐代著名的酷吏，殘酷陰險，殺害忠良，後以謀反罪被殺。

❼按　調查；審理。

❽楚毒　酷刑。

❾被　音ㄅㄟˋ。覆蓋。

❿舁　音ㄩˊ。抬。新、舊唐書皆作「輿」。

⓫卻內　放回去。卻，反；倒。內，通「納」。放入。

⓬桑白皮　桑樹內層的根皮，可入藥。此指用根皮做成的線。

⓭傅藥　敷藥。傅，擦抹；塗抹。

⓮吾有子不能自明　此句舊唐書安金藏傳作「吾子不能自明」，意謂睿宗李旦不能說明清楚自己並無謀反的意圖，與此處意義略為不同。

⑮推　追究。

⑯免　倖免。

⑰躬　親自。

⑱舊源　以前的水源之處。

⑲挾其道　出現在路旁。挾，通「夾」。音ㄐㄧㄚˊ。在旁邊。

⑳盧懷慎　曾任宰相，以為官清廉著稱。

㉑詔旌其門閭　皇帝下詔在他家大門上懸掛表揚的匾額。門閭，本指里門，這裡是指安家的大門。

㉒玄宗　即李隆基。睿宗之子，在位前期文治武功皆盛，

㉓節　氣節；操守。史稱「開元之治」，天寶後國勢轉衰。

㉔下　制　下令。制，帝王的命令。

㉕編　次　編寫記錄。

翻譯

安金藏是太常寺的樂工。當時睿宗是皇太子，有人誣告他暗地裡有叛變的計畫。武則天便命來俊臣審理此事。睿宗身邊的人受不了殘酷的刑罰，都想屈招認罪，只有金藏大喊，對來俊臣說：「您既然不相信我的話，就請讓我剖開心來證明皇儲不會謀反。」說完，就拿起佩刀剖腹自殺，他的五臟都掉了出來，血流滿地，人也斷了氣。武則天知道此事後，便命人將他抬入宮中，派遣醫生將他的五臟放回體內，再用桑白皮做的線來縫合傷口，敷上膏藥，過了一夜他才甦醒。武則天探視金藏時感嘆地說：「我雖有兒子卻不能明白他的居心，比不上你對他的忠心啊！」隨即下令停止追究這件案子，睿宗也因此倖免於難。

之後金藏的母親過世，他在墓穴旁親自建造了石墳和石塔。附近舊有的水源處原已乾涸，忽然又湧出了泉水，還有李樹在寒冬開花，大鹿出現在道路旁邊。御史盧懷慎把這些事上報朝廷，皇帝下詔在安家大門上懸掛匾額表揚他的事跡。唐玄宗即位，懷念金藏的氣節，下令褒揚他，任他為右驍衛將軍，還命令史官將他的事跡記錄下來。

賞析

本文可分成兩段來看，前段是寫安金藏的忠勇感動了武后，後段則是記述安金藏孝感動天所產生的異象。

武則天當權時，恐臣民不服，所以讓周興、來俊臣專治告密之事。他們兩人經常羅織罪名，陷害忠良，連武后的親生子也不放過。在這則故事裡，若不是安金藏忠肝義膽，以死證明主子的清白，睿宗早就沒命了。

金藏的激烈令人駭異，卻喚醒了武后的母性。武后說：「吾有子不能自明，不如汝之忠也。」將自己的懊悔和對金藏的讚嘆全盤托出，確實是肺腑之言。

金藏只是太常寺的樂工，地位很低，但在關鍵時刻，卻發揮了扭轉時局的大效用，正所謂「天生我才必有用」。他切腹自白，五臟都掉出來了卻還能復活，史書上言之鑿鑿，可見唐代的外科手術已相當進步了。至於他守母喪，泉水湧出和李花冬放、犬鹿相狎等異象，新、舊唐書也都有明文記載，現在看來或許是當時人的一種迷信，但無論如何，史家仍是肯定安金藏的。

盧莊道

題解

本文選自大唐新語，敘述盧莊道有過目不忘的本領，為官後也有出類拔萃的表現。

盧莊道，年十三，造❶於父友高士廉，以故人子引坐❷，會❸有獻書❹者，莊道竊窺❺之，請士廉曰：「此文莊道所作。」士廉甚恠❻之，曰：「後生何輕薄之行！」莊道請諷❼之，果通❽；復請倒諷，又通，士廉請敘。良久，莊道謝❾曰：「此文實非莊道所作，向❿窺記之耳。」士廉即取他文及案牘⓫試之，一覽倒諷，并呈己作文章。士廉具以聞⓬。太宗召見，策試⓭，擢第⓮十六，授⓯河池尉⓰。

滿復制舉⓱，擢甲科⓲，召見，太宗識之曰：「此是朕聰明小兒耶？」授長安尉。太宗將錄囚徒⓳，京宰⓴以莊道幼年，懼不舉㉑，欲以他尉代之，莊道不從，但閑暇不之省也。時繫囚㉒四百餘人，令丞深以為懼。翌日，太宗召囚，莊道乃徐狀以進，引諸囚入。莊道評其輕重㉓，留繫月日㉔，應對如神。太宗驚異，即日拜監察御史㉕。

❶造　拜訪。
❷引坐　引之就坐。引，引導；帶領。
❸會　正值；正逢。
❹獻書　送文章。唐、宋時舉人應試前，先將文章呈送當時的名人顯要，以求推薦，或加深主考官的印象，又稱「溫卷」。
❺竊窺　偷看。
❻恠　同「怪」。音ㄍㄨㄞˋ。怪罪；責備。
❼諷　諷誦；朗讀。
❽通　通順；流暢。
❾謝　謝罪；認錯。
❿向　剛才。
⓫案牘　公務文書。
⓬具以聞　詳細地呈報給皇上知道。
⓭策試　以策論測試他。策，以陳述政事為主的文體。
⓮擢第　拔擢及第。擢，拔擢；提拔。第，及第；錄取。
⓯授　授官任職。
⓰河池尉　河池縣的縣尉。河池，縣名，約在今甘肅省徽縣西銀杏鎮。尉，縣尉，主管地方治安的官職。
⓱滿復制舉　縣尉職務任滿後又參加制舉科考試。制舉，唐代由皇帝親試的科考，不定期舉辦。
⓲甲科　古代考試科目的名稱。唐、宋進士分甲、乙科，甲科試題最難。
⓳錄囚徒　省察囚犯是否有冤情，並加以記錄。
⓴京宰　京師的長官。
㉑不舉　不舉辦；不進行。舉，成功。
㉒繫囚　拘禁在獄中的囚犯。
㉓輕重　罪行輕重。
㉔留繫月日　關押時間的長短。
㉕監察御史　古官名。隸屬御史臺察院，掌監察百官言行、巡撫州縣獄訟、祭祀及監諸軍出使等事務。

翻譯

盧莊道十三歲時，曾拜訪父親的朋友高士廉，高士廉因他是老朋友的兒子而領他就坐，正好有人送文章來向高士廉請教，莊道在旁偷看到了，便對高士廉說：「這篇文章是小姪所作。」士廉嚴厲地責備他，說：「小孩子怎麼做出這麼輕浮不敬的事！」莊道向士廉請求背誦文章，果然很通順流暢；又請求倒背，還是一字不漏。高士廉再請莊道敘說文意。過了很久，莊道才道歉說：「這篇文章確實不是我作的，我是剛才偷看後記下來罷了。」士廉於是拿了其他的文章和公文測試他，盧莊道只看一遍就可以倒背如流，並且還呈上自己寫的文章。士廉將此事詳細地上報朝廷。太宗親自召見盧莊道，考他治理政事的方略，並錄取他為第十六名，授予河池縣尉的官職。

任滿後他又參加制舉科考試，考上甲科，皇上召見時，認出他說：「這是我那聰明小兒嗎？」便授予他長安縣尉的官位。有一天，太宗將省察長安的囚犯有無冤情，長安縣官認為莊道年紀小，怕這件事不能順利進行，便想要以其他的縣尉代替他，但莊道不答應。可是，莊道就算有空也不去察看罪犯的檔案。當時長安縣所囚禁的罪犯有四百多人，因此縣裡的長官都很擔心。隔天，太宗召見囚犯，莊道緩緩地將卷宗呈上，並引導各個囚犯進入。莊道講起每個犯人的罪行輕重，關押時間的長短，都說得很有條理，太宗相當驚訝讚嘆，當天就任命他為監察御史。

賞析

這是寫神童盧莊道被破格拔擢的故事。可以分成兩部分來看，前邊是他十三歲時因為善記誦而被高士廉推薦，受到唐太宗的賞識；後邊是他任官後落落大方的表現，讓太宗驚異，再度升官。

一般十三歲的孩童最有興趣的大概是玩耍，盧莊道卻已懂得適時表現自己的長處，他背別人的文章，也準備了自己的文章，他是有心讓高士廉發掘他這個天才的。

俗話說：「嘴上無毛，辦事不牢。」他任長安尉以後，京宰不放心，想讓別人取代他的工作，他不肯；要處理四百多個罪犯，也不見他特別準備什麼，但最後他的表現相當出色。這篇文章很精簡，卻把一個聰明絕頂的年輕官員寫活了。

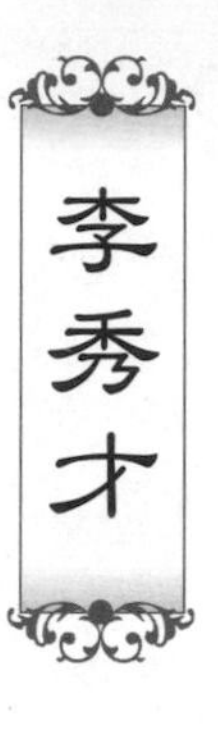

李秀才

題解

本文選自酉陽雜俎，敘述李秀才因不滿被一僧奚落而施展法術，讓此僧吃足了苦頭。

作者段成式（？—西元八六三年），字柯古，齊州臨淄（今山東省淄博市）人，後遷居荊州。以其父段文昌之蔭而為祕書省校書郎，遷尚書郎，後又任江州刺史，官至太常少卿。他博學強記，對佛書尤其專精。又工於駢文，與李商隱、溫庭筠齊名，號稱「三十六體」。

相傳秦人為避戰火，曾於小西山石穴中藏書千卷。梁元帝還是湘東王時，便賦有「訪酉陽之逸典」之句。段成式以酉陽雜俎為書名，即與梁元帝此句有關。酉陽雜俎分為正集二十卷、續集十卷，內容包羅萬象，有採輯前人作品的，也有段成式的自撰，在唐人軼事作品中算是相當出色的。

唐虞部郎中❶陸紹，元和❷中，嘗謁表兄於定水寺，因為院僧具蜜餌時果❸，鄰院僧亦陸所熟也，遂令左右邀之。良久，僧與李秀才偕至，環坐笑語頗劇❹。院僧顧❺弟子煮新茗，巡將匝❻而不及李，陸不平曰：「茶初⑦未及李秀才，何也？」僧笑曰：「如此秀才，亦要知茶味！且以餘茶飲之。」鄰院僧曰：「秀才乃術士⑧，座主不可輕言⑨。」其僧又言：「不逞⑩之子弟，何所憚⑪！」秀才忽怒曰：「我與上人⑫素未相識，焉知予不逞徒也？」僧復大言：「望酒旗翫變場⑬者，豈有佳者乎？」李乃白⑭座客：「某不免對貴客作造次⑮矣！」因奉手⑯袖中，據⑰兩膝，叱其僧曰：「麤行⑱阿師，爭敢輒無禮！拄杖⑲何在？可擊之！」僧房門後有笻⑳杖子，忽跳出，連擊其僧。時眾亦為蔽護，杖伺人隙捷中，若有物執持也。李復叱曰：「捉此僧向牆！」僧乃負牆拱手，色青短氣，唯言乞命。李又曰：「阿師可下階！」僧又趨㉑下，自投㉒無數，衄鼻敗顙㉓不已。眾為請㉔之，李徐曰：「緣對衣冠㉕，不能殺此為累㉖。」因揖客㉗而去。僧半日方能言，如中惡㉘狀，竟不之測也。

---

❶虞部郎中　虞部，隸屬於工部，掌管朝廷時令蔬果、柴薪燃料等供應及畋獵之事。郎中，古官名。六部內各單位之主管。

❷元　和　唐憲宗的年號（西元八〇六—八二〇年）。

❸具蜜餌時果　準備甜點和鮮果。

❹劇　很；甚。

❺顧　囑咐；吩咐。

❻巡　將　匝　斟了快滿一圈。巡，指斟酒或倒茶一遍。匝，量詞。計算環繞圈數的單位。

❼茶　初　指第一次泡的茶。

❽術　士　稱占卜星相者和道士一類的人。

❾輕　言　說話草率不謹慎。

❿不　逞　不得志。猶言沒本事、沒出息。

⓫憚　懼怕。

⓬上　人　對僧人的尊稱。

⓭望酒旗翫變場　指喜歡喝酒、玩樂。酒旗，酒家的標誌。翫，同「玩」。變場，唐代表演說唱藝術的場所。

⓮白　告訴。

⓯造　次　冒昧；輕率。

⓰奉　手　拱手。

⓱據　倚靠。

⓲麤　行　態度粗鄙。麤，通「粗」。粗俗鄙陋。

⑲拄杖　枴杖。
⑳筇　音ㄑㄩㄥˊ。一種竹子，實心節高，可用作枴杖。
㉑趨　奔跑。
㉒自投　以頭碰地。表示自責之意。
㉓衄鼻敗顙　流鼻血，頭破血流。衄，音ㄋㄩˋ。鼻子流血。敗，破。顙，額頭。
㉔請　請命；請罪。
㉕衣冠　對縉紳世族的敬稱。
㉖累　連累；拖累。
㉗揖客　向客人作揖行禮。
㉘中惡　中醫病名。由於冒犯不正之氣所引起。其症狀為錯言妄語，牙緊口噤；或頭旋暈倒，昏迷不醒。俗稱「中邪」。中，音ㄓㄨㄥˋ。

翻譯

唐代元和年間，虞部郎中陸紹曾到定水寺去拜訪表哥，因為給院裡的僧人帶了些甜點和鮮果，而鄰近寺院的僧人也和陸紹熟識，於是陸紹便派隨從邀請他們過來。過了很久，鄰僧與李秀才一起到了，大家就圍坐在一起，很熱絡地說說笑笑。院僧吩咐弟子煮新茶，煮好的茶水斟了快滿一圈卻沒倒給李秀才，陸紹不滿地說：「初茶沒倒給李秀才，這是為什麼呢？」院僧笑著說：「這種秀才，也配知道茶是什麼味道！就姑且把喝剩的茶水給他喝吧。」鄰院僧說：「秀才是一位術士，主人說話不可失禮。」院僧又說：「這種沒本事的人，有什麼好怕的！」

李秀才忽然憤怒地說：「我與上人您向來不認識，怎麼知道我是沒本事的人？」院僧又狂妄地說：「只喜歡喝酒玩樂的人，怎會有好人呢？」李秀才於是對著在座的客人說：「我不得不在貴賓們面前失禮了！」說完，便將雙手放在袖子中拱起，靠在兩膝上，然後喝斥院僧說：「你這個態度粗鄙的和尚，竟敢一直這般無禮！枴杖在哪裡？替我去打他！」僧房門後有根竹杖，忽然跳出來，連續擊打那個院僧。此時大家都擁上去掩護院僧，竹杖卻趁著人群中的空隙迅速攻擊，好像有東西在控制它一樣。李秀才又喝斥道：「把這和尚丟向牆壁！」僧人於是背靠著牆、拱著手，臉色鐵青，呼吸急促，口中直喊著饒命。李秀才又說：「讓這位師父下樓去。」僧人又衝下樓梯，不斷地磕頭，流著鼻血、摔破額頭仍停不下來。眾人替院僧求情，李秀才這慢慢地說：「因為是當著各位的面，我不能殺他，免得連累你們。」於是向賓客行禮後便離去了。那個院僧過了半天才能說出話來，像中了邪似的，最後不知道結果怎麼樣了。

賞析

這則故事告訴我們，不要自以為是，更不能隨便瞧不起別人。

定水寺僧瞧不起李秀才，先是招待眾人品茗，獨獨不給李秀才倒茶，又透過一次又一次言語的奚落，使得李秀才忍無可忍，終於爆發了對寺僧的報復行動。大家都聽過和尚待客大小眼的故事，即所謂「坐，請坐，請上坐」、「茶，上茶，上好茶」。勢利眼的和尚常以香客的身分或穿著來當作接待的標準，根本違反了眾生平等的原則。尤其大家難得聚在一塊兒，正是有緣千里來相會，為什麼要分誰高誰低呢？

這則故事中的寺僧自以為「識人」，卻因此得罪了李秀才，在眾人面前出醜破相，毫無招架之力，只能說他是自作自受活該應當。出手打人是不對的，但寺僧欺人太甚，讀者恐怕都會站在李秀才這邊暗暗叫好呢！

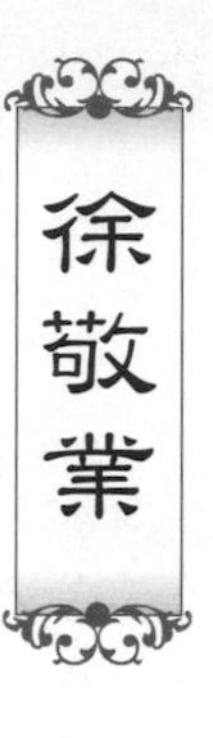

徐敬業

題解

本文選自酉陽雜俎，敘述徐敬業年幼時，祖父英公李勣認為他可能為家族招來禍殃，遂設計殺他的故事。

徐敬業❶，年十餘歲，好彈射❷。英公❸每曰：「此兒相❹不善，將赤❺吾族。」射必溢鏑❻，走馬若滅❼，老騎❽不能及。英公常獵，命敬業入林趂❾獸。因乘風縱火，意欲殺之。敬業知無所避，遂屠馬腹，伏其中。火過，浴血而立。英公大奇之。

❶徐敬業　唐名將徐世勣之孫，從小跟隨祖父征伐，襲封英國公。後與駱賓王等人興兵討伐武則天，兵敗，為部下所殺。

❷彈射　泛指射箭等武藝。

❸英公　即「英國公」。徐世勣的封號。唐高祖賜其姓李，後因避唐太宗李世民諱而改名李勣。

❹相　面相。

❺赤　誅滅。

❻溢鏑　把弓拉滿。鏑，音ㄉㄧˊ。箭；箭頭。

❼走馬若滅　形容騎馬奔馳，速度快到讓人看不見。走馬，騎

❽老　騎　經驗豐富的騎士。

馬疾行。

❾趂　同「趁」。追逐。

翻譯

徐敬業十幾歲時，就喜歡騎馬射箭等武藝。他的祖父英國公經常說：「這孩子的面相不好，將來會為我們家招來滅族之禍。」徐敬業射箭時必定會拉滿弓，騎馬奔馳時，速度快到讓人看不見，連經驗豐富的騎士都趕不上他。英國公常出外狩獵，有回命令徐敬業先進入樹林中驅趕野獸，然後他順著風勢放火，想趁機燒死徐敬業。徐敬業知道自己無處可逃，便當場殺了一匹馬，剖開馬腹，躲進裡頭。大火熄滅後，徐敬業全身是血地站著。英國公看了非常驚訝。

賞析

這是講徐敬業「英雄出少年」的故事。

徐敬業的祖父徐世勣是唐朝開國元勳，被封為英國公，賜姓李。徐敬業也是天生的將才，擅長騎射。照說祖父應以如此的孫子為榮，本篇卻說英公縱火想殺敬業。這種說法很不合情理，但新唐書李勣傳說他臨死前交代弟弟李弼，子孫言行如有不當，「急榜殺以聞，毋令後人笑吾」，可見他對子孫的要求確實十分嚴厲。

祖父設計殺孫，當時反應敏捷的敬業躲在馬腹中逃過一劫，名副其實是浴血重生，讓英公大為驚訝。敬業後來敢高舉討伐武則天的大纛，可能和他從小所處的環境及所受的斯巴達式教育頗有關係。

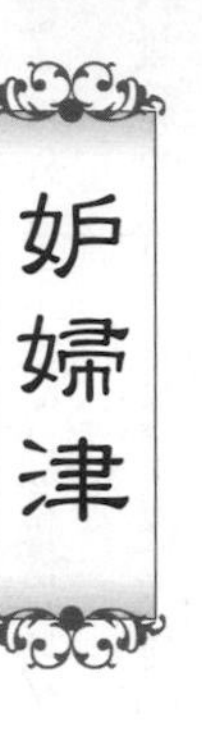

妒婦津

題解

本文選自酉陽雜俎，敘述晉朝臨清縣妒婦津名稱的由來。劉伯玉之妻段氏因妒忌洛神而投水自殺，後來自己也變成水神。從此只要有美女渡津，便會風波暴起，大家便稱此津為妒婦津。後來「妒婦津」也成為著名的典故，常被文學作品引用。

妒婦津❶，相傳言：晉大始❷中，劉伯玉妻段氏，字明光，性妒忌。伯玉常於妻前誦洛神賦❸，語其妻曰：「娶婦得如此，吾無憾焉。」明光曰：「君何以水神善而欲輕我？吾死何愁不為水神？」其夜乃自沉而死。死後七日，託夢語伯玉曰：「君本願神，吾今得為神也。」伯玉寤❹而覺之，遂終身不復渡水。

有婦人渡此津者，皆壞衣枉粧❺，然後敢濟。不爾❻，風波暴發。醜婦雖粧飾而渡，其神亦不妒也。婦人渡河，無風浪者，以為己醜，不致水神怒。醜婦諱之，無不皆自毀形容，以塞嗤笑也。故齊人語曰：「欲求好婦，立在津口。婦立水旁，好醜自彰。」

❶妒婦津　渡口名。相傳位於山東省臨清縣境內。

❷大始　即晉泰始年間。晉武帝司馬炎的年號（西元二六五—二七四年）。古書「大」與「泰」相通。

❸洛神賦　辭賦名。三國魏曹植撰。內容敘寫遇見洛水女神的經過，對女神容貌、儀態、穿戴、動作的描寫，尤其細膩動人。此賦形象鮮明、詞藻華美，歷來被視為傑作。洛神，相傳宓羲的女兒宓妃渡洛水淹死，成為水神。

❹寤　睡醒。

❺枉粧　毀壞妝扮。枉，毀壞。粧，通「妝」。

❻不爾　不如此；不這樣。

翻譯

「妒婦津」這個地名的由來，相傳是晉朝泰始年間，劉伯玉的妻子段氏，字明光，生性善妒。伯玉經常在她的面前朗讀洛神賦，並告訴她說：「如果能娶到像洛水女神一樣的妻子，我這輩子就沒有遺憾了。」明光說：「你為何要藉由讚美水神來貶低我？我死的話，還愁不能成為水神嗎？」當天晚上，她就投水而死了。死後的第七天，明光託夢告訴伯玉：「你不是很想得到水神嗎？我現在終於成為水神了。」伯玉從夢中醒來後，便終身不敢渡水過河。

後來，想由妒婦津渡河的女子，都要先弄壞衣裳、毀掉妝扮，然後才敢渡河。不這樣的話，河面會突然興起巨大的風浪。不過，容貌醜陋的女子，就算打扮得很漂亮渡河，也不會引起水神的嫉妒。所以，女子渡河時若沒有起風浪的話，就認為是自己長得醜，才不會引起水神的憤怒。容貌醜陋的女子，很忌諱發生這種情況，她們都先毀掉自身的妝扮再渡河，以免被他人譏笑。所以齊人有這樣的說法：「想要追求容貌美好的女子，可以站在妒婦津旁。

因為女子站在水邊，容貌的美醜，自然會顯現出來。」

賞析

這是典型的地方風物傳說，說明「妒婦津」名稱的由來。故事中的男主角劉伯玉是個書呆子，他不懂得「憐取眼前人」，成天在妻子面前誦讀洛神賦，還說如果能娶洛神這樣的美女為妻就沒有遺憾了，妻子段明光氣得投水自殺，把自己變成水神。

段氏個性的強烈由此可見。弔詭的是，成了水神她還是不改妒忌的脾氣，妒婦津成了辨別婦女美醜的審判長。西方兒童故事中的「魔鏡」能照出世界上最美麗的女人，中國的「妒婦津」也有異曲同工之妙，原因相同，都是妒忌心作祟。

文中沒提劉伯玉是否後悔失去妻子，但他終身不復渡水，顯然是害怕妻子的報復。其他的，請讀者自己去想一想吧。

題解

本文選自酉陽雜俎，敘述鄭鎰因岳父張說的關係，在封禪泰山後破格擢升，遭黃幡綽戲稱是得到泰山之力。

明皇❶封禪❷泰山，張說❸為封禪使。說女壻鄭鎰❹，本九品官。舊例，封禪後自三公❺以下，皆遷轉一級。惟鄭鎰因說驟遷五品，兼賜緋服❻。因大酺次❼，玄宗見鎰官位騰躍，怪而問之，鎰無詞以對。黃幡綽❽曰：「此泰山之力也。」

❶明皇　指唐玄宗李隆基。因諡號為「至道大聖大明孝皇帝」，故亦稱為「明皇」。

❷封禪　古代帝王祭天地的大典。封，在泰山上築土為壇，報天之功。禪，在泰山下的梁甫山上劃出一片平地祭地，報地之德。

❸張說　字道濟，一字說之，河南洛陽人。唐玄宗時任中書令。說，音ㄩㄝˋ。

❹鄭鎰　張說女婿，生卒年不詳。

❺三公　古代中央三種最高官銜的合稱。唐以太尉、司徒、司空為三公，均是輔弼國君治理天下的官員。

❻緋　服　唐朝五品官服的顏色。按舊唐書輿服志：「三品已上服紫，五品已上服緋。」緋，紅色。

❼大 酺 次　依照官位高低就坐，聚會飲酒。大酺，大宴飲。酺，音ㄆㄨˊ。古指國有喜慶，特賜臣民聚會飲酒。

❽黃 幡 綽　唐玄宗時優人，言語幽默，善演參軍戲。幡，一作「翻」。

翻譯

唐明皇舉行泰山的封禪大典，命張說為封禪使。張說的女婿鄭鎰本是九品官，按照慣例，封禪以後，自三公以下的官員都能升遷一級。只有鄭鎰因為張說的關係，一下子升到了五品，還賜緋紅色的官服。祭典結束後，百官依照官位高低就坐，聚會飲酒，唐明皇見鄭鎰的官位高升了好幾級，感到很奇怪，就問他原因，鄭鎰一時答不出來。這時，黃幡綽便說：「這都是因為泰山的力量啊。」

賞析

中國人習慣稱岳父為「泰山大人」，就是因為張說愛屋及烏，利用陪同唐玄宗封禪泰山的機會，把女婿高升為五品官的緣故。

張說位高權重，玄宗對他倚賴甚深，雖然注意到他女婿鄭鎰擢升太快，不合體制，但問鄭鎰卻問不出所以然來。其他人也不願開口，倒是黃幡綽意有所指的說：「此泰山之力也。」讓這件事畫下休止符。這種說法非常巧妙，大家都可以意會，一切盡在不言中。

中國人一向對稱謂很講究，先是把妻子的父親稱作「泰山」，又因為泰山是「五嶽（岳）之長」，於是又將妻子的父親稱作「岳父」、「岳翁」或「岳丈」，連帶著稱妻子的母親為「岳母」或「泰水」。一個小故事竟然帶出這麼多新稱謂，是不是很有趣呢？

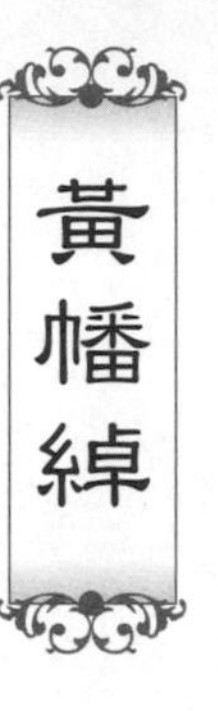

黃幡綽

題解

本文選自酉陽雜俎，敘述優人黃幡綽、高崔嵬、李集等人都曾被皇帝命人押入水中，後來卻能安然無事的故事。

相傳玄宗嘗令左右提❶優人黃幡綽❷入池水中，復出，幡綽曰：「向見屈原笑臣：『爾遭逢聖明，何爾至此？』」據朝野僉載❸，散樂❹高崔嵬善弄癡，大帝❺令沒首水底，少頃，出而大笑，上問之，云：「臣見屈原，謂臣云：『我遇楚懷❻無道，汝何事亦來耶？』」帝不覺驚起，賜物百段。又北齊書，顯祖❼無道，內外各懷怨毒。曾有典御丞❽李集面諫，比帝甚於桀、紂❾。帝令縛致水中，沉沒久之，後令引出，謂曰：「我何如桀、紂？」集曰：「向來你不及矣。」如此數四，集對如初。帝大笑曰：「天下有如此癡漢！方知龍逢❿、比干⓫非是俊物。」遂解放之。蓋事本起於此。

❶提　舉起；抓起來。

❷黃幡綽　見前篇注❽。

❸朝野僉載　書名。唐張鷟著。記隋、唐兩代朝野異聞。

❹散樂　表演百戲的藝人。散，音ㄙㄢˇ。

❺大帝　即唐太宗李世民。李淵之子，在位二十三年，國力強盛，史稱「貞觀之治」，突厥尊其為「天可汗」。

❻楚懷　戰國時楚國國君。為政無能，任用佞臣子蘭、靳尚，排斥屈原，致使國事日非。後聽張儀之計與秦議和，入秦時被拘留，客死於秦。

❼顯祖　指北齊文宣帝高洋。北齊開國皇帝，在位十年，初期留心政務，整頓吏治，加強兵防，北齊迅即強盛；後沉湎於酒色，壓迫人民，國勢遂衰敗。

❽典御丞　北史記載有「尚食丞李集」。據隋書百官制中，門下省尚食局有典御及丞，丞是典御的輔官，卻無「典御丞」官名。

❾桀紂　指夏桀、商紂王。兩人分別為夏、商二代的末代君王，暴虐無道。後用以泛指暴君。

❿龍逢　即關龍逢。夏朝賢人，因勸諫桀而被殺。

⓫比干　紂的叔父，與微子、箕子稱殷之三仁。因諫紂而被殺。

翻譯

傳說唐玄宗曾命令侍從將戲子黃幡綽丟入水中，黃幡綽從水中爬起來後，說：「剛才我在水裡見到了屈原，他笑我：『你遇上了一個聖明的君主，怎麼會淪落至此呢？』」根據朝野僉載記載，藝人高崔嵬擅長裝瘋賣傻逗人開心。一次，唐太宗叫人把他的頭按進水裡，過了一會兒，高崔嵬從水中出來後卻大笑，太宗問他笑什麼，高崔嵬說：「我剛剛看見屈原，他告訴我：『我是因為遇上了昏庸無道的楚懷王才投江自盡，你又是為什麼而來呢？』」太宗聽了非常驚訝，就賜給高崔嵬布帛百段。北齊書也記載，文宣帝不行正道，朝野內外都相當怨恨他。曾經有一位典御丞李集當面勸諫，並說文宣帝比夏桀、商紂王更為殘暴。文宣帝一怒之下便命人將李集綁起來丟入水裡，過了很久，才又命人拉他起來，再問他：「我跟桀、紂相比如何？」李集回答：「你一向就比不上啊。」文宣帝又再次把李集沉入水中，如此反覆多次，李集的答案始終一樣。文宣帝大笑著說：「天下竟有這種笨蛋，我現在才知道關龍逢、比干也不算什麼傑出人物了。」便把李集釋放了。這大概是這件事的起源。

賞析

這則筆記是唐玄宗和黃幡綽的故事，但又引了朝野僉載和北齊書的記載，讓我們看見歷史一再重演的情況。屈原投水本是悲劇，但卻成了後世弄臣的護身符。任哪個皇帝都怕自己被貼上無道昏君的標籤，所以唐太宗也好，玄宗也罷，發起火來把臣子推入水中，待臣子上了岸，只要搬出屈原，皇帝就是理屈。北齊的文宣帝高洋倒是異數，居然把李集沉到水裡多次；直言進諫的李集也是硬頸項，始終不肯改口，最後文宣帝沒辦法，還是把李集放了。

郭曖

題解

本文選自因話錄，敘述唐朝名將郭子儀之子郭曖娶唐代宗之女昇平公主為妻，二人發生口角，郭曖出言不遜，但唐代宗卻婉言勸慰公主的故事。後人據此編為戲劇，如佚名三多記傳奇、范希哲滿床笏傳奇等，京劇亦有打金枝之劇目。

作者趙璘（生卒年不詳），字澤章，南陽（今河南省境內）人，後遷居至平原（今屬山東省），為唐德宗宰相趙宗儒從孫。唐文宗開成三年（西元八三八年）登進士第，為左補闕，曾任衢州刺史、漢州刺史等。因其家世顯貴，故嫻熟朝野舊事。所著因話錄，四庫全書總目言其「雖體近小說，而往往足與史傳相參」、「實多可資考證者，在唐人說部之中猶為善本焉」。

郭曖❶嘗與昇平公主❷琹瑟不調❸，曖罵公主：「倚❹乃父為天子耶？我父嫌天子不作！」公主恚啼❺，奔車❻奏之。上曰：「汝不知，他父實嫌天子不作。使不嫌，社稷❼豈汝家有也？」因泣下，但❽命公主還。尚父❾拘❿曖，自詣朝堂⓫待罪，上召而慰之，曰：「諺云：『不癡不聾，不作阿家阿翁⓬。』小兒女子閨幃⓭之言，大臣安用聽？」錫賚⓮以遣⓯之。尚父杖⓰曖數十而已。

❶郭　曖　唐代大將郭子儀第六子。曖，音ㄞˋ。
❷昇平公主　唐代宗第四女。
❸琹瑟不調　夫妻不和。琹瑟，指夫妻和睦。琹，通「琴」。調，調和。
❹倚　倚靠；仰仗。
❺恚　啼　發怒而啼哭。恚，音ㄏㄨㄟˋ。發怒。
❻奔　車　坐車飛奔。
❼社　稷　天下；國家。此指皇位、政權。
❽但　只是。
❾尚　父　即郭子儀，唐華州人。曾平定安史之亂，任官玄宗、肅宗、代宗、德宗四朝，為唐代名將、中興功臣，德宗尊其為「尚父」。
❿拘　囚禁。
⓫自詣朝堂　親自前去朝廷。詣，音ㄧˋ。此指進見皇上。
⓬阿家阿翁　泛指家長。家，通「姑」。音ㄍㄨ。對婆婆的稱呼。
⓭閨　幃　指夫妻的臥房。
⓮錫　賚　賞賜。錫，通「賜」。賚，音ㄌㄞˋ。賜予。
⓯遣　發送；打發。
⓰杖　動詞。以棍杖打人。

翻譯

郭曖有一次和妻子昇平公主吵架，郭曖就罵公主說：「你仗著你父親是皇帝嗎？我父親是嫌棄皇帝的位子而不肯當而已！」公主氣得大哭，坐車奔回皇宮，將此事告訴父親代宗，代宗說：「你不知道啊！他父親真的是嫌棄皇帝的位子而不肯當；假使他不嫌棄，這個天下哪還是你家的呢？」說完就掉下眼淚來，只叫公主回去。郭子儀知道後，把郭曖囚禁起來，自己上朝進見皇帝，等待降罪。代宗召見並安慰他說：「俗話說：『不裝傻裝聾，怎麼當人家的公公婆婆。』小孩子在臥房裡說的話，國家重臣哪需要當真呢？」於是賞賜了郭子儀並讓他回去。郭子儀回家後打了郭曖幾十杖才肯罷休。

賞析

這篇故事中的男主角郭曖是郭子儀的兒子，女主角則是唐代宗的女兒，史稱齊國昭懿公主。小兩口雖是門當戶對，也難免有鬧彆扭的時候，駙馬罵公主：「你老子是皇帝有啥了不起，咱老爸還看不上不想當呢！」金枝玉葉的公主哪能忍下這口氣，立即奔回宮中向父皇哭訴。

代宗一面撫慰公主，一面也忍不住悲從中來。他的心情實在比公主更不好受，女婿所說確實不假，他雖貴為天子，但朝政日益敗壞，權臣和閹官囂張跋扈，這種皇帝不當也罷，但又不能不當，真是有苦說不出啊！

郭子儀是被譽為「人臣之道無缺」的大將，自能體會郭曖所言對皇上的傷害，所以親自捆綁郭曖面聖請罪。代宗反而安慰子儀：「不癡不聾，不作阿家阿翁。」萬人之上的代宗，確實是深諳人性、修養極佳的皇帝；難得的是，郭子儀雖然功勳蓋世，卻也是治家嚴厲的好父親。

俗話說：「好媳婦，兩頭瞞；笨媳婦，兩頭傳。」意思是聰明媳婦會在公婆和娘家人當中隱瞞彼此的不快；笨媳婦才會傻乎乎地向娘家告狀。文中的公主實在不算是好媳婦，幸好她有通達情理的皇帝老子，否則最後吃虧的會是她自己哩！

這篇文字簡潔，對話生動，確實把兩小兩老的角色和性格躍然紙上了。

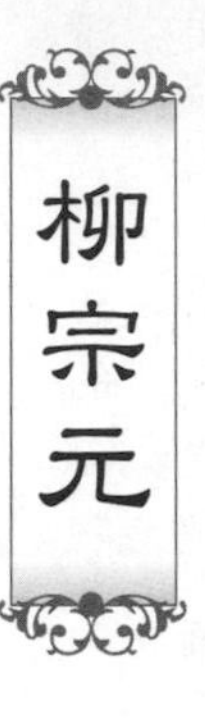

柳宗元

題解

本文選自因話錄，敘述柳宗元請人占夢，最終果然應驗的故事。

柳員外宗元❶，自永州❷司馬徵❸至京，意望❹錄用。一日，詣卜者❺問命，且告以夢，曰：「余柳姓也。昨夢柳樹仆❻地，其❼不吉乎？」卜者曰：「無苦❽。但憂為遠官❾耳。」徵❿其意，曰：「夫生則柳樹，仆則柳木，『木』者『牧』也，君其牧⓫柳州⓬乎？」卒⓭如其言。

❶柳員外宗元　即柳宗元。字子厚，唐河東人，世稱「柳河東」。唐代著名的文學家，提倡古文，為唐宋八大家之一。曾任柳州刺史，卒於任上，故又稱「柳柳州」，其山水遊記風格清新，以永州八記為代表。員外，即員外郎，唐代各部均有設置，多為閒職。

❷永州　地名。在今湖南省永州市。

❸徵　召回。

❹意望　希望；盼望。

❺卜者　算命師。

❻仆　傾倒。

❼其　表揣測之詞。

❽苦　煩悶；憂愁。

❾遠　官　任職離京城較遠的官。

❿徵　徵詢；詢問。

⓫牧　治理；管理。

⓬柳　州　地名。在今廣西省柳州市。

⓭卒　最後；結果。

翻譯

員外郎柳宗元，從永州司馬任上被召回京城，心裡盼望能被留在京城任用。某日，他去找算命師占卜命運，並將自己做的夢告訴他，說：「我姓柳，昨天晚上我夢見了柳樹倒地，這難道是不祥之兆嗎？」算命師說：「您不用煩惱，但只怕會到離京師遠一點的地方當官罷了！」柳宗元問夢境所代表的意思，算命師說：「立著生長的是柳樹，仆倒在地的是柳木，『木』指的就是『牧』，您大概會被派去治理柳州吧？」結果真如算命師所講的那樣。

賞析

柳宗元是唐代著名的古文家和詩人，但他的官運坎坷，屢遭貶謫。本篇寫他從永州被徵召至京，因做了一個柳樹仆地的夢而詢問卜者，卜者竟然預言成真。

中國自古有占夢、測字等神祕之術，柳宗元姓柳，又夢見柳，卜者利用「柳」是姓也是樹名的雙關性質，和「木」與「牧」的諧音，巧妙地解釋他將至柳州任州牧，最後居然應驗。這類事很難用科學方法去分析，只能說「信不信由你」了。

顏魯公

題解

本文選自雲溪友議，敘述書生楊志堅生活貧困，他的妻子到州衙請求離婚。顏魯公對楊妻的作為非常感慨，雖准她改嫁，卻另外厚贈志堅布帛米糧，因而改善了當地棄夫的風氣。

作者范攄（生卒年不詳），唐僖宗（西元八七四—八八八年）時吳（今江蘇蘇州）人，因寓居越州（今屬浙江）五雲溪而自號五雲溪人，名其書為雲溪友議。所記皆為中唐後軼事，以詩話居多，是考證唐詩的重要資料，也成為後代小說、戲曲家常採用的題材。

顏魯公❶為臨川內史❷。澆風莫競❸，文教大行❹；康樂❺已來，用為嘉譽也。邑有楊志堅者，嗜學而居貧，鄉人未之知也。山妻❻厭❼其饘藿❽不足，索書求離。志堅以詩送之曰：「平生志業在琹詩，頭上如今有二絲❾。漁父尚知溪谷暗，山妻不信出身❿遲。荊釵任意撩⓫新髩⓬，鸞鏡⓭從他畫別眉。今日便同行路客⓮，相逢即是下山⓯時。」其妻持詩詣州，請公牒⓰以求別適⓱。魯公按⓲

其妻曰：「楊志堅素⑲為儒學，徧覽九經⑳，篇詠㉑之間，風騷可摭㉒。愚妻覩其未遇㉓，遂有離心。王歡㉔之廩㉕既虛，豈遵黃卷㉖？朱叟㉗之妻必去，寧見錦衣㉘？汙辱鄉閭㉙，敗傷風俗。若無褒貶，僥倖者多。可決㉚二十後，任自改嫁。楊志堅秀才，贈布、絹各二十匹，米二十石，便署隨軍㉛。」仍令遠近知悉，江左㉜十數年來，莫有敢棄其夫者。

---

❶顏魯公　即顏真卿，唐臨沂人。著名的書法家。玄宗時任平原太守，安史亂起，堅守平原，並聯絡各地官兵抗敵。肅宗時封魯郡公，故世稱「顏魯公」。

❷臨川內史　臨川，古地名。在今江西省撫州市。舊唐書顏真卿傳載顏「為御史唐旻所構，貶饒州刺史。」饒州亦在今江西省，此云臨川內史，不盡合史實。

❸澆風莫競　澆薄的風氣不盛。澆，澆薄；淡薄。競，強盛。

❹文教大行　文化教育大為風行。

❺康樂　指謝靈運。南朝宋武帝封謝靈運為康樂侯，封地就在臨川附近。

❻山妻　謙稱自己的妻子。此指楊志堅的妻子。

❼厭　嫌棄。

❽饘藿　此指粗陋的食物。饘，音ㄓㄢ。粥。藿，音ㄏㄨㄛˋ。豆葉。

❾二絲　頭髮斑白。指自己年紀漸老。

❿出身　出仕；當官。

⑪撩　整理。

⑫髩　通「鬢」。音ㄅㄧㄣˋ。鬢髮。

⑬鸞鏡　畫有鸞鳥裝飾的鏡子。鸞，音ㄌㄨㄢˊ。鸞鳥，外型似鳳。

⑭行路客　路人；陌生人。

⑮下山　喻指婦女為夫所棄。漢古詩：「上山採蘼蕪，下山逢故夫。」

⑯公牒　公文；官方開立的證明文件。

⑰別適　改嫁。適，女子出嫁。

⑱按　通「案」。官府處理公事的文書、成例和獄訟判定的結論等。

⑲素　平時；向來。

⑳九經　泛指儒家典籍。

㉑篇詠　泛指詩文。

㉒風騷可摭　可摘取的篇章很多。風騷，泛指詩歌作品。摭，摘取。

㉓未　遇　不得志；際遇不佳。

㉔王　歡　晉樂陵人。安貧樂道，以乞食為生。他的妻子燒了他的書並要求離婚，王歡則以朱買臣自許，固守志向，終成為一代通儒。

㉕廩　糧食。

㉖黃　卷　書籍。古時為防書蠹，多用黃蘗染紙，因紙色黃，故稱為「黃卷」。

㉗朱　叟　指朱買臣，西漢會稽人。家貧而好學，妻子嫌棄他而改嫁。後朱買臣得志，前妻羞愧自殺。

㉘錦　衣　華美的衣服。代指貴顯者。

㉙閭　音ㄌㄩˊ。鄉里。

㉚決　通「決」。責打。

㉛便署隨軍　就任命他擔任隨軍。署，任命。隨軍，唐代隸屬地方節度使下的官銜。

㉜江　左　本指長江最下游之地，亦稱江東。

翻譯

顏真卿擔任臨川內史期間，當地澆薄的風氣不盛，文化教育大為風行，這是自從康樂侯謝靈運被封在臨川以來，常常被人拿來稱讚的事。城裡有個叫楊志堅的人，喜好讀書但家境貧窮，而同鄉也不了解他的志向。他的妻子嫌棄他三餐不繼，要他寫休書請求離婚。楊志堅寫了一首詩送給她，內容是：「我一生的志業在彈琴寫詩，到現在年紀漸長，頭上也有了白頭髮。捕魚的人還知道在黑暗的溪谷中才能捕到魚，我的妻子卻不相信我只是比較遲才能求得功名。就讓荊枝做的髮釵隨意地整理新長出的鬢髮，有鸞鳥裝飾的鏡子任憑它去畫別人的眉毛吧。從今天起我們就像是走在路上的陌生人，下次再相遇便是以前夫、前妻相稱了。」他的妻子拿著詩到了州府，請求官府同意讓她改嫁。顏真卿在楊妻的判決書上寫著：「楊志堅一向研究儒學，讀遍了九經，在他的詩文作品之中，不少是很可取的。你這個愚昧的妻子因為看他現在不得志，就有離棄他的念頭。想當年晉人王歡窮到家裡沒有糧食，他的妻子怎麼還能尊重書籍呢？（你若是像）西漢朱買臣的妻子執意棄夫而去，哪能看著他衣錦還鄉呢？對於這種侮辱鄉里、傷風敗俗的事，如果不加以懲處，以後心存僥倖的人定會增多。判杖打你二十下之後，隨你意改嫁他人。另外送給秀才楊志堅布、絹各二十四，白米二十石，並任命他擔任隨軍的官職。」於是讓各地的人都知道這個判例，從此江左地區十幾年來，都沒有敢拋棄丈夫的婦人了。

賞析

顏魯公就是大家熟知的大書法家顏真卿，他的個性剛烈正直，受到天下人敬仰，大家不稱他的姓名，獨獨尊為「魯公」。安祿山造反時，河朔全都淪陷，只有顏魯公的平原城秋毫無犯，因為他早就看出安祿山居心不良，做好了萬全的準備。

本篇為他早年擔任地方長官，因為處理一件離婚案件而改變當地風俗的故事。可以看出他是那種愛管閒事的官員，和一般衙門「多一事不如少一事」的作風完全不同。

「貧賤夫妻百事哀」，楊志堅是個窮書生，他妻子受不了貧困，要求休書離異，他爽快地答應，寫詩明志。這首詩到了顏魯公手裡，他看出楊志堅青雲可期，惋惜楊妻短視，同時傷感鄉里風俗敗壞，所以雖然批准了這樁案子，卻責打楊妻二十板，另賞楊志堅布絹和米糧，還安排他在軍中工作。顏魯公賞罰分明，讓百姓知道夫妻應該同甘共苦，不可以隨意拋棄對方。

顏魯公這種判案方式，可以說是情理法兼顧，更難得的是，還把江左過去棄夫的惡習改了過來。

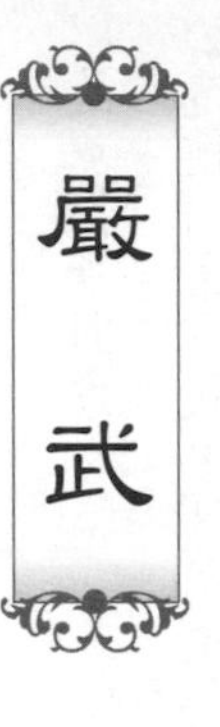

嚴武

題解

本文選自雲溪友議，敘述嚴武八歲時，為維護母親的權益，竟將父親小妾鎚殺的故事。由此可見嚴武自幼便秉性剛烈，也道出了古代妻妾制度下婦女的無奈處境。

武后朝嚴安之❶、挺之❷昆弟❸也。安之為長安戎曹❹，權過京尹❺，至今為寮❻者，願得安之之術❼焉。挺之則登歷臺省❽，亦有時名。娶裴卿❾之女，纔三夕，其妻夢一人，佩服金紫❿、美鬚鬢，曰：「諸葛亮⓫也，來為夫人兒。」既妊而產嬰孩，其狀端偉，頗異常流，挺之薄⓬其妻而愛其子。

嚴武⓭年八歲，詢其母曰：「大人常厚⓮玄英（玄英，挺之妾也），未常慰省阿母，何至於斯乎？」母曰：「吾與汝母子也，以汝尚幼，未之知也。汝父薄幸⓯，嫌吾寢陋⓰，枕席⓱數宵，遂即懷汝，自後相棄如離婦焉。」其母悽咽，武亦憤惋難處。

候父既出，玄英方睡。武持小鐵鎚擊碎其首。及挺之歸，驚愕，視之已斃矣。左右⑱曰：「小郎君戲運⑲鐵鎚而致之。」挺之呼武至，曰：「汝何戲之甚耶？」武曰：「焉有大朝人士厚其侍妾，困辱⑳兒之母乎？故須擊殺，非戲之也。」父曰：「真嚴挺之之子。」而每抑遏㉑，恐其非器㉒。

❶嚴安之　唐玄宗時任河南丞，個性狠毒暴虐，喜好酷刑。

❷挺之　名浚，唐華州華陰人。為人正直有才能，玄宗時任尚書左丞，為李林甫排擠，居閒官而不得志，鬱鬱而終。

❸昆弟　兄弟。

❹戎曹　州府的屬官。

❺京尹　京城的長官。

❻寮　通「僚」。官吏。

❼術　指為官之道。

❽登歷臺省　在許多政府機關任職過。登，任用。歷，經歷。臺、省，皆為古代政府機關的名稱。

❾裴卿　裴姓大官，生平不詳。

❿金紫　指黃金印和紫綬帶，為古代丞相的配備，位高權重的象徵。

⓫諸葛亮　字孔明，三國陽都人。早年隱居隆中，因劉備三顧而出仕，曾擊敗曹操於赤壁，使蜀和魏、吳三足鼎立。劉備稱帝後，授丞相職。備崩，輔佐後主劉禪，壯志未伸而病死軍中。

⓬薄　鄙視；輕視。

⓭嚴武　嚴挺之之子。肅宗時任劍南節度使，破吐蕃大軍，封鄭國公。在蜀地任官多年，專橫奢靡，剛愎傲慢，四十歲時病逝。

⓮厚　厚待。

⓯薄幸　無情。幸，通「倖」。

⓰寢陋　醜陋。寢，貌醜。

⓱枕席　原指床鋪，此指同床共枕。

⓲左右　左右的人，指奴僕。

⓳運　揮動。

⓴困辱　困窘侮辱。

㉑抑遏　壓抑遏止。

㉒器　論語為政：「君子不器。」器，指良好人才。

翻譯

在武后時期當官的嚴安之和嚴挺之是兄弟。安之擔任長安城的屬官，權力卻比京師長官還大。到現在做官的人，都希望學得嚴安之的為官之道。嚴挺之擔任過許多重要職務，在當時也相當出名。嚴挺之娶了裴姓大官的女兒，才過了三晚，他的妻子就夢見一個人，佩戴著黃金印和紫綬帶，鬍鬚長而美，說：「我是諸葛亮，要來投胎做夫人的兒子。」不久，裴氏便懷孕產下一個男嬰，孩子的樣貌端正雄偉，和一般的嬰兒頗為不同，挺之冷落妻子但卻鍾愛這個兒子。

嚴武八歲時，問他的母親說：「父親對玄英那麼好（玄英是嚴挺之的愛妾），卻很少來慰問母親您，為什麼會這樣呢？」他的母親說：「我和你是母子，但你年紀小所以還不懂事。你父親對我很無情，嫌棄我容貌醜陋，我和他同房數晚，就懷了你，但從那以後他便不理睬我，我就像是他已離婚的妻子一般。」嚴武的母親悲傷哭泣，嚴武也憤恨難平。

一天，等到父親出門後，玄英正在睡覺，嚴武拿著小鐵鎚，擊碎了她的腦袋。等到嚴挺之回家，嚇了一跳，發現玄英早已死了。僕人說：「是小少爺拿鐵鎚揮著玩所造成的。」嚴挺之把嚴武叫到面前，說：「你為什麼玩得這麼過分？」嚴武說：「哪有朝廷大官寵愛自己的侍妾，卻使他兒子的母親困窘受辱的呢？所以必須殺了這個小妾，我不是鬧著玩的！」嚴挺之聽了，說：「真是我嚴挺之的兒子啊！」但此後，嚴挺之經常故意壓抑兒子，怕他將來不能成大器。

賞析

這則故事可分為兩段來看，第一段是講嚴武的父親和伯父都是名臣，嚴武的出生是諸葛亮投胎轉世，頗富神祕色彩；第二段是主要部分，也就是八歲的嚴武竟然手刃父親的愛妾，為自己的母親出頭。

陶淵明曾慨嘆：「通子垂九齡，但覓梨與栗。」（責子詩）一般八九歲的小孩哪個不貪吃貪玩？偏偏嚴武非常早熟，注意到父親寵愛玄英卻輕忽母親裴氏，向母親詢問得知真相後，竟然拿小鐵鎚把玄英殺死。嚴武小小年紀，已有超乎常人的心細和膽大。

等嚴挺之回家後，奴僕們怕嚴挺之生氣，說是嚴武戲玩鐵鎚錯殺了玄英。嚴武卻一副「好漢做事好漢當」的氣概，毫不推諉，並且義正辭嚴地教訓起父親的不是來。挺之自知理虧，反而讚美嚴武不愧是自己的好兒子。

初讀這故事，可能想到的是「虎父無犬子」的老話。但再往深一層思考，父母間的感情問題，實在不應該交給一個八歲的小孩去解決？文中裴氏不得嚴挺之的歡心，是徒有正妻之名的棄婦；玄英雖然受寵，卻慘死在嚴武的手下。古代的婦女，實在是萬般皆由人啊！

盧渥

題解

本文選自雲溪友議，敘述盧渥拾得一片由御溝流出的題詩紅葉，後來他娶得一名遣散出宮的宮女，居然正是在紅葉上題詩的人。宋代張實據此改寫為傳奇小說流紅記，元代白樸作雜劇韓翠蘋御水流紅葉（目前僅存曲詞殘文一折），明代王驥德作傳奇韓夫人題紅記，皆本於此。

明皇代以楊妃、虢國❶寵盛，宮娥皆頗衰悴，不備掖庭❷。常書落葉，隨御溝❸水而流。云：「舊寵悲秋扇❹，新恩寄早春。聊題一片葉，將去接流人❺。」顧況❻著作❼，聞而和之。既達宸聰❽，遣出禁內者不少，或有「五使」❾之號焉，和詩曰：「愁見鶯啼柳絮飛，上陽❿宮女斷腸時。君恩不禁東流水，葉上題詩寄與誰？」

盧渥⓫舍人⓬應舉之歲，偶臨御溝。見一紅葉，命僕搴⓭來，葉上乃有一絕句，置於巾箱⓮，或呈於同志⓯。及宣宗既省⓰宮人，初下詔，許從百官司吏，獨不許貢舉人。渥後亦一任范陽，獲其退宮人，覩紅葉而吁嗟久之。曰：「當時偶題隨流，不謂郎君收藏巾篋。」驗其書跡⓱，無不訝焉。詩曰：「流水何太急？深宮盡日閑。殷勤謝紅葉，好去到人間。」

❶虢國　即虢國夫人，為楊貴妃的三姐，亦備受唐玄宗寵愛。杜甫虢國夫人詩云：「虢國夫人承主恩，平明上馬入金門。卻嫌脂粉汙顏色，淡掃蛾眉朝至尊。」其麗質天生，風流多情，由此可見。

❷掖庭　宮中的旁舍，妃嬪的住所。掖，音ㄧㄝˋ。

❸御溝　流經皇宮的河道。

❹秋扇　秋涼則扇無用，比喻婦女因年老色衰而遭棄。

❺流人　流亡在外的人。

❻顧況　字逋翁，號華陽真逸，晚年自號悲翁，唐蘇州海鹽恆山（今浙江省海寧市）人。曾任校書郎、著作郎等職。

❼著作　指著作郎。三國魏明帝始設，掌編纂國史；唐時主管著作局。

❽宸聰　君主的聽聞。宸，帝王的住所，借指帝王。

❾五使　當指五次派遣宮女出宮之意。

❿上陽　唐代的宮殿。在今河南省洛陽城西洛水北岸。玄宗時，被謫宮人多居此地。

⓫盧渥　字子章，唐范陽（今北京市）人。大中年間進士，歷中書舍人、陝府觀察使，終檢校司徒。

⓬舍人　此指中書舍人。為中書省的屬官，唐時掌管詔令、侍從、宣旨和接納上奏文表等事。

⓭搴　音ㄑㄧㄢ。拿取。

⓮巾箱　古代收放頭巾、書卷及雜物的小箱子。

⓯同志　志趣相同的朋友。

⓰省　裁省；刪去。

⓱書跡　筆跡。

翻譯

唐玄宗時，因楊貴妃、虢國夫人特別受寵，其他妃嬪、宮女們皆感到失落憔悴，也不再待在住所梳洗準備，以待玄宗臨幸。宮女們常在落葉上寫詩，再將落葉隨著御苑溝渠的流水流出宮外。有片落葉上寫著：「昔日受寵的舊人已如秋扇見捐，想要獲得新寵，只有寄望早來的春天了。姑且題詩在這片葉子上，拿去交給離家在外的人吧。」

著作郎顧況聽聞這首詩，便也作了一首詩來應和。這事後來傳到了玄宗的耳裡，玄宗便將不少宮女遣散出宮，而有「五使」的稱號。顧況所寫的詩是這樣的：「憂愁地看著黃鶯啼、柳絮飛，這正是被貶謫的宮女們傷心斷腸的時刻；皇上的權力不能阻止水向東流，這葉上的題詩不知道會送給誰？」

中書舍人盧渥應舉那年，偶然走過皇宮旁的溝渠，發現水上有一片紅葉，便叫僕人取來，一看，紅葉上竟然題了一首絕句，盧渥便把這片葉子收藏在箱子中，有時也拿出來給朋友們看看。唐宣宗時，因裁減宮女，起初下詔准許宮女嫁給朝廷百官，唯獨不許嫁給舉人。盧渥後來到范陽任職，才得到一個罷退的宮女當妻子。宮女偶然看到那片紅葉，感慨萬千，過了好一會兒說：「當時只是偶然題詩在葉上順水而流，沒想到卻被夫君收在箱子裡。」查驗筆跡，果然是她寫的，大家都為此巧合感到驚訝。那紅葉上的詩是：「流水為何如此湍急？深宮中的日子整天都苦悶無聊。我誠懇地拜託紅葉，將我的心意帶到民間去。」

賞析

這是有名的「紅葉題詩」的故事，可分為前後兩小段。前段是概述唐明皇時楊貴妃集「三千寵愛在一身」，導致其他宮娥寂寥衰悴，只得以紅葉書寫詩句消遣，再放在御溝上隨水流出。第二段才是本文的重點，男主角盧渥在應舉時曾拾獲一片題詩紅葉，後來他到范陽任官，分得一位宮女，竟然就是紅葉詩的作者。

故事中共有三首詩：第一首是不知名的宮女寫的，從「舊寵悲秋扇」就可以看出當時後宮中確實有不少怨婦；「新恩寄早春」則是因為春天到了，這位宮女還抱著一絲被臨幸的希望。第二首是顧況的和詩，他直指這些宮女寫的是「斷腸詩」，又很婉轉地提及「君恩不禁東流水」，難怪唐明皇會做順水人情，放了許多宮女出宮。第三首詩本來在盧渥撿到那片紅葉時就可以讓讀者看到，但作者卻故意不說，等到宮女到了盧渥身邊，發現她寫的詩葉竟被盧渥珍藏，才把詩的內容揭曉，吊足讀者的胃口。有趣的是「殷勤謝紅葉，好去到人間」正坐實了她和盧渥當時的情景。

「人生何處不相逢，相逢自是有緣人」，這則故事雖不免無巧不成書的老套，但盧渥因惜物而得緣，還是很令人動容的情節。

少卿

題解

本文選自諧噱錄，敘述北魏孫紹年老卻只有「少卿」的官階，靈太后升他為「正卿」的經過。作者朱揆，生平不詳。諧噱錄，是著名的笑話專書，內容包括唐朝和唐朝以前的趣聞。

後魏❶孫紹❷，歷職內外，垂老始拜太府少卿❸。謝日，靈太后❹曰：「公年似太老。」紹重拜❺曰：「臣年雖老，卿年太少。」后大笑曰：「是將正卿❻。」

❶後魏　即北魏（西元三八六—五三四年）。北朝諸朝之一。晉時拓跋氏自立為代王，淝水戰後不久，改國號魏，後分裂為東魏、西魏。

❷孫紹　字世慶，昌黎（今河北省昌黎縣）人。少好學，通經史，頗有文才。

❸太府少卿　太府，即太府寺，職掌金帛府藏。少卿，各寺中的副長官。寺，古代的官舍、官署。如大理寺、太常寺等。

❹靈太后　北魏世宗宣武帝元恪的妃子胡充華，生肅宗孝明帝元詡。肅宗即位後，尊胡氏為皇太后。

❺重拜　再拜。重，音ㄔㄨㄥˊ。

❻正卿　各寺中的長官。

翻譯

北魏時人孫紹，做官多年，歷任朝廷內外各種職務，到老才官拜太府少卿。謝恩那天，靈太后對他說：「你的年紀似乎太老了。」孫紹向太后再次叩拜，並回答說：「臣雖年老，但臣的卿位還太小。」太后大笑說：「馬上任命你為正卿。」

賞析

這篇極簡短，完全是以機趣取勝，證明好口才可以適時扭轉原本的劣勢。

主角孫紹朝廷內外的官都做過了，閱歷豐富，但臨老也才得一個「少卿」，和他的年齡實在不相配。靈太后召見他，只是隨口嫌他年紀大了點，孫紹卻逮到機會，用幽默的對答，讓靈太后聽出他話中有話，立刻笑著答應要為他升官。

孫紹成功的原因，並不是靈太后有婦人之仁，而是他懂得說話的技巧。他先順著太后的話，承認自己確實年老，接著馬上又說，是「卿年太少」，不直接嫌官位小，但意思就是：「您既然嫌我老，就該給我個正卿嘛！」話頭是太后起的，太后就得收攏尾巴，所以太后不答應也不行了。

所出同

題解

本文選自諧噱錄，敘述三國時諸葛恪遭孫權的太子嘲弄，卻能從容應對的故事。

孫權使太子嘲恪❶曰：「諸葛元遜食馬矢❷一石❸。」恪答曰：「臣得戲君？子得戲父？乞令太子食雞卵三百枚。」上問恪曰：「人令君食馬矢，君令人食雞卵，何也？」恪答曰：「所出同耳。」

❶恪　即諸葛恪。字元遜，琅琊陽都（今山東省沂南縣）人，諸葛瑾之子，諸葛亮之姪，吳國將領。

❷馬　矢　馬糞。矢，通「屎」。

❸石　量詞。音ㄉㄢˋ。十斗。

翻譯

孫權讓太子嘲弄諸葛恪說：「諸葛元遜吃馬糞一石！」諸葛恪問：「做臣子的可以戲弄國君嗎？做兒子的可以

戲弄父親嗎？請皇上命令太子吃三百個雞蛋。」孫權問：「太子讓你吃馬糞，你讓太子吃雞蛋，這是為什麼呀？」諸葛恪回答說：「它們都是從同一個地方出來的啊！」

賞析

孫權竟讓太子嘲弄諸葛恪，乍看似乎難以置信。但讀讀三國志的諸葛恪傳，孫權曾在大會群臣時，命人為一隻驢題名為「諸葛子瑜」（諸葛瑾字子瑜），來羞辱諸葛恪的父親面長似驢。君臣之間偶爾開開玩笑，無傷大雅，但辱及老臣又是臣下至親就有失為君的風範了。幸虧諸葛恪度量大，口才又好，每次都能倒打一鈀回去，讓孫權自討沒趣。

在這則故事裡，諸葛恪用「雞卵」對「馬矢（屎）」，比孫權文雅多了。孫權聽了，居然意會不過來，還要問諸葛恪到底是什麼意思，君臣二人的智慧從這裡就高下立判了。

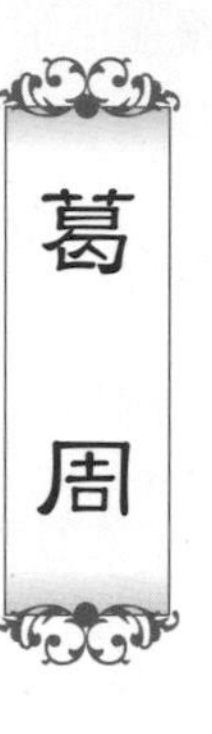

葛周

題解

本文選自玉堂閒話，敘述後梁時侍中葛周包容隨從某甲對他愛姬的窺視，後來某甲立下軍功，葛周便將愛姬嫁給他為妻。葛周寬容大度的作風，成為當時的美談。

玉堂閒話是記錄唐末五代軼事瑣聞的筆記小說，題材複雜，文字簡潔活潑。作者有范資與王仁裕兩種說法：范資，五代人，生平事跡不詳。王仁裕（西元八八〇—九五六年），字德輦，天水（今甘肅省天水市）人，二十五歲始就學，以文辭知名秦隴間。唐末為秦州節度判官，歷仕蜀、後唐、後晉、後漢，後周時官至兵部尚書、太子少保。作詩超過萬首，詩集名西江集，已佚，今僅存詩十五首。另有記錄唐玄宗時軼事的筆記小說開元天寶遺事傳世。

梁❶葛侍中從周❷鎮兗❸日，嘗遊從此亭。公有廳頭❹甲者，年壯未壻，有神彩，善騎射，膽力出人。偶因白事，葛公召入。時諸姬妾並侍左右，內有一愛姬，乃國色也，專寵得意，常在公側。甲窺見愛姬，目之不已。葛公有所顧問，至于再三，甲方流眄❺於殊色❻，竟忘其對答。公但俛首❼而已。既罷，公微哂❽之。或有告甲者，甲方懼，但云神思迷惑，亦不記憶公所處分❾事。數日之間，慮有不測之罪❿。公知其憂甚，以溫顏⓫接之。

未幾，有詔命公出征，拒⓬唐師⓭於河上。時與敵決戰，交鋒數日，敵軍堅陣不動。日暮，軍士飢渴，殆⓮無人色。公乃召甲，謂之曰：「汝能陷此陣否?」甲曰：「諾。」即攬轡⓯超乘⓰，與數十騎馳赴敵軍，斬首數十級⓱。大軍繼之，唐師大敗。及葛公凱旋，乃謂愛姬曰：「大立戰功，宜有酬賞，以汝妻之。」愛姬泣涕辭命。公勉之曰：「為人之妻，可不愈⓲於為人之妾耶?」令具飾資粧，其直⓳數千緡⓴。召甲告之曰：「汝立功於河上，吾知汝未婚，今以某妻，兼署列職㉑，此女即所目㉒也。」甲固稱死罪，不敢承命。公堅與之，乃受。

噫！古有絕纓㉓盜馬㉔之臣，豈逾於此?葛公為梁名將，威名著於敵中。河北諺曰：「山東一條葛，無事莫撩撥㉕。」云。

---

❶梁　五代諸朝之一。朱全忠篡唐所建，建都開封。史稱「後梁」。

❷葛侍中從周　即葛周，又稱葛從周。字通美，濮州鄄城（今山東省鄄城縣北）人。後梁的大將，頗受朱全忠重用。

❸兗　音ㄧㄢˇ。即兗州。今河北南部和山東西北一帶。

❹廳頭　指護衛隊的隊長。五代、宋朝之將領出入戰陣，身旁有隨身護衛，稱為「廳直」，「廳頭」為其長官。

❺流眄　流轉目光觀看。眄，音ㄇㄧㄢˇ。看。

❻殊色　相當罕見的美貌。

❼俛首　低頭。俛，音ㄈㄨˇ。

❽哂　音ㄕㄣˇ。微笑。

❾處分　交代；吩咐。

❿不測之罪　無法預料的罪名。

⓫溫顏　形容神色溫和。

⑫拒　對抗；抵禦。

⑬唐師　後唐的軍隊。後唐，五代諸朝之一，由李存勗所建。

⑭殆　音ㄉㄞˋ。幾乎。

⑮攬轡　駕馭馬匹。轡，音ㄆㄟˋ。韁繩。

⑯超乘　跳躍上車。

⑰級　量詞。計算所斬人頭的數量。

⑱愈　勝過。

⑲直　通「值」。價值。

⑳緡　量詞。音ㄇㄧㄣˊ。古代通常以一千文為一緡。

㉑兼署列職　並擔任偏將之職。

㉒目　注視。

㉓絕纓　春秋時，楚莊王宴請眾臣，酒酣耳熱之際，蠟燭被風吹滅，一臣子暗中偷偷拉扯莊王愛妾的衣服。愛妾將此臣的帽帶扯斷，告知莊王。莊王卻令眾臣皆扯斷帽帶，以保全失禮臣子的顏面。後此臣於晉、楚交戰之時，奮勇殺敵，以報君恩。

㉔盜馬　春秋時，秦穆公丟失了一批好馬，後查出是岐下人民所偷，且已將馬分食。岐下官府欲將這些人治罪，但秦穆公赦免他們，並賞賜美酒。後來這些偷馬人在秦、晉大戰時奮勇殺敵以報恩。

㉕撩撥　招惹；挑撥。

翻譯

後梁侍中葛周鎮守兗州時，曾出遊到從此亭。有一個護衛隊的隊長某甲，正當壯年，尚未娶妻。他生得偉俊，善於騎馬射箭，膽量氣力過於常人。偶因有事稟報，被葛周召進。當時，葛周的小妾們在旁侍候，其中有一小妾，長得國色天香，葛周非常寵愛她，經常將她帶在身邊。某甲偶然瞥見這個小妾，就目不轉睛地盯著她。葛周三番兩次問他話，某甲卻因為被那小妾的美色迷住，居然忘記回答。葛周只是低著頭而已。等事情交代完畢，葛周對甲笑了笑。有人將剛才的情況告訴某甲，某甲才開始害怕，只說他自己當時被迷得神魂顛倒，也不記得葛周交代了什麼事。連著好幾天，某甲都提心吊膽，擔心葛周會將他治罪。葛周知道某甲很害怕，便以溫和的態度對待他。

不久，皇帝下詔命葛周率軍抵禦後唐的軍隊。兩軍在河上決戰，打了幾天，後唐的軍隊仍堅守不亂。某天傍晚，葛周的士兵又餓又渴，臉上幾乎沒有血色。葛周就把某甲叫來，問他說：「你能攻陷敵陣嗎？」某甲說：「能。」說完便跳上車駕著馬匹，率領幾十個騎兵衝殺到敵軍當中，斬下了幾十個敵人的首級。葛周接著率領大軍跟上來，後唐軍隊終於潰敗。等到葛周凱旋歸來後，對他的愛妾說：「某甲立了這樣的大功，應該有重賞，就把你賞給他做妻子吧。」愛妾流著眼淚推辭。葛周勸勉她說：「做人家的妻子，難道不比做人家的小妾好嗎？」令人給她準備嫁妝，嫁妝價值好幾千緡。葛周把某甲請來，告訴他說：「你在河上立了很大的戰功，我知道你還沒成親，現在我把某女給你做妻子，並讓你擔任偏將的職位。這女子就是那天你所注視的那個。」某甲連稱死罪，不敢答應。葛周堅持一定要賞給他，他才接受。

唉！古代有絕纓、盜馬的臣民，哪裡能超越葛周和某甲的這件事？葛周是後梁的名將，威震敵方。河北有一句諺語說：「山東有一條姓葛的好漢，沒事千萬別去撩撥他。」說的就是葛周。

賞析

這則故事稍長，可以分成兩部分來看。首先是葛周召見廳頭某甲，某甲卻只注意葛周的愛姬；其次是葛周派某甲衝鋒陷陣，某甲打了勝仗，葛周就把自己的愛姬送給了他。此外，故事結束後還有一段評論。

這則故事裡寫了三個人，用的筆墨不多，卻把他們勾勒得很清楚。廳頭某甲是葛周的屬下，竟敢直視葛周的美姬，未婚的他，對她一見鍾情，不能自已。顯然他的性子直率，又貪戀美色，不懂得討好長官；但另一方面，他身先士卒，驍勇善戰，提升了全軍的士氣，因此立下大功。葛周雍容大度，知人善任，是位了不起的將才。至於美姬，她的美令某甲著迷，當葛周要她嫁給某甲時，她「泣涕辭命」，也可以略窺她的矜持。葛周的一番話，通情達理，能說服美姬，並且為她準備豐富的嫁妝，讓她風風光光地嫁給升了官的某甲。總之，結局非常圓滿，可以說是各得所愛，各取所需。

有副對聯說：「世事洞明皆學問，人情練達即文章。」（見紅樓夢第五回）葛周就是人情練達的好長官啊！

班支使解大明寺語

題解

本文選自桂苑叢談，敘述令狐綯與班蒙等人同遊大明寺，大家都看不懂寺壁上所題的字句。後來經班蒙逐句解說，眾人才恍然大悟。

作者舊題為馮翊子，生平不詳，當為五代時人。桂苑叢談現僅存二十八條，其中前十條有標題，是記晚唐軼事；後十八條名為「史遺」者，則是雜採前朝遺事，有的類似志怪，常被後代文人作為用典參考的材料。

太保❶令狐相❷出鎮淮海❸日，支使❹班蒙，與從事❺俱遊大明寺❻之西廊。忽覩前壁題云：「一人堂堂，二曜重光。泉深尺一，點去冰旁。二人相連，不欠一邊。三梁四柱烈火燃，添卻雙勾兩日全。」諸賓至而顧之，皆莫能辨。獨班支使曰：「『一人』非『大』字乎？『二曜』者日、月，非『明』字乎？『尺一』者寸十一，非『寺』字乎？『點去冰旁』，『水』字也。『二人相連』，『天』字也。『不欠一邊』，『下』字也。『三梁四柱烈火燃』，『無』字也。『添卻雙勾兩日全』，『比』字也。以此觀之，得非『大明寺水，天下無比』八字乎？」眾皆恍然，曰：「黃絹⑦之奇智，亦何異哉！」降歎彌日。詢之老僧，曰：「頃年⑧有客獨遊，題句而去，不言姓氏。」

❶太保　此指太子太保，古官名。晉代設置，為輔導太子之官。唐以後僅為加官、贈官的虛銜，並無實職。

❷令狐相　即令狐綯，唐宣州華原（今陝西耀縣）人。宣宗時任宰相，執政十年，並受遺詔輔佐懿宗，位高權重，曾出任淮南節度使。懿宗末年，加官為太子太保。

❸淮海　地區名。位於今江蘇與安徽、山東、河南三省交界處。唐代屬淮南節度使管轄。

❹支使　古官名。唐代節度使府內的文職官。

❺從事　泛稱節度使府內的幕僚。

❻大明寺　寺院名。位於今江蘇省揚州市，在淮南節度使轄境內。大明寺始建於南朝宋時，唐代詩人李白、白居易、劉禹錫等都曾登臨賦詩，傳為佳話。

❼黃絹　指東漢末年，楊脩隨曹操行經曹娥碑，解出碑上：「黃絹幼婦，外孫齏臼」八字評語，乃為「絕妙好辭」之隱語的故事。

❽頃年　近年。

翻譯

唐懿宗時的太子太保令狐綯擔任淮南節度使時，支使班蒙和幾位幕僚一同遊覽大明寺。他們在寺院的西廊上，忽然看見前面的壁上題著：「一人堂堂，二曜重光。泉深尺一，點去冰旁。二人相連，不欠一邊。三梁四柱烈火燃，添卻雙勾兩日全。」眾人到壁前張望許久，都沒有人能夠解釋。只有支使班蒙說：「『一人』不就是個『大』字嗎？『二曜』是日、月，不正是『明』字嗎？『尺一』為寸十一，不是『寺』字嗎？『點去冰旁』，就得『水』字；『二人相連』，乃是『天』字；『不欠一邊』，是『下』字；『三梁四柱』加上烈火燃燒，正是『無』字；添上雙勾為『兩日』，就是『比』字囉！這樣看起來，不就是『大明寺水，天下無比』嗎？」眾人恍然大悟，說道：「楊脩破解『黃絹幼婦』隱語的奇智，也不過如此！」並為此讚嘆了很久。眾人向寺裡的老僧詢問壁上題字的由來，老和尚說：「幾年前有位客人單獨前來遊覽，題了這段隱語就離開了，沒有留下自己的姓名。」

賞析

這則故事是顯示班蒙猜字謎的本領高強，比起世說新語裡的「黃絹幼婦」毫不遜色。

字謎是謎語的一種，也是古代讀書人喜好的文字遊戲。一般的字謎只猜一個字，比較容易；至於猜成語或詩文詞句（通常會提供謎目，也就是猜的範圍），難度就高一些。像大明寺前壁的這八句話，乍看似乎是在描述寺院的周遭和建築，但又很難解釋圓融，所以大家都不明白它的意義。聰明的班蒙，看出其中的玄機——每句話猜一個字，所以很快就組成「大明寺水，天下無比」八個字。

從班蒙的解說中，我們可以了解：猜字謎基本的原則就是利用字形的組合和意義的理解，前者如一人為大，二人相連是夭。後者如二曜是日和月，合起來就是明；尺一是一尺一寸，也就是十一寸，所以是寺。只要能掌握這些原則，猜字謎其實是很有趣味的活動。

宋代

和唐朝一樣，宋代也有傳奇小說，但題材以愛情類為主，模仿唐傳奇的痕跡很明顯，成績不能和唐傳奇相比，更無法和新崛起的話本小說抗衡。但宋代士大夫喜歡輯錄或寫作各類短小的故事，所以筆記小說還是挺興盛的。歐陽脩說：「而傳記、小說，外暨方言、地理、職官、氏族，皆出於史官之流也。」（新唐書藝文志）這種以小說為史料的觀念反映在作品上，就可以發現宋代筆記小說即使是志怪，也比較傾向記實，史料成分確實是多一些。

稽神錄、江淮異人錄和夷堅志是三部宋代較著名的志怪集。稽神錄的作者是知名的文字學家徐鉉，這本書顧名思義與神怪事跡有關；寫江淮異人錄的吳淑，正是徐鉉的女婿，他另闢蹊徑，專寫俠客、術士、道人等「異人」的故事，對清朝蒲松齡的聊齋誌異也有若干影響。

大文豪歐陽脩詩文俱佳，也有筆記小說歸田錄傳世，是在他退休後才成書付梓的，內容多為朝廷大臣軼聞，有的詼諧逗趣，也有些是當時的傳說。沈括學識淵博，他的夢溪筆談內容最廣泛，不但人物事件栩栩如生，連科技知識也寫得娓娓動人，可以稱得上是科普讀物的先驅者。

洪邁的夷堅志篇帙龐大，既編又寫，鋪蓋古今，很有繼承唐朝段成式酉陽雜俎的態勢；後來金朝元好問撰寫續夷堅志，顯然就是受到洪邁夷堅志的影響。名詩人陸游的老學庵筆記對宋代君臣之事、民間俗語都有描述，很具特色。醉翁談錄的作者羅燁可能是宋末元初人，他的文字已趨向白話，和當時盛行的話本小說不無關聯。

這裡選了十一篇，內容有的偏向志怪，也有記載朝臣軼事或笑談的，還有一部分是民間的傳說故事，可以略窺宋代筆記小說之一斑。

食黃精婢

題解

本文選自稽神錄，敘述一名逃入深山的婢女，因食用「黃精」而身輕如燕，可自由飛行。當她回復常人飲食時，飛行的能力也喪失了。

作者徐鉉（西元九一六—九九一年），字鼎臣，揚州廣陵（今江蘇省揚州市）人。自幼聰慧，十歲便能作文章，與韓熙載齊名，並稱為「韓徐」。南唐時曾歷任知制誥、翰林學士、吏部尚書等，入宋以後為右散騎常侍，後遭誣告而被貶。他個性閒淡寡欲，好神怪，專精於文字學，著有徐公文集三十卷、稽神錄六卷，並曾校訂說文解字。稽神錄一書，為徐鉉入宋以前所作，內容皆為神怪荒誕之事，文筆質樸，對宋朝以後的志怪文學很有影響。

臨川❶有士人唐遇，虐其所使婢。婢不堪其毒，乃逃入山中。久之糧盡，飢甚。坐水邊，見野草枝葉可愛，即拔取；濯水中，連根食之，甚美。自是恆食。久之，遂不飢，而更輕健。夜息大樹下，聞草中獸走，以為虎而懼，因得念上樹杪❷乃生也。正爾❸念之，而身已在樹杪矣。及曉，又念當下平地，又欻然❹而下。自是意有所之，身輒飄然而去。或自一峰之一峰頂，若飛鳥焉。數歲，其家人伐薪見之，以告其主。使捕之，不得。一日，遇其在絕壁下，即以網三面圍之。俄而騰上山頂，其主亦駭異，必欲致❺之。或曰：「此婢也，安有仙骨？不過得靈藥餌❻之。爾試以盛饌❼，多其味，令甚香美，致❽其往來之路，觀其食否。」果如其言，常來就食。食訖，不復能遠去，遂為所擒。具述其故，問其所食草之形狀，即黃精❾也。復使尋之，遂不能得。其婢數年亦卒。

❶臨川　古地名。今江西省撫州市。
❷杪　音ㄇㄧㄠˇ。樹枝末端。
❸爾　如此。
❹欻然　忽然。欻，音ㄏㄨ。
❺致　求取；獲得。
❻餌　食用。
❼盛饌　豐盛甘美的酒食。
❽致　放置。
❾黃精　植物名。根與莖皆可入藥，具補脾潤肺的療效。

翻譯

在臨川有一個士人名叫唐遇，他虐待一個使喚的婢女。這婢女受不了折磨，就趁機逃入山中。日子一久，帶來的乾糧都吃光了，肚子很餓。她坐在水邊時，看見一些野草，枝葉美麗可愛，於是拔了幾株，放到水裡沖洗乾淨，連根帶葉地吃了下去，味道十分甜美。從此婢女常吃這種野草。時間一長，她不但不再感覺飢餓，身子竟然也變得更輕捷靈活了。有天夜裡，她在大樹底下歇息，聽到草叢裡有野獸奔跑的聲音，以為是老虎而感到害怕，於是她想：爬上樹梢，才有活命的機會。正當她這麼想，身子已飛上樹梢了。到了天明時，她又想：是該下去了，而身子就忽然又回到了平地。從此之後，她想到哪裡去，身體就馬上飄然飛去。有時候從這一座山到另一座山頂，就好像是飛鳥一般迅捷。

過了幾年，唐遇家的僕人到山裡砍柴發現了她，便回去告訴主人。唐遇派人上山追捕她，卻找不到。有一天，碰見婢女止在懸崖下，他們馬上用網子從三面將她包圍，她卻一下子就飛上山頂，唐遇知道了也非常驚訝，更下定決心非要抓到她不可。有人說：「她只是個婢女，哪有什麼仙骨？不過是碰巧吃了某種靈藥罷了。你可以試著準備豐盛的酒菜，加重調味，讓食物又香又好吃，放在她經常往來的路上，看她吃不吃。」果然就像那個人說的，婢女發現這些美食後，便常常來吃。吃了以後，她的身子竟不能飄然遠去，終於被抓住了。這個婢女詳細述說吃了野草就能讓身體輕盈的奇遇，別人向她詢問野草的外形，原來就是黃精啊！唐遇又派人到山上尋找黃精，卻始終找不到。而這個婢女，幾年後也離開人世了。

賞析

這則故事藉由一個婢女的遭遇，來說明「黃精」的妙效。可分成兩部分來看，前一部分是婢女逃至山中，就地取食，居然身輕如燕能夠飛行。後一部分是幾年後，她被設計逮捕，才知道之前她吃的是黃精。

這篇宋朝人的作品，內容很像六朝志怪，想像力相當豐富。古人對飛行十分嚮往，雖無法製造飛行的機具，卻能想像經由特殊食物鍛鍊出飛行的本領。文中對婢女無意間學會飛行的描述極為生動，為了避虎求生而想上樹，居然立即飛上樹梢；想下至地面，也就立刻回到地上；再以後，她完全成了一隻飛鳥，可以從這個山頭飛到另一個山頭。

圍捕她的場面也寫得很驚險，把主人都嚇呆了。逮捕她的計策其實和誘捕動物沒什麼兩樣，讓婢女不知不覺間喪失了飛行的能力。所謂的「盛饌」，竟然就是她乖乖就範的原因，實在令人扼腕。

飛行術的描寫在唐傳奇小說裡就有了，像聶隱娘從小被女尼盜走訓練，「三年後能飛」；崑崙奴不但自己能飛，還能同時背著崔生和紅綃妓一起飛。這篇的婢女能飛是意外，會飛的時間也只有短短幾年，但寫得不落前人窠臼，也自有妙趣。

洪州書生

題解

本文選自江淮異人錄，敘述一名書生行俠仗義，懲治了欺侮賣鞋兒的惡少。文末書生化惡少的頭顱一節，顯然是模仿自唐傳奇聶隱娘。

作者吳淑（西元九四七—一〇〇二年），字正儀，潤州丹陽（今安徽省當塗縣）人。生性好學，屬文敏速，受到韓熙載與潘佑器重，入宋後參與編修太平御覽、太平廣記、文苑英華。宋太宗至道二年（西元九九六年），兼掌起居舍人事，預修太宗實錄，後遷職方員外郎。他是稽神錄作者徐鉉的女婿，作江淮異人錄應是受岳父影響。此書記二十五位俠客、方士等奇人異事，雖多怪誕不經，但文筆細膩曲折，對後代的俠義小說很有影響。

成幼文為洪州❶錄事參軍❷，所居臨通衢而有牕❸。一日坐牕下，時雨霽，泥濘而微有路❹，見一小兒賣鞋，狀甚貧窶❺，有一惡少年與兒相遇，絓❻鞋墜泥中。小兒哭求其價，少年叱之不與。兒曰：「吾家旦未有食，待賣鞋營食，而悉為所汙。」有書生過，憫之，為償其值。少年怒曰：「兒就我求錢，汝何預❼焉？」因辱罵之。生甚有慍色。

成嘉其義，召之與語，大奇之，因留之宿。夜共話，成暫入內，及復出，則失書生矣，外戶皆閉，求之不得。少頃，復至前曰：「旦來惡子，吾不能容，已斷其首。」乃擲之於地。成驚曰：「此人誠忤❽君子，然斷人之首，流血在地，豈不見累❾乎？」書生曰：「無苦。」乃出少藥，傅❿於頭上，捽⓫其髮摩之，皆化為水，因謂成曰：「無以奉報，願以此術授君。」成曰：「某非方外之士⓬，不敢奉教。」書生於是長揖而去。重門⓭皆鎖閉，而失所在。

❶洪州　古地名。在今江西省南昌市。
❷錄事參軍　州府官的幕僚。
❸牕　同「窗」。音ㄔㄨㄤ。
❹路　車。
❺貧窶　貧困。窶，音ㄐㄩˋ。貧陋。
❻絓　音ㄍㄨㄚˋ。受阻礙；牽絆。
❼預　干涉；過問。
❽忤　違逆；不順從。
❾見累　拖累我。累，連累。
❿傅　通「敷」。音ㄈㄨ。塗抹。
⓫捽　音ㄗㄨˊ。揪住。
⓬方外之士　稱僧道等出家人。
⓭重門　許多層的門戶。

翻譯

成幼文擔任洪州錄事參軍時，住家靠近大街，還開個窗。有一天，成幼文坐在窗下，當時雨後放晴，道路泥濘，只有幾輛車子。有個小孩在街上賣鞋，外表看起來很窮困。忽然有一個不良少年經過，將小孩賣的鞋絆倒掉落在泥濘之中。小孩哭著向他索賠，少年怒罵他且不肯賠償。小孩說：「我的家人早上還沒吃飯，等著我賣鞋去買些吃的回家，現在新鞋全讓你弄髒了。」這時有個書生經過，見小孩可憐，便替那少年賠了鞋子的錢。少年生氣地說：「這小孩向我要錢，你憑什麼來多管閒事？」接著又辱罵了書生幾句，書生的表情顯得很不高興。

成幼文覺得這書生義行可嘉，便邀他進屋聊聊，在言談之中更發現書生不是尋常人物，於是又留他在家中住宿。晚上一塊聊天，成幼文暫時到內房去了一下，出來時，書生竟然不見了，但大門仍關得好好的，成幼文到處找他，卻沒找到。不久，那書生又回來了，對成幼文說：「早上那名不良少年太可恨，我無法容忍，已經砍了他的頭。」說完，將少年的腦袋丟在地上。成幼文驚訝地說：「這人的確得罪了您，但您砍了他的頭，血流在地上，豈不是連累到我嗎？」書生說：「別擔心。」隨即拿出一些藥，塗抹在人頭上，又抓著頭髮搓了幾下，就連頭帶髮全部化為水了。書生對成幼文說：「我沒有什麼東西可以報答你，希望能教你這門法術。」成幼文辭謝說：「在下並非修道之人，不敢受教。」書生聽了就長拜離去。屋裡層層門戶都上著鎖，書生卻已消失無蹤。

賞析

這篇可分成兩段來看，前面是成幼文看見書生同情小孩，替惡少賠錢，卻得罪了惡少；後段是驚悚的書生殺人滅跡，也是從成幼文的觀點來描述。

用成幼文的觀點記述這件事，似乎是為了要取信讀者，強調這是真實事件。「毀屍滅跡」的情節在唐傳奇小說聶隱娘裡就有，所謂：「以首入囊，返主人舍，以藥化之為水。」本篇的描寫則較為具體，必須「捽其髮摩之」，才會化為水。聶隱娘是女尼刻意訓練的殺手，殺人滅口不足為奇；但本篇中的書生原本很有愛心，後來卻成了凶手，而且還有來去自如，不受門鎖限制的本領，實在出人意表。

這篇的首要人物當然是書生，但成幼文的角色也不能忽視，所有事件都是透過他的觀點來敘述，也就是第三人稱的觀點。成幼文欣賞書生，與書生交談，留書生過夜，不料卻惹來麻煩。書生的個性很急躁，這是成幼文沒注意到的；書生的個性也很乾脆，他想把毀屍滅跡的法術教給成幼文，成幼文不願意學，他立刻走人。這篇寫奇人奇事，確實寫得很特別。

題解

本文選自歸田錄，敘述魯宗道微服飲酒，卻遇上宋真宗急召。他向真宗坦承在酒店飲酒，並說明原委。因為他的誠實，從此博得真宗的信任。

作者歐陽脩（西元一〇〇七—一〇七二年），字永叔，號醉翁，又號六一居士，廬陵（今江西省吉安縣）人，是北宋著名的文學家。宋仁宗時舉進士甲科，為知制誥。後因罪左遷知滁州，又徙揚州、潁州。晚年官至樞密副使、參知政事，與韓琦共同輔政，因與王安石理念不合而辭官。死後追贈為太子太師，諡號文忠。歐陽脩除奉敕修新唐書外，又自撰五代史記，有歐陽文忠集傳世。歸田錄今本二卷，為晚年所作，內容多為朝廷故事與士大夫軼聞，文采富贍，刻畫生動，是宋代頗具歷史價值的筆記小說。

仁宗❶在東宮❷，魯肅簡公❸宗道為諭德❹，其居在宋門❺外，俗謂之浴堂巷，有酒肆在其側，號仁和，酒有名於京師，公往往易服微行❻，飲於其中。

一日，真宗❼急召公，將有所問。使者及門而公不在。移時❽，乃自仁和肆中飲歸。中使❾遽先入白，乃與公約❿曰：「上若怪公來遲，當託何事以對？幸先見教，冀不異同⓫。」公曰：「但以實告。」中使曰：「然則當得罪。」公曰：「飲酒，人之常情；欺君，臣子之大罪也。」中使嗟歎而去。真宗果問，使者具如公對。真宗問曰：「何故私入酒家？」公謝曰：「臣家貧無器皿，酒肆百物具備，賓至如歸。適有鄉里親客自遠來，遂與之飲。然臣既易服，市人亦無識臣者。」真宗笑曰：「卿為宮臣，恐為御史⓬所彈。」然自此奇公，以為忠實可大用。晚年每為章獻明肅太后⓭言群臣可大用者數人，公其一也。其後章獻皆用之。

❶仁　宗　宋仁宗趙禎。北宋皇帝，在位四十一年。統治期間國勢逐漸轉衰。

❷東　宮　太子所居之宮。亦指太子。

❸魯肅簡公　即魯宗道，字貫之，宋亳州譙（今安徽省亳州市）人，肅簡是他的諡號。出身貧寒，真宗時舉為進士，以正直敢言著稱。

❹諭　德　古官名。隸屬於太子的屬官，負責勸諫太子。

❺宋　門　位於開封城東側。

❻易服微行　尊貴者隱藏自己的身分，換便服出行。

❼真　宗　宋真宗趙恆。北宋皇帝，在位二十五年，統治時期治理有方，國勢強盛。

❽移　時　一會兒；片刻。

❾中　使　宮中派出的使者。多指宦官。

❿約　預先說定。

⓫異　同　不一致。

⓬御　史　古官名。職掌彈劾、糾察及掌管圖籍祕書。

⓭章獻明肅太后　即宋真宗皇后劉氏。真宗崩逝，因仁宗年少，明肅太后垂簾聽政，凡十一年。

翻譯

宋仁宗還是太子時，魯宗道擔任太子的屬官。魯宗道的家在宋門外，那裡俗稱浴堂巷，住家旁邊有一間仁和酒店，這兒的酒在京師地區相當有名，魯宗道常常換上便服來這裡喝酒。

有一天，宋真宗忽然急著召見魯宗道，有問題想問他。使者到魯宗道家的時候，他剛好不在家。過了一會兒，只見魯宗道從仁和酒店那兒飲酒回來。使者馬上進入他家，告訴他皇帝要召見他，並與他預先約好說：「如果皇上責怪您為何這麼慢才到，要找什麼理由回答？您可以先告訴我，以免我們說的理由不一樣。」魯宗道說：「據實稟告就可以了。」使者說：「這樣一定會受皇上怪罪的。」魯宗道說：「喝酒，是人之常情；欺騙皇上，才是大罪。」使者聽了，便嘆口氣離開了。

宋真宗果然問起，使者便照魯宗道的話回答了。宋真宗問魯宗道說：「你為何私入酒店喝酒？」魯宗道回答說：「臣家境貧窮，家中沒有多餘的杯盤器皿，酒店裡什麼都有，可以好好招待客人。方才有同鄉親友自遠方來拜訪，便和他們一起到酒店裡飲酒。不過臣已先換下官服，街上百姓也沒有認識臣的。」宋真宗笑著說：「你身為朝廷命官，這樣做恐怕會被御史彈劾。」但是此後便很賞識魯宗道，認為他忠誠不欺，可以重用。宋真宗晚年時，常常向劉皇后（仁宗即位後為章獻明肅太后）推舉幾個可以任用的人才，魯宗道即是其中之一。後來果然受到明肅太后的重用。

賞析

本文可分三段：第一段是說魯宗道常到住家附近的仁和酒店喝酒。第二段是宋真宗急召魯宗道，使者等他喝酒回來，問他皇上若問起該怎麼回答。第三段是他照實回答，得到真宗的諒解。

這則故事是君臣相處的佳話，君臣之間沒有勾心鬥角，有的只是「誠實」和「信任」。讓人想起孔子說的：「君事臣以禮，臣事君以忠。」（論語八佾篇）文中魯宗道說：「飲酒，人之常情；欺君，臣子之大罪也。」也是擲地有聲的名言。反映了他實話實說，不願欺君的態度。宋真宗也是仁君，他完全理解魯宗道的作為，只提醒他要注意御史的彈劾，並把他推薦給劉皇后（後來垂簾聽政的章獻明肅太后）。

這段故事後來被收入宋史魯宗道傳中。在史傳中也描寫他和明肅太后的互動，如太后曾問魯宗道：「唐武后何如主？」魯宗道回答：「唐之罪人也，幾危社稷。」太后聽了默不作聲。太后雖垂簾聽政，權勢很大，但魯宗道還是剛正敢言，毫不妥協。他受到重用，不是沒有原因的。

靴值

題解

本文選自歸田錄，敘述五代時宰相馮道與和凝比較鞋價的趣事。由本篇的描寫，可見和凝個性急躁，馮道則幽默溫和。

故老能言五代時事者云：「馮相道❶、和相凝❷同在中書❸。一日，和問馮曰：『公靴新買，其值幾何？』馮舉左足示和，曰：『九百。』和性褊急❹，遽回顧小吏云：『吾靴何得用一千八百？』因詬責。久之，馮徐舉其右足曰：『此亦九百。』於是哄堂大笑。時謂宰相如此，何以鎮服百僚❺？」

❶馮相道　馮道，字可道，自號長樂老，瀛州景城（今屬河北省滄州市）人。五代時期，歷任五朝宰相，輔佐過十位君王，是頗受爭議的人物。

❷和相凝　和凝，字成績，鄆州須昌（今屬山東省東平縣）人。五代著名詞人。一生歷仕梁、唐、晉、漢、周五代。

❸中書　即中書省。為負責草擬和頒發皇帝詔令的決策機構。

❹褊　急　度量狹小，性情急躁。褊，音ㄅㄧㄢˇ。

❺百　僚　百官。僚，官吏。

翻譯

前朝遺老曾說過這麼一件五代時發生的故事：「宰相馮道與和凝同在中書省。有天，和凝問馮道：『您新買的靴子花了多少錢？』馮道舉起左腳給和凝看，說：『九百。』和凝是個性情急躁的人，聽了之後馬上回頭對他的僕役說：『為什麼我的靴子要花一千八？』於是責罵僕役，過了好一會兒，馮道才緩緩地舉起右腳說：『這隻也九百。』於是哄堂大笑。當時的人說宰相竟如此輕薄，要如何折服百官呢？」

賞析

這是一則趣聞，可以當笑話看。

俗話說：「宰相肚裡能撐船。」偏偏和凝喜歡斤斤計較，於是就被老奸巨滑的馮道給耍了。兩個宰相在辦公室裡，不談國家大事，不管國計民生，反而論起鞋價，還大罵屬下，實在有失風度，也難怪要惹來哄堂大笑了。

王文正

題解

本文選自夢溪筆談，敘述北宋名相王文正為人寬厚，即使自己吃虧，也不對下人發怒，反映出王文正的器量恢宏。

作者沈括（西元一〇三一－一〇九四年），字存中，錢塘（今浙江省杭州市）人。宋仁宗嘉祐八年（西元一〇六三年）舉進士，後累官至翰林學士、權三司使。他曾出使遼國，參與王安石變法。後因西夏攻下永樂城而被貶，居於潤州，築「夢溪園」，故自號為夢溪翁，作夢溪筆談。沈括學問淵博，天文、方志、律曆、音樂、醫藥、卜算等無所不通。書中的人物軼事可作為小說閱讀。

王文正❶太尉❷，局量寬厚❸，未嘗見其怒。飲食有不精潔者，但不食而已。家人欲試其量，以少埃墨❹投羹中，公唯啖飯而已。問其何以不食羹？曰：「我偶不喜肉。」一日，又墨其飯。公視之，曰：「吾今日不喜飯，可具粥。」其子弟愬❺於公曰：「庖肉為饔人所私❻，食肉不飽，乞治❼之。」

公曰：「汝輩人料肉幾何❽？」曰：「一斤，今但得半斤食，其半為饔人所廋❾。」公曰：「盡一斤可得飽乎？」曰：「盡一斤固當飽。」曰：「此後人料一斤半可也。」其不發人過皆類此。

嘗宅門壞，主者徹❿屋新之，暫於廊廡⓫下啟一門以出入。公至側門，門低，據鞍⓬俯伏而過，都不問。門畢，復行正門，亦不問。有控馬卒⓭歲滿⓮辭公，公問：「汝控馬幾時？」曰：「五年矣。」公曰：「吾不省⓯有汝。」既去，復呼回，曰：「汝乃某人乎？」於是厚贈之。乃是逐日控馬，但見背，未嘗視其面。因去，見其背方省也。

---

❶王文正　即王旦，字子明，太平興國五年（西元九八〇年）進士。宋真宗時累擢知樞密院，進太保，復加太尉兼侍中，最受真宗倚重。諡文正。

❷太尉　古官名。秦至西漢設置，掌全國兵權。宋時，定為武官官階的最高一級。

❸局量寬厚　度量寬大厚道。局量，心胸；度量。

❹埃墨　灰塵；煙灰。

❺愬　音ㄙㄨˋ。告訴；告發。

❻庖肉為饔人所私　廚房的肉食被廚師私吞。庖，廚房。饔人，泛指廚師。

❼治　處罰。

❽人料肉幾何　每個人的伙食中有多少肉。人料，每個人所分配到的伙食。幾何，多少。

❾廋　音ㄙㄡ。隱匿；私藏。

❿徹　毀壞。

⓫廊廡　堂前東西兩側的廂房。

⓬據鞍　騎在馬背或驢背上。

⓭控馬卒　駕馭馬匹的人；馬車夫。

⓮歲滿　任職期滿。

⓯省　音ㄒㄧㄥˇ。記得。

翻譯

太尉王文正公的度量很寬大，從沒見過他發脾氣。食物中若有不好、不乾淨的東西，他只是不吃罷了。家人想要試探他的度量，便在肉湯中放入一點煙灰，王文正公就只吃飯而已。家人問他為什麼不喝肉湯？他回答說：「我正巧不想吃肉。」有一天，又弄髒他的飯，王文正公看了，便說：「我今天不想吃飯，準備點稀飯來。」他的晚輩向他告發說：「廚房的肉被廚師私吞，害我們吃肉吃不飽，希望您能處罰他。」王文正公說：「你們每個人的伙食中肉有多少？」他們回答說：「有一斤，但是現在只吃得到半斤，另一半被廚師偷藏起來了。」王文正公說：「吃整整一斤肉就能飽嗎？」他們說：「吃整整一斤肉當然可以飽。」王文正公說：「以後每個人的伙食就分配一斤半的肉吧。」他不揭發他人過失的行為，大多類似這樣。

有一次，他家的門壞了，管事的人把門拆了重建，暫時在側邊的廂房開個小門讓人進出。王文正公回來，因為側門很低，他便趴在馬背上進去，卻不過問到底發生什麼事。等門修好了，又從正門進來，他還是沒有問。有一個馬車夫契約到期要告辭回家，王文正公問他說：「你駕馬車多久了？」馬車夫回答說：「已經五年了。」王文正公說：「我不記得有你這個人。」等到馬車夫轉身離開，王文正公又把他叫回來，說：「你就是某某人嗎？」於是賞賜他許多錢財。原來是馬車夫每天駕著馬車，王文正公只看過他的背影，卻從來沒看過他的正面。因為馬車夫轉身離開，看到他的背影才想起來。

賞析

本篇是北宋名臣王旦的小故事，他是極溫文的人，修養實非凡人所及。

前段是家人故意考驗他的器度，就是孟子萬章篇說的：「故君子可欺以其方。」不料他見食物髒了，只是不吃或者換吃別樣，毫無責怪之意。子弟向他抱怨廚子剋扣肉的分量，他不忍心責怪廚子，反而增加斤兩讓大家能吃飽。後段寫他信任管事的人，門壞了要修理，修門期間妨礙他的出入，他也毫不在意，連問都不問一聲。一個為他駕了五年馬車的車夫向他辭行，他居然不認識這個人，乍看他對人似乎缺少熱情，但當他認出馬車夫的背影時，立刻賞賜他許多錢財。

只看這些小故事也許會覺得王旦很窩囊，事實上王旦是宋真宗最倚賴的宰相，真宗對他言聽計從。權勢如此之大，修養還能如此之高，天下大概找不出第二個了。

「嚴於律己，寬以待人」，說起來輕鬆，卻很不容易做到，王文正公確確實實是做到了。

營妓比海棠絕句

題解

本文選自春渚紀聞卷六東坡事實，敘述蘇軾離開黃州前，營妓李琪請他題字留念，經過一番曲折，東坡在談笑之間以一首七絕相贈的故事。

作者何薳（西元一〇七七—一一四五年），字子遠，一字子楚，北宋浦城（今福建省浦城縣）人。晚年隱居於富陽縣（今屬浙江省）韓青谷，自號韓青老農。其父何去非，曾受蘇軾舉薦任官。所著春渚紀聞十卷，內容包括仙道異事、鬼神報應、民間瑣聞、詩詞軼事等。

先生在黃❶日，每有燕集❷，醉墨❸淋漓，不惜與人。至于營妓❹供侍，扇書帶畫，亦時有之。有李琪者，小慧而頗知書札，坡亦每顧之喜，終未嘗獲公之賜。至公移汝郡❺，將祖行❻，酒酣奉觴，再拜取領巾乞書。公顧視久之，令琪磨硯，墨濃取筆大書：「東坡七歲黃州住，何事無言及李琪？」即擲筆袖手，與客笑談。坐客相謂：「語似凡易，又不終篇，何也？」至將徹具❼，琪復拜請。坡大笑曰：「幾忘出場。」繼書云：「恰似西川❽杜工部❾，海棠雖好不留詩。」一坐擊節❿，盡歡而散。

❶黃　　州　今湖北省黃岡縣。宋神宗元豐二年，蘇東坡因「烏臺詩案」被貶至黃州擔任團練副使。
❷燕　　集　宴會。燕，通「宴」。
❸醉　　墨　喝醉時寫的字畫。
❹營　　妓　軍營裡的官妓。
❺汝　　郡　汝州。今河南省臨汝縣。
❻祖　　行　設宴送行。古代出行時祭祀路神稱為「祖」，後引申為送行。
❼徹　　具　撤除桌上的杯盤器皿。指宴會即將結束。徹，通「撤」。
❽西　　川　唐代方鎮名。治所在今四川省成都市。
❾杜 工 部　即杜甫。唐代詩人。曾任工部員外郎，故稱。
❿擊　　節　拍手。表示讚賞的意思。

翻譯

東坡先生在黃州任官時，每逢舉行宴會，他在酒酣耳熱下創作的氣勢淋漓的字畫，從不會捨不得送人。有營妓侍奉時，他在她們的扇子上題字或衣帶上作畫，也是常有的事。有位名叫李琪的營妓，有點小聰明且知書達禮，蘇東坡每次看到她就很高興，然而她始終沒有得到東坡的賞賜。等到蘇東坡要轉往汝州做官時，在餞別的宴會上，李琪趁著蘇東坡喝得半醉時，向他下拜，請求他在領巾上題字留念。蘇東坡看著她許久，便命李琪磨硯，墨磨好後拿起筆來寫下：「東坡在黃州住了七年，為何都不曾留言給李琪？」寫完就擱下筆來不寫了，只顧著和客人談天說笑。同坐的客人都說：「詩句看起來很平凡簡易，又沒有結尾，這是為什麼呢？」等到宴會快結束，李琪又向蘇東坡請求。蘇東坡大笑著說：「我差點忘記要做個收尾。」就接著寫下：「就像住在西川的杜工部，看到海棠花雖然美豔動人，卻沒有為它留下詩作。」一寫完，在座的人都拍手叫好，非常讚賞，大家盡興而散。

賞析

蘇東坡是能詩善書的，常順手把作品送給朋友，連侑酒的營妓也能分得他的墨寶，偏偏很受東坡喜愛的李琪卻一件也沒有。

為什麼獨獨漏了李琪呢？李琪自己很著急，因為蘇東坡就要離開黃州了，再不開口索賜就沒有機會了。讀者也很好奇，為什麼一般人都能擁有幾件東坡先生的字畫，偏偏李琪就沒有半件，東坡到底是真喜歡她還是根本不喜歡她呢？

李琪終於開口了，東坡也拿起筆寫了，只寫了兩句就停下，又去和旁人談笑，好像忘了這回事。李琪心裡一定更著急，但她不能也不敢催東坡；讀者讀到這兒，也一定覺得東坡先生太不夠意思了，怎麼答應了人家卻又不當一回事呢？

真正的答案是：「好酒沉甕底。」東坡終於完成了後兩句，自比杜工部，把李琪比擬為美麗的海棠花，雖說「不留詩」，卻還是為李琪留下動人的絕句，成為最特別的贈禮。大家都讚不絕口，也為這場宴席畫下美麗的句點。

畫學生

題解

本文選自夷堅志，敘述畫學生王道亨畫技高明，能將詩句描寫的景色躍然紙上，展現詩畫合一的巧妙。

作者洪邁（西元一一二三—一二〇二年），字景盧，別號野處，鄱陽（今江西省鄱陽縣）人。自幼博學強記，涉獵甚廣。宋高宗紹興十五年（西元一一四五年）舉進士，曾任兩浙轉運使、左司員外郎等，以端明殿學士致仕。死後追贈光祿大夫，諡號文敏。除夷堅志外，另有容齋隨筆五集。夷堅志為洪邁晚年所作，取列子湯問「夷堅聞而志之」一語做書名。內容以傳聞怪異為主，也有雜談類的記載、人物軼事等，篇幅龐大，保存了相當豐富的宋代社會資料，對戲曲小說也有一定的影響。

成都郫縣❶人王道亨，七歲知丹青❷。用筆命意❸，已有過人處。政和❹中，肇置畫學❺，用太學法補試四方畫工。道亨首入試，試唐人詩兩句為題，曰「胡蝶夢中家萬里，子規枝上月三更」❻。餘人大率淺下❼，獨道亨作蘇屬國❽牧羊北海❾上，被氈杖節❿而臥，雙蝶飛舞其上。沙漠風雪，羈棲愁苦⑪之容，種種相稱。別畫林木扶疎，上有子規，月正當午，木影在地，亭榭樓觀皆隱隱可辨，曲盡⑫一聯之景，遂中魁選⑬。明日進呈，徽宗⑭奇之，擢為畫學錄。

又學中嘗以「六月杖藜⑮來石路，午陰多處聽潺湲⑯」為題，餘人皆畫高木臨清谿，一客對水坐。有一工獨為長林絕壑⑰、亂石磴道⑱，一人於樹陰深處傾耳以聽，而水在山下，目未嘗覩也。雅⑲得聽潺湲之意，亦占優列。

---

❶郫縣　縣名。位於四川省成都市西北，岷江支流東岸。郫，音ㄆㄧˊ。

❷知丹青　懂得繪畫。丹，丹砂。青，青雘（ㄏㄨㄛˋ）。都是繪畫時使用的顏料。

❸命意　寓意；用意。常指作文、繪畫等的主旨。

❹政和　宋徽宗的年號（西元一一一一—一一一八年）。

❺畫學　宋代培養繪畫人才的學校。宋徽宗時正式將畫學納入科舉考試中。分佛道、人物、山水、鳥獸、花竹、屋木六科，摘古人詩句作為考題。考入後按照學生身分分為「士流」與「雜流」，分別加以培養訓練。

❻胡蝶夢中家萬里二句　描述遊子異鄉的悲哀。此詩為唐代詩人崔塗的作品春夕。子規，杜鵑鳥的別名。鳴聲淒厲，能引發旅人的思鄉之情。相傳為蜀國望帝的精魂所化。

❼淺下　淺俗卑下。

❽蘇屬國　即蘇武，字子卿。漢武帝時奉召出使匈奴，卻遭匈奴囚禁長達十九年，始終不肯投降。昭帝時，返回中原，官拜典屬國，賜爵關內侯。

❾北海　即今貝加爾湖。位於西伯利亞伊爾庫次克州，為歐亞大陸最大的淡水湖。

❿杖節　持符節。節，符節。古代使臣所拿的一種憑證，用以取信他人。

⑪羈棲愁苦　滯留異鄉、悲慘愁苦。

⑫曲盡　充分表達。

⑬魁選　冠軍；第一名。

⑭徽宗　名趙佶，北宋末的皇帝。藝術上，他多才多藝，擅長繪畫及書法，是著名的才子皇帝；政治上，

他重用小人，剝削百姓，國政敗壞至極。宣和末年（西元一一二五年），金人大舉入侵，他緊急傳位給兒子欽宗。靖康二年（西元一一二七年）與欽宗同時被俘虜至金國，北宋滅亡。

⑮杖藜　拄著以藜木製成的手杖。

⑯潺湲　水流聲。

⑰長林絕壑　濃密的森林，深邃的溪谷。

⑱磴道　山上的石路。磴，音ㄉㄥˋ。

⑲雅　很；甚。

翻譯

成都郫縣人王道亨，七歲時就會畫畫，筆法技巧和意境，已有超越常人的地方。宋徽宗政和年間，開始設置畫學，依照科舉的方式，補考各地的畫工。道亨第一次參加考試，是以唐人的「胡蝶夢中家萬里，子規枝上月三更」兩句詩為考題。其他人的作品大多膚淺低下，只有道亨畫出蘇武在北海上牧羊，披著毛氈、手持符節躺臥，還有兩隻蝴蝶在他的身上飛舞的景象。沙漠中風雪遍地，蘇武滯留異鄉悲慘愁苦的模樣，樣樣都很相配。他又另外畫了枝葉繁茂的樹林，樹上有隻子規鳥，月正當中，樹影映照在地面上，隱約可以辨識出亭臺樓閣。兩幅圖畫充分把這聯詩句的景色表達出來，道亨因而得到第一名。隔天考官將畫作進呈給皇帝，徽宗看了非常驚訝，便拔擢他進入畫學生的名錄中。

畫學院還曾以「六月杖藜來石路，午陰多處聽潺湲」為題，其他人都畫高聳的樹木傍著清澈的溪流，有一人面向溪水坐著。唯獨有一個畫工，畫出濃密的森林、深邃的溪谷，雜亂的石頭散落在山裡的石路上，一個人在樹蔭深處歪著頭聆聽溪水聲，但溪水卻在山下，這個人無法看見。這幅畫很能契合聽溪水聲的含意，也因此得了優勝。

賞析

這是講畫詩的故事，可分為兩段：第一段專講王道亨考畫學的情形，第二段另舉一例說明優選畫作的畫意。

蘇東坡曾讚美王維「詩中有畫，畫中有詩」，足見王維的詩可以作畫，畫中也飽含詩意。中國傳統繪畫少不了題詩，畫家除了要會畫，還得懂詩。著名的國畫家溥心畬教學生畫畫時，總是要學生多讀古書詩詞，就是這個意思。

王道亨能把蘇武牧羊的情景入畫，可見他對歷史典故知之甚詳，絕非一般的畫匠。他經營畫作，一如撰寫文稿，講究結構和布局，所以能脫穎而出，贏得宋徽宗的讚賞。

另一幅畫的畫意關鍵在於一個「聽」字，大部分的人只畫出「看瀑湲」，唯獨有一個考生畫出「傾耳以聽」的樣子，他當然就勝出了。

藍姐

題解

本文選自夷堅志，敘述婢女藍姐在面對盜賊入侵時，臨危不亂，處變不驚，暗中在竊賊背後做記號，使官府將匪徒一網成擒，並追回失物。

紹興❶十二年，京東❷人王知軍者，寓居臨江新淦❸之青泥寺。寺去❹城邑遠，地迥多盜❺，而王以多貲聞❻。嘗與客飲，中夕❼乃散，夫婦皆醉眠。

俄有盜入，幾三十輩，悉取諸子及群婢縛之。婢呼曰：「主張❽家事，獨藍姐一人，我輩何預❾也？」藍蓋王所嬖❿，即從眾中出應曰：「主家凡物，皆在我手，諸君欲之，非敢惜。但主公、主母方熟睡，願勿相驚恐。」秉席間大燭，引盜入西偏一室，指床⓫上篋笥⓬曰：「此為酒器，此為綵帛，此為衣衾。」付以鑰，使稱意自取。盜折被為大複⓭，取器皿蹴踏寘于中⓮。燭盡，又繼之。大喜過望，凡留十刻許乃去。

去良久，王老亦醒，藍始告其故，且悉解眾縛。明旦，詣于縣，縣達于郡。王老戚戚⑮成疾。藍姐密白曰：「官何用憂？盜不難捕也。」王怒罵曰：「汝婦人何知！既盡以家貲與賊，乃言易捕，何邪？」對曰：「三十盜皆著白布袍，妾秉燭時，盡以炧淚⑯汙其背。但以是驗⑰之，其必敗。」王用其言以告逐捕者，不兩日，得七人於牛肆中，展轉求跡，不逸一人。所劫物皆在，初無所失。

漢張敞傳所記，偷長以赭汙群偷裾而執之⑱，此事與之暗合⑲。婢妾忠於主人，正已不易得；至於遇難不慴怯⑳，倉卒㉑有奇智，雖編之列女傳㉒，不愧也。

❶紹興　南宋高宗的年號（西元一一三一—一一六二年）。

❷京東　今山東、河南一帶。

❸臨江新淦　古地名。今江西省新幹縣。

❹去　距離。

❺地迥多盜　地處偏遠而盜匪很多。迥，遙遠；僻遠。

❻以多貲聞　以財物豐厚聞名。貲，音ㄗ。錢財。

❼中夕　半夜。

❽主張　主持；掌管。

❾預　關係；牽連。

❿嬖　音ㄅㄧˋ。寵愛。

⓫床　置物之架。

⓬篋笥　音ㄑㄧㄝˋ ㄙˋ。竹箱。

⓭大複　大包袱。複，夾層。

⓮取器皿蹴踏寘于中　把貴重的器物堆疊放入包袱裡。蹴踏，本為踩踏，此指堆疊器皿。寘，同「置」。音ㄓˋ。

⓯戚戚　煩惱憂傷的樣子。

⓰炧淚　燭淚。炧，音ㄒㄧㄝˋ。蠟燭燒剩的殘餘物。

⓱驗　檢驗；考察。

⓲漢張敞傳所記二句　漢書張敞傳記載，首都長安小偷猖獗，張敞擔任京兆尹時，責問小偷的首領數人，要他們抓小偷贖罪。這些首領都被任命為吏，回家以後擺酒席，小偷們都來道賀。宴客時首領偷偷用紅土弄髒他們的後襟，宴會結束，張敞便藉著這個線索，將小偷們一網打盡。赭，紅土。

⓳暗合　偶然符合。

⓴慴怯　畏懼害怕。慴，音ㄓㄜˊ。

㉑倉卒　突然發生的緊急事件。

㉒列女傳　書名。漢劉向撰。全書記載古代婦女事跡，旨在宣揚傳統道德，內容多取自民間故事。

翻譯

宋高宗紹興十二年，有個叫做王知軍的京東人，寄居在臨江新淦的青泥寺內。這裡因為距離縣城很遠，位置偏僻，所以盜匪很多，而王知軍又以財物豐厚而聞名。有一天，王知軍和客人喝酒喝到半夜才散席，夫婦倆都因酒醉而熟睡。

不久，有盜匪闖進來，差不多快三十個人，他們把王知軍的子女和奴婢全都綁起來。有個婢女叫著：「掌管主人家裡事的，只有藍姐一個人，和我們有什麼關係？」原來藍姐是個很受王知軍寵愛的婢女，她立刻從眾人裡走出來說：「主人家裡所有的東西都是我在管理，你們想要，我哪敢捨不得。不過主人、主母才剛熟睡，希望不要驚嚇到他們。」說完，她拿起宴席上用的大蠟燭，領著盜賊進入西邊的一間偏房，指著架子上的竹箱說：「這是酒器，這是絲帛，這是衣服、被子。」並將鑰匙交給盜賊，讓他們任意拿取。盜匪們將被子拆成大包袱，把貴重的器物堆放進包袱裡，蠟燭點完了，又再點了一根新的蠟燭。這些盜賊們非常高興，待了十幾刻才離去。

等盜賊離開很久，王知軍也醒了，藍姐才把發生的事情告訴他，又將眾人們全都鬆綁。隔天早晨，他們便到縣衙去告官，縣衙把這件案子上報給郡衙。王知軍為這件事太過煩惱以至於生了病。藍姐偷偷地告訴他說：「老爺有什麼好憂慮的呢？盜賊不難捕捉到呀！」王知軍聽了氣憤地罵她說：「你一個婦道人家知道什麼！把所有的家產全都給了盜賊，卻說捕賊不難，這是為什麼？」藍姐回答說：「那三十個盜賊都穿著白布袍，我拿著蠟燭時，在他們衣背上全滴了蠟油，只要憑這個線索來查驗，他們一定逃不了的。」王知軍把藍姐的話告訴追捕的人，不出兩天，就在買賣牛隻的市場抓到七個人，間接追捕，結果一個盜賊都沒逃掉，所劫的財物都還在，一點損失也沒有。

漢書張敞傳記載，小偷的首領用紅土弄髒小偷們的衣襟而逮到他們，藍姐這件事和它恰巧相合。婢女姬妾對主人忠心，已屬難得；況且遇到危難卻不害怕恐懼，匆忙中還能想出奇特的計謀，就算把藍姐編入列女傳中，也是夠資格的了。

賞析

這篇文章可分四小段：第一段點出時間、地點和富有的主人王知軍。第二段是寫盜匪三十人闖入，藍姐從容應付。第三段王老告官並順利破案。末段是評論。

篇中的藍姐是婢女兼管家，王知軍的家業全由她掌理。從她對盜匪說的話可以看出，她是個心思縝密的人。她先要求不要吵醒主人夫婦，又大方地帶領盜匪進入倉庫，甚至把鑰匙都交給他們，讓他們自己隨便拿。表面上好像是慷他人之慨，其實她暗中早已在盜匪身上留下燭淚，證據確鑿，後來才能順利逮捕所有的盜匪。

故事最後讚美藍姐忠且智，認為她有資格入列女傳，作者洪邁的眼光卓越，於此可見。

田登

題解

本文選自老學庵筆記，敘述官員田登因為講究避諱，不准他人使用與「登」同音的字，於是鬧出了將「放燈」改稱「放火」的笑話。

作者陸游（西元一一二五－一二一〇年），字務觀，號放翁，山陰（今浙江省紹興縣）人，是南宋時最負盛名的愛國詩人，官至寶章閣待制致仕。他才氣超凡，作詩九千餘首，筆風豪邁。「老學庵」是陸游的書齋，以此作為書名。老學庵筆記採集民間傳說與平日見聞著成，能反映當時局勢，考訂俗語等也有可取之處。

田登作郡❶，自諱❷其名，觸者必怒，吏卒多被榜笞❸，於是舉朝皆謂「燈」為「火」。上元❹放燈，許人入州治❺遊觀。吏人遂書榜❻揭于市曰：「本州依例放火三日。」

❶作郡　擔任郡縣的長官。此指田登擔任南京（今河南省商丘縣）留守。

❷諱　古時為了表示尊敬，在說話或書寫時，不直說君王或尊長的名號。避諱的方式有缺筆、缺字、換

字、改音等。

❸榜　笞　音ㄅㄥˋ ㄔ。鞭打捶擊。為古代的刑罰之一。

❹上　元　即元宵節。在每年農曆正月十五日。當天，民間習慣通宵張燈，供人觀賞。還有舞龍、舞獅、踩高蹺、跑旱船、猜燈謎等活動。更以吃元宵、年糕、餃子等，象徵闔家團圓、生活美滿。

❺州　治　州政府的所在地。

❻榜　張貼在公共場合的通告。

翻譯

田登擔任南京留守時，很忌諱別人直呼他的名字，只要有犯諱的人，他一定會非常生氣，許多小吏士卒因而被鞭打懲罰。全州的人便都改稱「燈」字為「火」。元宵節到了，依照習俗點燈三天以示慶祝，並且允許百姓可以到州城裡遊玩觀賞。官吏於是寫了一份公告貼在市集上說：「本州依照往例，放火三天。」

賞析

避諱的習俗由來已久，多半是避親長的名字以表示尊敬。如漢朝淮南王劉安的父親名長，劉安編撰淮南子的時候，便不用「長短」的「長」字，改用「修」字代替。書中若出現「長」字，必定是用作「生長」或「長大」的「長」，而非「長短」的「長」。另外唐朝詩人李賀，因為父親名晉肅，不肯參加進士的考試，也是為了避諱尊親的緣故。

但田登避諱自己的名字，甚至不准部屬提到「登」字，當然同音字也不能講，於是惹來「只許州官放火，不許百姓點燈」的笑話，實在沒有必要。雖說「人必自重而後人重之」，但自重也不是這種自重法，應該要修養自己的品德，提升自己的能力，才能得到旁人真正的尊重。以為別人不念自己的名字就是得到尊重，實在太愚蠢了。

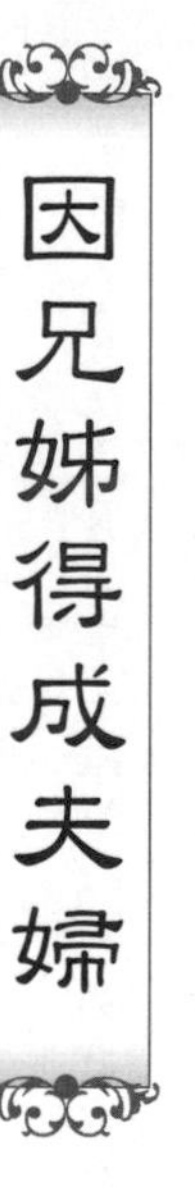

因兄姊得成夫婦

題解

本文選自醉翁談錄，敘述雙生姊弟姚養姑與姚宜孫長得一模一樣，養姑未婚夫高太病重，姚父讓宜孫假扮養姑去高家探望，不料宜孫竟與高家閨女私通。後來高家接受眾人建議，讓宜孫迎娶高氏，高姚二家遂結成了兩樁姻緣。明朝馮夢龍把這則故事改編為喬太守亂點鴛鴦譜，收錄在醒世恆言裡。

作者羅燁，廬陵（今江西省吉安縣）人，生平不詳。因醉翁談錄中雜有元朝詩句，有人認為羅燁可能是宋末元初人，或是元朝以後的人偽託。醉翁談錄原已失傳，後在日本發現。內容兼有筆記、傳奇、話本，及說書技巧指導。部分故事略顯庸俗，卻多在明朝以後被改寫為話本小說。本書保存了當時話本的重要材料，是研究小說發展的重要資料。

廣州姚三郎家，以機杼❶為業。其妻雙生一男一女，女居長，狀貌無別。其男名宜孫，女名養姑，少時為高客子高太議親。過聘❷後，女因春遊，太適❸見之，乃起慕妻之心。

時太年已十七矣，欲取❹其妻。以女年紀未及為辭，太因成病。高使媒者來曰：「高郎甚危，恐因思成病，權❺欲取婦歸，以滿其意，貴❻得病愈。」姚與約曰：「彼既有疾，而欲取妻，是速其死。如欲畢親，此斷不可。但欲取歸見面而慰安之，此亦從便。」議既定，密與其妻謀曰：「不若權以養姑服飾，裝束宜孫歸之，少慰其家。」但丁寧❼勿與歸房。

及行時，宜孫年方十五，宛然與女子無異。及到其家，入見高郎於其父母之房。時高郎羸❽甚，其家乃置養姑於它房，以其室女伴之。經月餘，高太病愈。夫豈知養姑之來，乃宜孫假為之也，與其伴宿之女所為不善久矣。

姚恐事覺，乃促其歸，其子依依不忍離矣。及敗露，高欲興訟❾，眾謂曰：「若到官，彼此有罪，則不若用交親之說為上。」高客思之，不欲壞其女，于是從之。時人為之語曰：「弟以姊而得婦，妹以兄而獲夫。打合❿就鴛鴦一對，分明歸男女兩途。好個風流伴侶，還它終久歡愉。」後遂成親，二家修好，釋然如初矣。

---

❶機杼　代指織布。機，織布機。杼，織布用的梭子。
❷過聘　定下親事。
❸適　正巧；剛好。
❹取　同「娶」。
❺權　暫且。
❻貴　欲；想要。
❼丁寧　通「叮嚀」。囑咐。
❽羸　音ㄌㄟˊ。瘦弱。
❾興訟　打官司。
❿打合　撮合。

翻譯

廣州姚三郎一家，以織布為業。他的妻子生了一男一女的雙胞胎，女孩是姐姐，兩個人的相貌毫無差別。男孩叫做宜孫，女孩叫做養姑，養姑小時候就和高客的兒子高太說親。親事定下之後，因為養姑在春天出外遊玩，剛好被高太看見了，於是高太就對未過門的妻子起了愛慕之心。

當時高太已經十七歲了，想把未婚妻娶進門。但姚家卻以女兒年紀還小婉拒，高太因此而生了病。高家派遣媒人到姚家說：「高郎的病情很危險，恐怕是因為過度思念才生病的，希望能暫時先將媳婦娶進門，完成高郎的心願，讓他的病體得以痊癒。」姚三郎和高家派來的媒人約好：「他既然有病，卻想要娶妻，這樣反而會加速他的死亡。如果想要完婚，這件事絕對不行。若只是想帶養姑去和高郎見個面，順便安慰安慰他，那就依從高家的安排吧！」商議完畢，姚三郎私下與妻子計畫說：「不如暫且用養姑的衣服飾品打扮宜孫，讓宜孫過去，稍微安慰他們家。」並叮嚀宜孫去了之後不要和高郎同房。

到要去高家的時候，宜孫才十五歲，外貌與女孩子沒有兩樣。到了高家，在高家父母的房間見到高太，當時高太非常瘦弱，高家便把養姑安置在其他房間，叫自己的女兒來陪伴她。經過一個多月，高太的病好了。誰知道前來的養姑，卻是宜孫假扮的，並且早就和高家的女兒犯下了錯事。

姚家擔心事情洩漏，於是催促兒子回來，宜孫卻依依難捨，不忍離去。等到事情敗露，高客想要打官司，眾人勸他說：「如果告到官府，你們兩家都會有罪，還不如讓你們兩家的孩子結親來得好。」高客想了想，也不願意壞了女兒的名聲，便這麼做了。當時的人都說：「弟弟因為姐姐而娶到媳婦，妹妹因為哥哥而獲得丈夫。撮合成了一對鴛鴦，男孩和女孩各走各該走的路途。既然是彼此互愛的伴侶，就要永遠維持長久的歡樂。」之後高、姚家的兒女相互成了親，兩家重修舊好，回復往日的情誼。

賞析

這篇可分為四段：第一段說姚三郎有對雙胞胎兒女，長得一模一樣，女兒養姑已和高太訂婚。第二段是高太相思成疾，高家要求結婚沖喜，姚家不肯，後來把兒子扮成養姑送去，稍解高太愁思。第三段是不知情的高家，安排女兒和姚家兒子同住，種下禍端。第四段高家得知真相，只得把女兒嫁給姚家。

這類故事現在看來，真是十分可笑；但在過去思想保守的社會裡，卻不算稀奇。姚家為了保護女兒，派出兒子代打，只提醒兒子別到高太房裡，以免穿幫，卻忘了交代兒子不可和女子苟且，結果反而弄巧成拙。

過去我們常聽說女扮男裝的故事，像花木蘭代父從軍、祝英台杭州求學等，女子扮成男性，是為了便於從事專屬男子的事業或活動。在古代的父系社會裡，除了戲臺上有所謂的「乾旦」外，男扮女裝的機會很少。姚三郎的「巧計」不知是否從戲曲中得到靈感，雖然他的出發點沒有惡意，但考慮得不夠周全，真讓旁觀的我們驚出一身冷汗。幸好高家願意將錯就錯，成全一對小情侶，否則親家對簿公堂就太難堪了。

題解

本文選自醉翁談錄，敘述一個人的眉眼口鼻互爭長短，都認為自己很重要卻屈居下方。連被認為最不重要的眉毛，也覺得自己不該置於下方。這則小故事用寓言的方式，諷刺自以為是的人，值得大家深思。

陳大卿❶云：「眉、眼、口、鼻四者，皆有神也。一日，口謂鼻曰：『爾有何能，而位居吾上？』鼻曰：『吾能別❷香臭，然後子❸方可食，故吾位居汝上。』鼻謂眼曰：『子有何能，而位在我上也？』眼曰：『吾能觀美惡，望東西，其功不小，宜居汝上也。』鼻又曰：『若然，則眉有何能，亦居我上？』眉曰：『我也不解與諸君廝❹爭得。我若居眼、鼻之下，不知你一個面皮安放在那裡？』」

---

❶陳大卿　人名。事跡不詳。可能是作者杜撰的名字。

❷別　辨別。

❸子　你。

❹廝　互相。

翻譯

陳大卿說：「眉毛、眼睛、嘴巴、鼻子這四個器官，都有神靈。有一天，嘴巴問鼻子說：『你有什麼能耐，可以位在我之上？』鼻子回答說：『我能辨別味道的香臭，然後你才能夠進食，所以我位在你之上。』鼻子問眼睛說：『你有什麼能耐，而能位在我之上？』眼睛回答說：『我能觀察美醜，辨別方向，功勞可不小，本來就該位在你的上面。』鼻子又問：『既然如此，那眉毛又有什麼能耐，也能夠位在我之上？』眉毛回答：『我也不明白怎麼能和各位相比。不過我若是位在眼睛、鼻子的下面，不知道臉皮要放在哪裡？』」

賞析

這則故事很像寓言，人臉上的口、鼻、眼、眉居然互相談話。談的順序先從下往上：口問鼻、鼻問眼，但眼沒有往上問眉，反而是鼻問眉，最後則由眉的反問作結。

通常在一個團體裡，至少可分為領導人、中階主管和下屬三層，彼此息息相關。有些基層員工對自己的職位不滿，老是質疑主管和領導人何德何能，這篇故事正好反映了這種心理。

眉的結語令人三思。「他」顯然不認同這場爭辯，而提出倒置部位的可笑。我們知道眉的作用主要是保護眼睛，從這點來說，它似乎不如口或鼻、眼來得重要；但眉也可以傳達感情和心情，做出或喜或悲的表情，仍然有存在的必要。對女性來說，眉的重要更不可忽略，它可是化妝的重點哩！

金元

一般人對金、元兩代的印象是戰亂頻仍，百姓困苦，文化藝術方面除了戲曲以外，其他乏善可陳。但事實上，金朝滅掉北宋之後，統治北方，表面上是異族統治漢人，其實金人早已漢化，而原本居住中原一帶的漢人生活並無太多改變。換句話說，金朝和南宋雖然在政治上是仇敵，但在文化上仍是同聲一氣的。之後元先滅了金，再滅了南宋，統一了中國，挾著軍事和政治上的優勢，漢人的地位和文化才受到比較大的挫折。

正因為如此，筆記小說的傳統在金朝還是維繫著的。像大詩人元好問撰寫續夷堅志，就是接續南宋洪邁夷堅志的路子，內容和體例都遵照不改，成績也和夷堅志不相上下。到了元朝，有些金或南宋的官員隱居不仕，便以寫作自娛，追述前朝遺聞，或者記載當時的事件。

之後陸續又有一些作者出現，如輟耕錄的作者陶宗儀，他對時事、文學、技藝和民俗方面都有記述，我們選了很有代表性的賢妻致貴和勘釘兩篇。元朝戲曲蓬勃，伶人輩出，夏庭芝的青樓集記錄了各地百多位男女藝人的生平故事，我們選了王巧兒，以便一睹她色藝之外如何有勇有謀。吳萊（一說作者不詳）的三朝野史雖僅有一卷，但所記南宋末年朝臣和官員的軼事，應是作者詳知或耳聞的，可信度較高。鄭元祐的遂昌雜錄也只有一卷，內容卻頗精采。這裡二書各選了一篇。余焯的詩詞餘話都是與詩詞有關的故事，十分動人。

雖然元朝的國祚較短（西元一二七一—一三六八年），所以選的作品比較少，但都是有特色的。

蕭卞異政

題解

本文選自續夷堅志，敘述蕭卞於壽州任官時解決的兩樁奇案，冥冥之中似乎有一股指引破案的力量。

作者元好問（西元一一九〇—一二五七年），字裕之，號遺山，太原秀容（今山西省忻州市）人。元氏為金代著名文學家，詩最負盛名。金宣宗興定五年進士，曾任尚書省左司員外郎等職。金亡後終身不仕。著有元遺山先生文集、續夷堅志，輯有中州集。續夷堅志共四卷，多為金泰和、貞祐年間見聞，旨在勸善懲惡，亦不乏描寫細膩及反映時局的作品。

蕭卞❶，貞祐❷中為壽州❸。一日，楊津❹巡邏回，忽馬前一黃犬，掉尾馴擾❺、且走且顧，如欲導人者。卞遣二卒隨之，徑至西河岸眢井❻中，垂頭下視，卒就❼觀之，井垠❽有微血，一屍在內。即馳報卞，呼地主守護之。犬又導入城，望見一客店，嗚吠不已，如有所訴。卞呼主人者至。主人識此犬，云：「是朱客所蓄，數日前僦舟❾西河，引此犬去，今犬獨來，何也？」卞即拘船戶偕至縣，今主人者認之，認是船戶主，固問朱客所在，未加拷訊，隨即首服❿。

又有周立，采薪⓫州西新寺灘，為虎所食。立妻泣訴於卞，卞曰：「吾為爾一行。」率僮僕十餘輩，馳至新寺灘叢薄⓬間，見一虎帖耳瞑目⓭，徐行而前，若有鬼神驅執⓮者。卞以一矢斃之。剖其腹，中環故在身⓯。范司農拯之說。

❶蕭　卞　即石抹卞，金人姓氏石抹，漢姓曰蕭。

❷貞　祐　金宣宗的年號（西元一二一三—一二一七年）。據金史卷九一石抹卞傳，蕭卞任壽州刺史應於宋向金稱臣之後，金海陵王伐宋之前（西元一一四一—一一六一年），較貞祐為早。

❸為壽州　治理壽州。指擔任壽州的地方官。壽州，金朝地名，後改名獻州。今河北省滄州市獻縣。

❹楊　津　今天津市薊縣楊津。

❺掉尾馴擾　搖動尾巴，溫馴柔順。

❻眢　井　廢井。眢，音ㄩㄢ。井枯無水。

❼就　趨近；靠近。

❽井　垠　井邊。

❾僦　舟　租船。僦，音ㄐㄧㄡˋ。租賃。

❿首　服　坦白認罪。首，伏罪。

⓫采　薪　打柴。

⓬叢　薄　草木叢生的地方。

⓭帖耳瞑目　耳朵下垂，眼睛閉上。形容恭順馴服的樣子。

⓮驅　執　驅趕控制。

⓯中環故在身　屍體仍舊完好存在。

翻譯

蕭卞在金宣宗貞祐年間治理壽州。有一天，他從楊津巡視回來，他的馬車前突然出現一隻黃狗。這隻狗搖著尾巴，看起來很溫馴柔順，邊走還邊回頭看，好像要引導人的樣子。蕭卞於是派遣兩個差役跟著狗，黃狗帶領差役一直走到西河邊的一口廢井，低下頭來看著井裡。差役靠近廢井察看，發現井邊有一點血跡，而井裡竟有一具屍體。差役立刻趕回官衙向蕭卞報告，並叫那塊地的主人守護在那裡。黃狗又帶領蕭卞進入城內，看到一間客棧，便不斷地吠叫，好像在說些什麼。蕭卞把客棧主人叫出來。客棧主人認得這隻黃狗，說：「這隻狗是一位姓朱的客人所養的，那位客人幾天前到西河租船，就帶著這隻狗走了。現在這隻狗卻獨自回來，為什麼呢？」蕭卞立刻派人把船家都拘捕到縣衙裡，命令客棧主人指認。客棧主人指認出船主人，蕭卞便問他朱姓客人現在在哪裡。還沒有對他施刑拷問，他馬上就俯首認罪了。

又有一個名叫周立的人，在壽州西部的新寺灘打柴，卻被老虎吃掉了。周立的妻子向蕭卞哭訴，蕭卞說：「我就為你走一趟吧！」他帶著十幾名僮僕趕到新寺灘，在草叢中看見一隻老虎，耳朵下垂、眼睛閉著，慢慢地走向前，好像有鬼神驅策控制牠的樣子。蕭卞向老虎射一枝箭把牠射死了，再把老虎的肚子剖開，周立的屍體還完好地在老虎肚子裡呢！這個故事是司農范拯告訴我的。

賞析

這則故事可分為兩段：第一段是黃犬報案，第二段是周妻陳情。兩件事蕭卞都盡心處理，終於真相大白，所以說是「異政」。

這兩件案子都是殺人案，也都牽涉到動物。黃犬為死去的主人鳴冤，先帶路讓衙役找到主人屍首，又找到客店主人，才順利緝捕到凶手——船夫。周立的妻子向蕭卞哭訴丈夫被老虎吃了，換成別的官員，可能兩手一攤，根本懶得理會；蕭卞卻不然，他親自帶了十幾個僮僕前去尋找。這種「人飢己飢，人溺己溺」為民服務的精神，確實令人欽佩。

「狗是人類最忠實的朋友」，狗救主人的故事也時有所聞。本篇的「黃犬」可以和搜神後記中的「楊生狗」媲美，都是既忠心又有智慧的狗。至於「帖耳瞑目」的老虎，一點虎威也沒有，任憑蕭卞用箭射斃；在蕭卞面前，牠彷彿被鬼神驅使似的俯首就擒，這是一奇；剖開虎腹，周立的屍身還能保持完整，則是另一奇了。

范元質決牛訟

題解

本文選自續夷堅志，敘述彭李家兄弟仗恃豪財，自家的小水牛死了，便強占鄰居張家的牛。張家告官後，范元質便以「滴血認親」的方式，證明小牛應是張家母牛所生，充分表現科學辦案的精神。

范元質令❶平輿❷。函頭村彭李家，兄弟皆豪於財❸。彭李三水牯❹生一犢❺，數日死，棄水中。鄰張氏水牯亦生一犢。李三為牧兒所誘，竊張犢去，令其家水牯乳之。張家撻❻之，遂告張曰：「李家犢死，投水中；今所乳，君家犢也。君告官，我往證。」張愬❼之官。元質曰：「此不難。」命汲新水兩盆，刺兩牛耳尖，血瀝水中，二血殊不相入。又捉犢子，亦刺之，犢血瀝水上，隨與張牛血相入而凝，即以犢歸張氏，縣稱神明❽。元質名天保，磁州❾人。進士趙公祥親見。

❶令　擔任縣令。
❷平輿　地名。今河南省平輿縣。
❸豪於財　指很有錢。
❹水牯　母水牛。牯，音ㄍㄨˇ。母牛。
❺犢　小牛。
❻撻　音ㄊㄚˋ。鞭打。
❼愬　音ㄙㄨˋ。控告；控訴。
❽神明　神通明察。
❾磁州　地名。今河北省磁縣。

翻譯

范元質擔任平輿縣的縣令。函頭村的彭李家兄弟都非常有錢。彭李三的母水牛生了一隻小牛，沒幾天就夭折了，被丟棄在水裡。鄰居張家的母水牛也生了一隻小牛。彭李三在牧童的唆使下，把張家的小牛偷走，讓自己家的母牛餵哺牠。張家的主人鞭打牧童，牧童才告訴張家說：「李家的小牛死了，被丟在水裡；現在他們家所哺育的小牛，其實是你們家的。你如果要去告官的話，我願意幫你作證。」於是張家到官府控告彭李三偷牛。

范元質說：「這件事不難解決。」便命人端了兩盆乾淨的水來，先刺破兩頭母牛的耳朵，讓牠們的血滴進水中，兩滴血並不相融。又把小牛抓來，也刺破牠的耳朵，小牛的血滴到水上，立刻和張家水牛的血融合在一起，范元質於是把小牛判給張家，全縣的人都稱讚他神通明察。范元質名天保，是磁州地方的人。這件事是趙公祥進士親眼所見。

賞析

古代地方官除了管理民政，還得兼任法官。范元質為了判定小水牛到底是哪一家的，真是用心良苦。

中國自古以農立國，耕牛既是農民的工作夥伴，也是農民的重要財產。爭一隻小牛的案件，乍看沒什麼了不起，但在老百姓心裡可是一件大事，范元質當然不敢馬虎。

這件案子已有人證，就是牧童。但范元質利用血液能否融合，來證明母牛和小牛的血緣關係，讓大家看得口服心服。在生物科技還不發達的時代，范元質的做法就好比是今天的DNA鑑定，有一定的公信力。

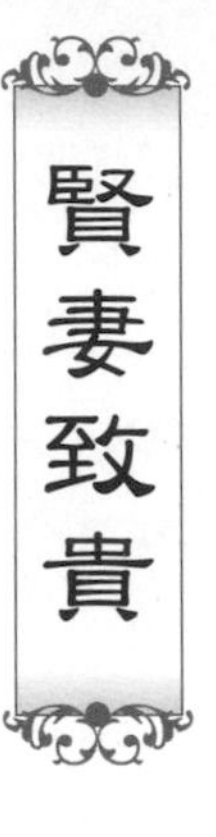

賢妻致貴

題解

本文選自輟耕錄，敘述宋末亂世，程鵬舉遭擄為張萬戶家奴，並與另一遭擄的女子成婚。妻子知他是人才，勸他設法逃離，但妻子反被張萬戶所賣。夫妻臨別時，各執一鞋作為往後相認之物。後來程鵬舉功成名就，打探妻子下落，終於夫妻團圓。明代馮夢龍據此作白玉娘忍苦成夫，收錄於醒世恆言。陸采、董應翰均曾據此編作傳奇，惜已不存。沈鯨所作易鞋記傳奇，今存。近世梅蘭芳編演京劇生死恨，則改為悲劇收場。

作者陶宗儀（生卒年不詳），字九成，號南村，浙江黃巖（今浙江省黃岩區）人。元末舉進士不第，明洪武初屢徵不就，晚年被聘為教官。編有輟耕錄、說郛等。輟耕錄又稱為南村輟耕錄，為陶宗儀客居松江躬耕閒暇所作，共有三十卷。內容包羅萬象，有元代典章制度、歷史時事、文學掌故等。部分作品描寫人物性格鮮明，故事精采，對明代以後的戲曲與小說頗有影響。

程公鵬舉，在宋季❶被虜，於興元❷版橋張萬戶❸家為奴，張以虜到宦家女某氏妻之。既婚之三日，即竊謂其夫曰：「觀君之才貌，非久在人後者。何不為去計，而甘心於此乎？」夫疑其試己也，訴於張，張命箠❹之。越三日，復告曰：「君若去，必可成大器，否則終為人奴耳。」夫愈疑之，又訴于張，張命出❺之，遂粥❻於市人家。妻臨行，以所穿繡鞵❼一易❽程一履，泣而曰：「期執此相見矣！」

程感悟❾，奔歸宋，時年十七八，以蔭❿補入官。迨國朝⓫統一海宇，程為陝西行省參知政事⓬，自與妻別已三十餘年。義其為人，未嘗再娶。至是，遣人攜向之鞵履，往興元訪求之。市家云：「此婦到吾家，執作甚勤，遇夜未嘗解衣以寢。每紡績⓭達旦，毅然⓮莫可犯。吾妻異之，視如己女。將半載，以所成布匹償元⓯粥鏹物⓰，乞身為尼。吾妻施貲以成其志，見居城南某菴中。」所遣人即往尋見，以曝衣為由，故遺鞵履在地。尼見之，詢其所從來，曰：「吾主翁⓱程參政使尋其偶耳。」尼出鞵履示之，合。亟⓲拜曰：「主母也。」尼曰：「鞵履復全，吾之願畢矣。歸見程相公與夫人，為道致意。」竟不再出。告以參政未嘗娶，終不出。旋報程。移文⓳本省，遣使檄⓴興元路路官，為具禮㉑，委幕屬㉒李克復防護其車輿至陝西，重為夫婦焉。

---

❶宋季　宋代末年。季，末了。

❷興元　指興元路。位於今陝西省南部和湖北省西北部，秦嶺與大巴山之間，漢水流貫其間。相當於今漢中地區。

❸萬戶　古官名。金初設置，元代相沿，為世襲官職。

❹箠　鞭打。

❺出　休棄妻子。

❻粥　通「鬻」。音ㄩˋ。賣。

❼繡鞵　繡花鞋。鞵，同「鞋」。音ㄒㄧㄝˊ。

❽易　交換。

❾感悟　受感動而醒悟。
❿蔭　蔭襲；承襲祖先的名位爵祿。
⓫國朝　此指元朝。
⓬參知政事　古官名。宋代時為副宰相。此處指行省的副長官。
⓭紡績　紡紗與緝麻。泛指紡織。
⓮毅然　剛強堅毅的樣子。
⓯元　原本；本來。
⓰鏹物　金錢。鏹，音ㄑㄧㄤˇ。成串的錢。
⓱主翁　主人。
⓲亟　音ㄐㄧˊ。急忙；急切。
⓳移文　發公文。
⓴檄　音ㄒㄧˊ。以官方文書飭令、告知。
㉑具禮　備禮；安排儀式。
㉒幕屬　幕僚和部屬。

翻譯

宋代末年，程鵬舉被敵軍俘虜，在興元路版橋張萬戶的家裡當奴才。張萬戶把同樣也是俘虜的官家女某氏許配給程鵬舉當妻子。結婚才三天，妻子就偷偷告訴他說：「我看您的才華相貌，不是那種長久居於人後的人，您為什麼不想個逃跑的計畫，而甘願待在這裡呢？」程鵬舉懷疑她是故意試探自己的，便把這些話告訴張萬戶，張萬戶便命人鞭打她。過了三天，他的妻子又說：「您如果逃走，一定能夠有所作為，否則只能一輩子當人家的奴才罷了！」他更加懷疑，又把這些話告訴張萬戶。於是，張萬戶命令程鵬舉休了他的妻子，還把她賣給民家。他的妻子臨走前，把她所穿的一隻繡花鞋和程鵬舉的一隻鞋互換，哭著對丈夫說：「希望將來能夠憑著這兩隻鞋子見面呀！」

程鵬舉深深被妻子所感動，於是逃回了宋朝。當時他十七、八歲，藉著承襲父祖的官位入朝當了官。等到本朝統一天下，程鵬舉成為陝西行省的參知政事，和妻子分離已經三十多年了。因為他很感佩妻子的為人，所以始終沒有再娶。這時，他派人帶著過去交換的兩隻鞋子，到興元去尋找妻子的下落。當時買他妻子的民家說：「那位婦人到我家後工作非常勤勞，到了夜晚從來不曾脫衣睡覺。她總是整夜紡織到天亮，性格堅毅，沒有人敢侵犯她。我的妻子覺得她不同常人，待她如自己的女兒。過了半年，她用自己織成的布匹償還了當初的賣身錢，要求出家為尼。我妻子便布施讓她能完成心願。她現在就居住在城南的某個尼姑庵中。」

使者立刻前往尋找，到了尼姑庵，以曝曬衣服為理由，故意把鞋子遺落在地上。有個尼姑看了，便問他是從哪裡來的。使者回答：「我的主人程鵬舉參政，派遣我出來尋找他的妻子。」那位尼姑便拿出另外兩隻鞋子給使者看，果然兩兩相合。使者馬上對她下拜說：「您是我的女主人呀！」尼姑說：「這兩隻鞋子既然能夠重合，我的心願就達成了。你回去見了程老爺和夫人，替我致意。」說完她轉身入內，不再出來。使者告訴她說程參政沒有再娶，但她始終不再現身。使者趕緊將這件事回報給程鵬舉，程鵬舉便發公文到省城，派遣興元路的路官，幫忙準備禮物，再由幕僚李克復保護他妻子乘車到陝西，兩人重新結為夫婦。

賞析

本篇可分為三段：第一段是說明程鵬舉的出身和他結婚又休妻的始末，第二段是程氏為官後訪求妻子的情形，最後二人終於復合。

程鵬舉和妻子某氏都是官宦之後，卻因戰亂而被俘虜為奴，兩人經由主人張萬戶作主結為夫婦，但彼此缺乏互信，所以某氏兩次勸丈夫逃走，程鵬舉都懷疑她的居心；直到妻子一再挨打並且被賣給別人，他才領悟妻子確實是為他著想。

這則故事感人的地方不少，如程鵬舉和妻子都是「從一而終」的人，他們雖然因故離婚，但從此男不娶，女守貞，長達三十餘年。他們無法聯絡，唯一的希望是當初兩人互換的那兩隻鞋子。

三十多年以後，程鵬舉已經飛黃騰達，但他一直感念妻子的鼓勵，拒絕再婚；妻子某氏也日夜紡績，為自己贖身，然後削髮為尼。當某氏認出那兩隻鞋子時，她以為程鵬舉一定已經另娶，所以要使者向程相公與夫人致意。即使使者說程鵬舉未曾娶妻，她也不肯再露面，她是非常有自尊的。

結局是讓人欣慰的，某氏固然是賢妻，程鵬舉也是模範丈夫啊！

題解

本文選自輟耕錄，敘述元代武平縣偵破殺夫案的經過。縣令丁欽因妻子韓氏的提醒，在死者頭上發現釘子而破案。但按察使姚忠肅公詢問丁欽後，又查出韓氏也曾以同樣的手法謀害前夫。此「雙釘案」係真實事件，故時人將姚公比為宋代包公。後代小說戲曲中有包公勘釘故事，實本於此。

姚忠肅公❶，至元二十年癸未❷，為遼東❸按察使❹。武平縣民劉義，訟❺其嫂與其所私❻同殺其兄成。縣尹❼丁欽，以成屍無傷，憂懣❽不食。妻韓問之，欽語其故，韓曰：「恐頂顖❾有釘，塗其迹耳。」驗之，果然。獄定上讞❿，公召欽諦詢⓫之，欽因矜⓬其妻之能。公曰：「若妻處子邪？」曰：「再醮⓭。」令有司⓮開其夫棺，毒與成類，並正其辜⓯，欽悸⓰卒。時比公為宋包孝肅公拯⓱云。

❶ 姚忠肅公　即姚天福。字君祥，絳州人。個性耿直，察辨忠奸。元世祖時，官拜監察御史、按察副使。卒諡忠肅。

❷ 至元二十年癸未　即西元一二八三年，歲次癸未。至元，元世祖的年號（西元一二六四－一二九四年）。

❸ 遼東　指山北遼東道。元代的行政區域之一。原屬山北東西道，至元八年調整為山北遼東道。

❹ 按察使　古官名。至元二十八年改稱肅政廉訪使。執掌地方監察事務，兼勸農事。每年八月到次年四月出巡，判決六品以下官吏輕罪，複審地方已判決但民間稱冤的案件。

❺ 訟　提起訴訟；控告。

❻ 私　外遇對象；私通的人。

❼ 縣尹　縣官。

❽ 懣　音ㄇㄣˋ。鬱悶。

❾ 顖　同「囟」。音ㄒㄧㄣˋ。腦門。

❿ 讞　音ㄧㄢˋ。審理訴訟的紀錄。

⓫ 諦詢　仔細地詢問。諦，仔細；詳盡。

⓬ 矜　誇耀。

⓭ 再醮　再婚。

⓮ 有司　官員。

⓯ 並正其辜　一起治罪。正，治罪。辜，罪。

⓰ 悸　驚恐害怕。

⓱ 宋包孝肅公拯　宋朝著名的清官包拯。卒諡孝肅。

翻譯

元世祖至元二十年，歲次癸未，姚忠肅公擔任山北遼東道的按察使。武平縣民劉義向官府控告自己的嫂嫂和她的情夫合謀殺了他的哥哥劉成。武平縣官丁欽，因為劉成的屍體沒有外傷，看不出有被謀殺的痕跡，煩惱得吃不下飯。丁欽的妻子韓氏詢問丈夫，丁欽把原因告訴她，韓氏說：「也許在腦門上有釘子，只是被塗蓋過去了。」仔細檢查腦門，果然像韓氏說的那樣。判決確定了，丁欽便把審判紀錄上報給姚公。姚公召見丁欽，仔細地詢問他判案的經過，丁欽趁機誇耀自己妻子的才能。姚公問：「你的妻子是黃花閨女嗎？」丁欽回答：「她是再嫁的婦人。」姚公便命令官員鑿開韓氏前夫的棺木，發現她前夫的死因和劉成一樣，於是韓氏與劉成的妻子一起被治罪，丁欽也因為被這件事驚嚇而死亡。當時的人都把姚公與宋代的包公相比。

賞析

這則故事告訴我們：歷史總是一再重演的！

「勘釘案」在包公案中是有名的案子，戲曲裡也有釣金龜（又名雙釘案），大家都以為這是在包公手裡破的案子，其實是姚天福忠肅公的明察秋毫。

這則故事寫得很簡單，但寥寥幾筆卻把姚公、丁欽和韓氏寫活了。韓氏看丈夫憂愁，連飯都不吃，便提醒他外表無傷但頭頂可能有。丁欽果然在劉成的頭頂發現釘子，證實劉成是被人謀害。後來丁欽在姚公面前誇耀妻子的聰明，引發姚公的懷疑，結果一案變兩案，當初韓氏正是用同樣手法害死前夫的。

韓氏聰明反被聰明誤。丁欽頭腦簡單，容易沾沾自喜。姚公能在細微處著眼，見人所不能見，正是他高明的地方。

王巧兒

題解

本文選自青樓集，敘述女藝人王巧兒想嫁陳雲嶠為妾，但母親不許，要把她賣給富商。後來巧兒派人請雲嶠營救，有情人終成眷屬。

作者夏庭芝（生卒年不詳），字伯和，號雪蓑，別署雪蓑釣隱或雪蓑漁隱，江蘇華亭（今上海市淞江縣）人。約生於元仁宗延祐年間，卒於明初。錄鬼簿續編說他「文章妍麗，樂府、隱語極多」，惜今多亡佚，僅存青樓集一卷傳世。青樓集記錄元代大都、金陵、維揚等地一百多位知名女藝人的事跡，提及的男藝人也有三十餘人。保存了元代時戲曲演員的資料，彌足珍貴。

（王巧兒）歌舞顏色❶，稱於京師，陳雲嶠❷與之狎❸，王欲嫁之。其母密遣其流輩❹開喻曰：「陳公之妻，乃鐵太師❺女，妒悍不可言。爾若歸❻其家，必遭凌辱矣。」王曰：「巧兒一賤倡，蒙陳公厚眷，得侍巾櫛❼，雖死無憾。」母知其志不可奪，潛挈家僻所，陳不知也。

旬日後，王密遣人謂陳曰：「母氏設計，置我某所。有富商約某日來，君當圖之，不然，恐無及矣。」至期，商果至，王辭以疾，悲啼宛轉。飲至夜分，商欲就寢，王掐❽其肌膚皆損，遂不及亂。既五鼓，陳宿搆❾忽剌罕赤❿撻⓫縛商，欲赴刑部處置⓬。商大懼，告陳公曰：「某初不知，幸寢⓭其事，願獻錢二百緡⓮以助財禮⓯之費。」陳笑曰：「不須也。」遂厚遺其母，攜王歸江南。陳卒，王與正室鐵皆能守其家業⓰，人多所稱述⓱云。

❶顏色　姿色。

❷陳雲嶠　名柏，字新甫，號雲嶠。元泗州（今安徽省泗縣）人。與名畫家倪瓚同時，為元末至正間人。

❸狎　親密。

❹流輩　同輩；同類。

❺鐵太師　即鐵木迭兒。元仁宗時的宰相，收入元史姦臣傳。

❻歸　指女子出嫁。

❼侍巾櫛　做人妻妾的謙稱。櫛，音ㄐㄧㄝˊ。梳篦的總稱。

❽掐　音ㄑㄧㄚ。手指用力夾住。

❾宿搆　事先謀畫；預先安排。搆，通「構」。

❿忽剌罕赤　蒙古語。指捕盜者。

⓫撻　用鞭子或棍子打。

⓬處置　處罰；懲罰。

⓭寢　停止。

⓮緡　成串的錢。緡，音ㄇㄧㄣˊ。

⓯財禮　訂婚時男方送給女方的聘金和禮物。

⓰家業　一家的產業及門望。

⓱稱述　稱揚述說。

翻譯

王巧兒的歌舞才藝與姿色，在京師很出名。陳雲嶠和她很親密，巧兒想要嫁給他。鴇母私下讓她的同輩勸告她說：「陳公的妻子，是鐵太師的女兒，妒忌心重又凶悍得很。你若是嫁到他家，一定會被鐵氏欺負侮辱。」巧兒卻說：「我只是一個卑賤的娼妓，承蒙陳公厚愛，能夠做姬妾侍奉他，就算死了也沒有遺憾。」鴇母知道沒辦法改變她的心意，於是偷偷帶著全家搬到偏僻的地方居住，陳雲嶠卻不知道。

十多天後，巧兒偷偷派人告訴陳雲嶠說：「母親算計我，把我安置在某個地方。還約一個有錢的商人某天過來。您得想想辦法，不然恐怕就來不及了。」到了約定的日期，商人果然來了。王巧兒以身體不適推辭不見，還哭得很傷心。喝酒喝到半夜，商人想要帶巧兒上床就寢，巧兒用力將商人的皮膚都抓傷了，商人於是無法得逞。到了五更天的時候，陳雲嶠和事先埋伏的捕盜者鞭打並綁住商人，要將他帶到刑部懲罰。商人非常害怕，對陳雲嶠說：「我本來並不知情，希望能平息這件事。我願意捐獻兩百串錢，當作您結婚的賀禮。」陳雲嶠笑著說：「不必了。」於是他贈送給鴇母豐厚的錢財，帶著巧兒回到江南。陳雲嶠過世之後，王巧兒和正室鐵氏都能夠謹守家業，很受到人們的稱揚。

賞析

本篇可分為兩段來看：前段是鴇母反對王巧兒嫁給陳雲嶠，甚至偷偷地搬家。後段是巧兒設法請雲嶠營救，終於如願以償。

故事裡的王巧兒是京師色藝雙全的歌舞演員，老鴇當然是希望趁她出嫁時賺上一筆銀子。陳雲嶠不是富商巨賈，出不起高價，所以她極力阻撓，先以陳妻鐵氏妒悍為理由，更進一步來個大搬家，讓他們徹底斷絕往來。

聰明又癡情的王巧兒怎麼會上當呢？她一方面聯絡陳雲嶠來救她，一方面藉口有病推辭富商，在緊要關頭更毫不客氣地動手「掐人」，保持自己的貞節；之後雲嶠派的人衝進房間，好漢不吃眼前虧，商人只得「獻錢」求饒。

王巧兒不屈服於鴇母的安排，就是做妾也要自行抉擇，她的勇氣和智慧令人激賞！

詹天游

題解

本文選自詩詞餘話，敘述宋末的詹天游善寫豔詞，在駙馬楊鎮家見到屬意的歌姬，出口成章，楊鎮便將美人相贈。後得他人贈香，亦以豔詞回贈。楊鎮贈姬故事，被收入明王世貞豔異編與馮夢龍情史類略情俠一卷內，也偶見於明人詞話中。

作者余焯，元代人，生平與生卒年均不詳。所著詩詞餘話僅一卷，皆是詩詞寫作背景的故事。

詹天游，名玉，字可大。風流才思，不減晉人。故宋駙馬楊鎮❶有十姬，皆絕色，名粉兒者尤勝。一日，召天游宴，盡出諸姬觴❷，天游屬意❸于粉兒，口占❹一詞云：「淡淡青山兩點春，嬌羞一點口兒櫻。一梭兒玉❺一緺❻雲。　白藕香中見西子，玉梅花下遇昭君，不曾真箇也消魂。」楊遂以粉兒贈之，曰：「請天游真箇消魂也。」

後為翰林學士。熊訥齋嘗以軟香遺之，因作慶清朝慢以贈，極形容之至。詞曰：「紅雨爭妍，芳塵生潤，將春都揉成泥。分明惠風❼薇露，持搦❽花枝。款款❾汗酥薰透，嬌羞無奈溼雲凝。偏廝稱❿，霓裳霞佩，玉骨冰肌。　梅不似，蘭不似，風流處，那更著意⓫聞時。驀地⓬生綃⓭扇底，嫩涼浮動好風微。醉得渾無氣力，海棠一色睡臙脂⓮，閒滋味，殢⓯人花氣，韓壽⓰爭知⓱？」

❶楊鎮　宋末人。娶宋理宗之女周國公主。

❷觴　酒杯。此處作動詞用。倒酒；勸人飲酒。

❸屬意　傾心；男女相愛悅。

❹口占　指作詩文不起草稿，隨口而成。占，音ㄓㄢˋ。口頭吟作。

❺一梭兒玉　即玉梭。指綰髮用的玉簪。南唐李後主長相思有「雲一緺，玉一梭，澹澹衫兒薄薄羅」之句。

❻緺　量詞。音ㄍㄨㄚ。計算髮髻的單位。

❼惠風　和暖的風。

❽搦　音ㄋㄨㄛˋ。握；持。

❾款款　徐緩的樣子。

❿廝稱　音ㄙ ㄔㄥˋ。相稱；相配。

⓫著意　用心。

⓬驀地　音ㄇㄛˋ ㄉㄧˋ。突然。

⓭生綃　未經漂煮過的絲絹，可作為畫布。

⓮臙脂　同「胭脂」。紅色系列的化妝用品，可用來塗在兩頰、嘴唇，也可用作繪畫材料。

⓯殢　音ㄊㄧˋ。纏綿；糾纏。

⓰韓壽　晉南陽（今河南省南陽市）人，娶賈充女。世說新語惑溺有「韓壽偷香」故事。

⓱爭知　怎知。爭，同「怎」。如何。

翻譯

詹天游，名為玉，字可大。他的風流器度、才氣情思，一點都不輸給魏晉名士。前朝宋代的駙馬楊鎮有十位姬妾，容貌都非常美麗，其中一位名叫粉兒的更是出眾。有一天，楊鎮邀請詹天游來參加宴會，讓十位姬妾都出來斟酒。天游對粉兒非常愛慕，就隨口作了一首詞（詞牌為浣溪沙），內容是：「眉似淡淡的青山兩點春，模樣嬌羞有一張櫻桃小嘴。如雲的秀髮插著玉簪。就像在白藕香中看見西施，在玉梅花樹下看到王昭君，就算未曾一親芳澤，也足夠讓人銷魂了。」楊鎮聽了，便把粉兒送給他，並說：「請天游真的銷魂吧！」

詹天游後來擔任翰林學士。熊訥齋曾把軟香送給詹天游，天游因而作一首慶清朝慢回贈，這首詞形容得淋漓盡致。內容是：「夾帶紅花的雨爭相展現美麗的模樣，美人踏過的土地濕潤，把春天都揉成了泥。分明是和暖的風與紫薇花露，佳人手持花枝的結果。流了一身香汗，芳香襲人，嬌羞無奈、秀髮微濕。這正好和佳人的穿著裝扮、潔白膚色相稱。既不像梅花，也不像蘭花，意態風流之處，讓人更注意到嗅聞的時候。突然間，生絹做成的扇子下，清涼的微風陣陣吹送，好像喝酒喝得醉了，四肢都癱軟無力，佳人的酡顏和海棠花一樣的豔紅。那種安閒自得的滋味，濃郁纏綿的花香，當年『偷香』的韓壽怎能夠知道呢？」

賞析

這則故事可分成兩段來看：第一段是詹天游見到喜歡的女性，能立即作詞讚美，因而贏得美人；第二段是別人贈他軟香，他也用心填了一闋慶清朝慢答謝，可見詹天游這個人的才情很高，並非浪得虛名。

第一首詞的詞牌是浣溪沙，每句皆為七字，比較容易填。詹天游脫口而出，詞中他巧妙地形容粉兒眉如青山，嘴似櫻桃，髮髻、玉簪無一不美，更把她比做西施和王昭君。主人楊鎮一高興，就割愛了。

第二闋慶清朝慢顧名思義是慢詞，篇幅較長，但這也難不倒天游。這回他反其道而行，用各種花香和美女的姿態來比譬「軟香」的香氣難得，最後再用「韓壽偷香」的典故收束，讓人讀了滿口生香，陶醉不已。

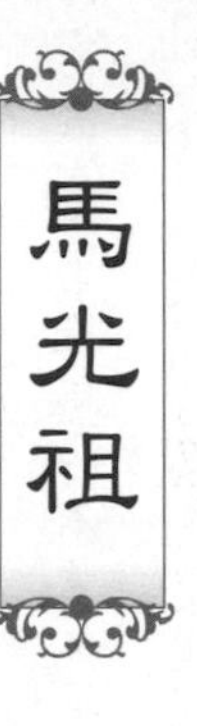

馬光祖

題解

本文選自三朝野史，敘述南宋末馬光祖在治理京口期間的趣事。他不畏強權與頗具人情味的性格，躍然紙上。「士人偷室女」一段，被收錄於明情史類略情媒一卷內。

三朝野史，作者不詳，舊本題宋代無名氏作。內容僅一卷，共十九篇，記載南宋末年理宗、度宗與端宗三朝之事。但文中稱大兵渡江、賈似道出檄書，甚至言及宋有太后歸元，亦有感慨文天祥之事，應為入元以後所作。

馬光祖❶知京口❷，判姦婦云：「世間若無婦人，天下業風❸方靜。」觀其尹❹京之日，不畏貴戚豪強，庭無留訟❺，頗得包孝肅公❻尹開封之規模❼。福王❽府訴民不還房廊屋錢，光祖判云：「晴則雞卵鴨卵，雨則盆滿缽滿❾。福王若要屋錢，直待光祖任滿。」

有士人踰牆❿偷人室女⓫，事覺，到官勘令⓬，當廳面試。光祖出「踰牆摟處子」詩，士人秉筆⓭云：「花柳平生債，風流一段愁。踰牆乘興下，處子有心摟。謝砌應潛越，安香計暗偷⓮。有情還愛欲，無語強嬌羞。不負秦樓約⑮，安知漳獄囚⑯？玉顏麗如此，何用讀書求⑰？」光祖判云：「多情多愛，還了半生花柳債。好箇檀郎⑱，室女為妻也不妨。傑才高作，聊贈青蚨⑲三百索。燭影搖紅，記取媒人是馬公。」犯姦之士，即幸免決罪，反因此以得佳偶，此光祖以禮待士也。

---

①馬光祖　字華父（今浙江省金華市）人，宋理宗寶慶二年（西元一二二六年）進士。禮賢下士、愛民如子，曾任戶部尚書、參知政事。

②知京口　治理京口。京口，古地名。今江蘇省鎮江縣治。

③業風　佛家語，惡業所感之猛風。此處指不良的社會風氣。

④尹　治理。

⑤留訟　稽留未處理的訴訟案件。

⑥包孝肅公　指北宋之包拯。因卒諡「孝肅」，故稱。

⑦規模　典範；榜樣。

⑧福王　宋度宗的生父趙與芮。原為榮王，後封為福王。

⑨晴則雞卵鴨卵二句　形容房屋破漏的景象。因福王租屋給民眾，卻不修葺房屋，以至於晴天時，屋頂會有如雞蛋、鴨蛋大的洞透光；雨天則四處漏水。

⑩踰牆　比喻男女偷情。

⑪室女　未出嫁的閨女。與下文「處子」同義。

⑫勘今　查驗審問。

⑬秉筆　執筆為文。

⑭謝砌應潛越二句　即「韓壽偷香」的典故。韓壽，晉朝人。年少俊美，為大臣賈充的屬官，常到賈家。賈充的女兒愛上韓壽，兩人經常幽會。賈氏把皇帝賜給父親的香料送給韓壽，被賈充察覺，賈充派人去檢查垣牆，發現東北角有人踰越的跡象。最後賈充成全女兒，讓二人完婚。

⑮秦樓約　指男女私下幽會。秦樓，秦穆公的女兒弄玉與丈夫蕭史吹簫引鳳的鳳樓。

⑯漳獄囚　指成為監獄裡的囚犯。漳獄，臨漳的監獄，代指監獄。

⑰玉顏麗如此二句　用宋真宗勸學文「書中自有顏如玉」的典故。

⑱檀郎　晉人潘岳，小字檀奴，因容貌美好、風度瀟灑，是當時婦女心儀的對象。後以「檀郎」作為對男子的美稱。

⑲青蚨　水蟲，形似蟬。傳說用母青蚨或子青蚨的血塗錢，錢用出去就還會再回來。後代稱錢。蚨，音ㄈㄨˊ。

翻譯

馬光祖治理京口時，對犯了姦淫罪的婦人下判詞說：「世界上如果沒有女人，天下不良的社會風氣才能靜止。」看他在治理京口期間，不畏懼皇親、豪強，法庭上沒有稽留不處理的訴訟案件，頗有包公治理開封府時的風範。福王府控訴民眾租屋不繳房錢，光祖寫了判詞，說：「晴天時，屋頂就有如雞蛋、鴨蛋般大的洞透光；下雨天，家裡的盆子、瓦缽滿滿都是積水。福王若想討回房錢，只有等到光祖任期滿了。」

有一個書生，與一個未出嫁的閨女偷情。事情曝光，書生被帶到官衙審問，當庭考試。光祖出了一個「踰牆摟處子」的詩題，讀書人提筆寫道：「平生的花柳債，是一段風流事件。乘興之下翻牆而過，處子也有心將我摟抱。當年賈充派人修整垣牆，就應該是有人偷偷地跳牆；韓壽身上發出異香，證明他早已暗中和賈氏幽會。我和她有情有愛，願意在一起，她不說話只是害羞罷了。我不願辜負秦樓幽會的約定，哪裡知道會成為監獄裡的囚犯？已經有如此美麗的容顏，何必透過讀書得到功名之後再求取呢？」光祖便判說：「你們倆既是真心相愛，就讓你們了結這場情緣吧！好一個才子，讓佳人成為你的妻子也沒什麼不好。對你的佳作，我姑且贈送三百吊錢。洞房花燭之夜，要記得你們的媒人是馬公我！」犯了私通罪的讀書人，不但幸運地免了罪，反而因此得到佳偶，這是馬光祖禮遇讀書人的緣故呀。

賞析

馬光祖是好官，本文寫了兩個例子說明他治理京口的作風，一是不畏強權，愛民如子；一是網開一面，以禮待士。

他對福王催討房租的案子，判詞是四個六字句，白描且協韻，實令人噴飯。可見他對福王不滿，又同情弱勢百姓。至於士人偷情，他採取當場面試賦詩的方式，一方面可了解案情，另一方面也可以測出士人的程度。當他發現士人詩才頗高，用典貼切，而且和女子真心相愛，願娶女子為妻，便頓生惻隱之心，甚至送上禮金，自願做媒人。像他這樣的地方官，實在是難能可貴呀！

宋僧溫日觀

題解

本文選自遂昌雜錄，敘述宋末元初時的僧人溫日觀，不但書畫精湛，為人也任性而灑脫。

作者鄭元祐（西元一二九二－一三六四年），字明德，元遂昌（今浙江省松陽縣）人。因幼年時右臂脫骱（骱，音ㄐㄧㄝˋ。脫骱即脫臼），改以左手習字，故自名為尚左生。元順帝至正年間，曾任平江路儒學教授，後擢升為江浙儒學提舉，卒於任。遂昌雜錄記載宋末軼聞與元代高士名臣軼事，四庫全書總目提要評曰：「其言皆篤厚質實，非輟耕錄諸書捃拾冗雜者可比。」

宋僧溫日觀❶，居葛嶺❷瑪瑙寺。人但知其畫葡萄，不知其善書也。今世傳葡萄多假，其真者枝葉鬚根，皆草書法也。酷嗜酒，楊總統❸以名酒啗❹之，終不一濡唇❺。見輒忿詈❻曰：「掘墳賊！掘墳賊！」惟鮮于伯機❼父愛之。溫時至其家，袖瓜啗其大龜，抱軒前「支離叟」，或歌或笑。每索湯浴❽，鮮于公必躬❾為進澡豆❿。其法中謂散聖⓫者，其人也。（支離叟，即伯機家所種松也。）

❶溫日觀　即釋子溫。宋末元初的名僧。善草書、善畫葡萄，個性灑脫疏散，外號溫葡萄。

❷葛嶺　山名。位於今浙江省杭州市。傳說晉代的道學家葛洪曾在此煉丹，故稱。

❸楊總統　即楊璉真加。元朝時的西藏僧人。世祖命其為釋教總統，曾率人盜挖宋寧宗、理宗、度宗、楊皇后陵墓，取無數財寶而去。總統，官名。全名為江南釋教都總統，掌管江南地區的佛教事務。

❹啗　音ㄉㄢˋ。使吃；請吃。

❺濡脣　沾濕嘴唇。在此指喝酒。

❻忿詈　生氣地大罵。詈，音ㄌㄧˋ。罵人。

❼鮮于伯機　即鮮于樞（西元一二五六—一三〇一年）。元代書法家，字伯機，號困學山民，草書尤知名。善懸腕，筆力勁健，為趙孟頫所推重。梁巘評書帖稱：「鮮于伯機書，自是子昂勁敵，惜大字不多見。」

❽湯浴　洗熱水澡。

❾躬　親自。

❿澡豆　古代用豆粉混合藥料製成的洗潔劑，用以清潔手面，使之光澤。

⓫散聖　佛教中，稱呼破戒佯狂的祖師或異僧。

翻譯

宋代僧人溫日觀，住在葛嶺的瑪瑙寺內。人們只知道他會畫葡萄，卻不知道他也善寫書法。現今流傳溫日觀的葡萄畫作大多是假的，真正溫日觀的作品，葡萄的枝葉鬚梗，都是用草書的筆法所畫的。溫日觀非常愛喝酒，楊璉真加都總統拿名酒請他喝，他始終一滴也不喝，一見到楊璉真加便罵：「挖墳賊！挖墳賊！」鮮于伯機的父親很喜歡他。溫日觀時常到他家中，把瓜果放在袖子裡餵養鮮于家飼養的大龜，或抱著廳堂前的「支離叟」，有時唱歌有時大笑。每當他要求沐浴，鮮于伯機一定親自奉上澡豆供他使用。佛教中所謂破戒佯狂的異僧，就是像溫日觀這樣的人。（支離叟，是伯機家所種的松樹。）

賞析

這篇把一個和尚寫得栩栩如生，主要是「動作」的部分描寫得很傳神。

先推翻一般人對溫日觀的看法：一般人只知道溫日觀會畫葡萄，但他畫得好的原因是他用草書的手法去畫，點出了書畫同源的道理。其次寫溫日觀喜歡飲酒，卻不肯喝一滴「掘墳賊」的名酒，他是講究做人原則的。再寫他的嗜好——餵烏龜、抱松樹、唱歌等，很尋常、很生活的表現，一代散聖的形象就在我們面前了。

明代

明代政權重回漢人之手，文史撰作的風氣又振興起來，傳奇小說如瞿佑的剪燈新話等頗受矚目。筆記小說方面，數量也很多，加上當時通俗文學發達，描寫市井平民生活的作品明顯增加，充分反映明代社會的各個層面。

採輯志怪類的筆記小說仍然可見，但佳作不多。志人小說中，何良俊的何氏語林最有名，被公認是繼承世說新語的偉大成就；不過因篇帙浩繁，不易流傳，另外出現了刪節本。曹臣的舌華錄也受世說新語影響，但專取問答雋語，可謂另闢新徑，引人入勝。

其他筆記小說，寫人物的故事往往饒有深意。如許浩復齋日記裡的章氏妻，記述一位奇特的貞節女子，後來被民間排到七世夫妻當中；文林琅琊漫鈔中的太監阿丑，比御史大人還要像御史大人；楊循吉蘇談中的吳都憲膽氣和周玄暐涇林續記中的曹監生，一寫年輕人的勇猛，一述科舉考試的舞弊，都非常傳神生動。以上各書雖都只選一篇，但也可以略嘗其味了。

俗文學大師馮夢龍有古今譚概和情史等筆記小說集，我們也各選一篇。笑話書部分選的是陸灼的艾子後語和胡應麟的甲乙剩言，可以看出明朝人詼諧有趣的言談。晚明人撰寫小品文的風氣很盛，張岱是其中的佼佼者，故事性的小品文也符合筆記小說的要求，我們選了膾炙人口的柳敬亭說書，以見一斑。

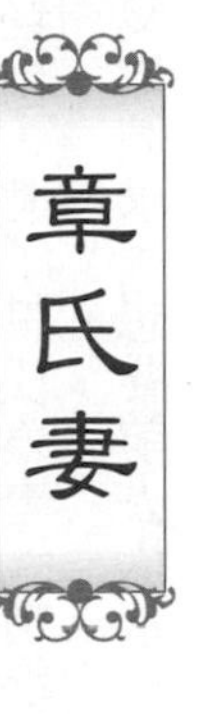

章氏妻

題解

本文選自復齋日記，敘述章生病危，雖已納妾有孕，但未婚妻某氏仍堅持前往，與妾一同守寡，將遺腹子章綸撫養成人，後章綸成為明朝名臣。此事被馮夢龍收錄於情史，云章生名文寶，妻金氏，妾包氏。又有人改編為斷機記傳奇（或稱三元記），將章綸改作商輅，章氏妻改為秦雪梅，即著名的秦雪梅弔孝守節故事。至於民間傳說的「七世夫妻」，則是以商琳（商輅之父）、秦雪梅為第五世。

作者許浩（生卒年不詳），字復齋，餘姚（今浙江省餘姚市）人。明孝宗弘治年間，以貢生官桐城縣教諭，著有宋史闡幽、元史闡幽、復齋日記。復齋日記記載明初以來朝野事跡，文筆簡潔生動，頗富史料價值。

溫州❶章某聘某氏，未成婚，納妾某氏有娠❷，而某得疾且死。某氏聞請往視，父母謂：「未成婚，尚可別議❸。」不許。某氏堅欲往，某一見而即逝。某氏為棺斂之，撫妾守喪。妾生子綸❹，親教讀書，通四書大義，後遣就外傅❺，竟第進士，官至禮部侍郎。

先欲疏❻請復立舊太子❼，恐貽母憂❽，未果。某氏聞之，謂曰：「吾平日教爾何為？汝能諫死職，我雖為官婢❾，無所恨也。」綸遂以疏入忤旨❿，謫戍⓫某地。某氏怡然。綸復官，終養。

某氏嘗自為詩見志，人共傳誦。詩曰：「誰云妾無夫？妾猶及見夫方殂⓬。誰云妾無子？側室生兒與夫似。兒讀書，妾辟纑⓭，空房夜夜聞啼烏。兒能成名妾不嫁，良人瞑目黃泉下。」

❶溫州　明代府名。今浙江省永嘉縣。

❷有娠　懷有身孕。娠，音ㄕㄣ。懷孕；懷胎。

❸別議　另外選擇婚事。指改嫁他人。

❹綸　章綸，字大經，樂清（今浙江永嘉縣東北）人。官至南京禮部主事，諡恭毅。

❺外傅　教學的老師。相對於「內傅」。

❻疏　音ㄕㄨˋ。古代臣下進呈君王的奏章。此處作動詞用，指上疏給皇帝。

❼復立舊太子　指章綸向景帝奏請還立沂王（英宗長子）為太子事。

❽貽母憂　讓母親擔憂。貽，音ㄧˊ。遺留。

❾官婢　古時因罪入官府作奴婢的女子。

❿忤旨　違逆皇帝的旨意。

⓫謫戍　古代官吏因犯罪降職，流放戍守邊疆。

⓬殂　音ㄘㄨˊ。死亡。

⓭辟纑　音ㄅㄧˋ　ㄌㄨˊ。績麻和練麻，指治麻之事。辟，織麻。纑，練麻；將生麻煮熟，使之潔白。

翻譯

溫州章生，聘了某氏為妻。還沒結婚前，章生先納了妾，這個妾懷孕了，但章生卻生病快死了。某氏聽說這件事，就向父母請求，想要前去探望。她的父母說：「你們還沒成婚，你還可以改嫁他人。」不許她去。但女兒堅持要去，到了章生的住所，只見了一面，章生就過世了。某氏為亡夫準備棺材，辦理後事，帶著妾一起為亡夫守喪。

不久，妾生了一個兒子，取名叫綸。某氏親自教導章綸讀書，使他了解四書大概的意涵，後來讓他出外向老師求學，最後他考中了進士，官做到禮部侍郎。

之前章綸想要向皇帝上疏，請求重立原本的太子，但他害怕這麼做會讓母親擔憂，所以並未行動。某氏知道這件事後，便告訴他說：「我平常是怎麼教你的？你若是因為上諫而獲罪致死，我就算到官府做奴婢也毫無怨恨。」章綸果然因為上疏忤逆了皇帝的旨意，被貶到邊疆戍守，某氏仍舊欣然自得，毫不哀怨。之後，章綸又回復官職，奉養某氏到老。

某氏曾經作一首詩來表明自己的心志，大家爭相傳誦。這首詩說：「誰說我沒有丈夫？我還來得及親眼見到丈夫，他才去世；誰說我沒有兒子？側室生的兒子長得和丈夫非常相似。兒子讀書時，我在整理麻線。沒有丈夫相伴的房子，夜夜都能聽到烏鴉的啼叫。兒子能夠讀書成名，我不再嫁，丈夫在黃泉之下就能瞑目了。」

賞析

本文可分為三小段：第一段是寫某氏不顧父母反對，與未婚夫章某只見了一面，就為他守寡育兒；後來章綸果然不負所望，中進士、官侍郎。第二段是寫章綸上疏景帝，請求重立沂王為太子，母親雖受連累也不以為苦。章綸後又得到重用。第三段是記載傳為某氏所寫的詩，可以看出她的心意十分堅定。

文中的章氏妻堅毅果決，為未婚夫守節，教養與自己毫無血緣的章綸，這些都不是一般人所能做到的。在她的身教與言教下，章綸做官也只問是非，不問前程，令人欽佩。

原文中所引用的詩已被證實並非章氏妻所作，但恰可以表達章氏妻的遭遇，發抒她的心聲，很令人感動。

太監阿丑

題解

本文選自琅琊漫鈔，敘述明憲宗成化年間的太監阿丑運用機智，以演戲的方式，抨擊當權的宦官與貪官。

作者文林（西元一四四五—一四九九年），字宗儒，明長洲（今江蘇省蘇州市）人，父文洪為舉人，其子為著名書畫家文徵明。憲宗成化年間進士，歷太僕寺丞，建言時政十四事。後告病歸，為溫州知府，卒於官。他博學多聞，亦能堪輿卜筮，尤精於易數。著有溫州集、琅琊漫鈔。琅琊漫鈔所記，皆明代時朝野間軼事瑣聞，兼及經史考證，頗有些出色之作。

憲廟❶時，太監阿丑善詼諧❷。每于上前作院本❸，頗有方朔❹譎諫❺之風。時汪直❻用事，勢傾中外。丑作醉人酗酒狀，一人佯❼曰：「某官至。」酗罵如故。又曰：「駕至。」酗亦如故。曰：「汪太監來矣！」醉者驚迫帖然❽。傍一人曰：「天子駕至不懼，而懼汪直，何也？」曰：「吾知有汪太監，不知有天子也。」自是直寵漸衰。

直既去，黨人❾王鉞、陳鉞❿尚在，丑作直持雙斧，趨蹌⓫而行。或問故，答曰：「吾將兵，惟仗此兩鉞⓬耳。」問鉞何名，曰：「王鉞、陳鉞也。」後二人以次坐謫⓭。

保國公朱永掌十二營⓮，役兵治私第⓯。丑作儒生誦詩，因高吟曰：「六千兵散楚歌聲。」一人曰：「八千兵散。」爭之不已。徐曰：「爾不知耶？二千在保國公家蓋房。」于是憲廟密遣太監尚明察之，保國即撤工，賂尚明得止。

成化末年，刑政頗弛⓰，丑于上前作六部差遣狀，命精擇之。既得一人，問其姓名，曰：「公論。」主者曰：「公論如今無用。」次一人，問其姓名，曰：「公道。」主者曰：「公道亦難行。」最後一人曰：「胡塗。」主者首肯曰：「胡塗如今盡去得。」憲宗微哂⓱而已。

---

❶憲廟　指明憲宗朱見深。年號成化，在位二十三年。

❷詼諧　談話風趣、幽默。

❸作院本　指演戲。院本，是金朝行院人家所演出的雜劇，相對於宮廷演員而言。

❹方朔　指東方朔。漢武帝時著名的大臣，滑稽多智。善用諷刺、幽默的話語勸諫武帝。

❺譎諫　隱諱而不直言的勸諫。譎，音ㄐㄩㄝˊ。不直言。

❻汪直　明憲宗時的太監。得到憲宗的寵幸，權傾天下，作惡多端，後貶至南京。

❼佯　假裝。

❽帖然　安順的樣子。

❾黨人　朋比為奸的小人。

❿王鉞陳鉞　指左都御史王越（與「鉞」同音）與右副都御史陳鉞。兩人為汪直的手下，時常越禮妄為。

⓫趨蹌　快步走。

⓬鉞　一種武器。外形像斧但較大，通常以金屬製成，多用作禮仗，以象徵帝王的權威，也用為刑具。

⓭以次坐謫　先後被貶謫。

⓮營　軍隊的編制單位。

⓯私第　私人住宅。

⓰弛　鬆懈敗壞。

⓱微哂　微笑。哂，音ㄕㄣˇ。笑。

翻譯

明憲宗時的太監阿丑，擅長幽默風趣的表演。他常常在皇上面前演戲，很有東方朔委婉勸諫的遺風。當時，太監汪直掌握政事，勢力非常大。有一次，阿丑扮成酒鬼酒醉鬧事的模樣，另一個人假裝說：「某大官來了。」阿丑照樣裝出酒醉罵人的樣子。那人又說：「皇上駕到。」阿丑仍然發著酒瘋。那人再說：「汪公公來了。」阿丑裝扮的醉鬼嚇了一跳，立刻變得很安順。旁人問他說：「皇上駕到你不害怕，卻害怕汪直，這是為什麼？」阿丑回答道：「我只知道有汪太監，不知道有皇上呀！」從此之後，皇上對汪直的寵信就逐漸衰減了。

汪直被貶謫之後，和他朋比為奸的小人王鉞（越）、陳鉞還在朝廷。有一次，阿丑扮作汪直的模樣，手拿著兩把斧頭，快步走著。有人問他要做什麼，阿丑回答說：「我帶兵打仗，全靠這兩把鉞呢！」旁人問鉞的名字，阿丑回答說：「王鉞和陳鉞啊。」之後，兩人先後被貶官。

保國公朱永，掌管十二營的軍隊，但他讓官兵去興建他的私人宅第。阿丑便扮成讀書人在誦詩，高聲吟詠著：「六千兵散楚歌聲。」另一個人說：「是八千兵。」兩人為此爭吵不已。後來，阿丑慢慢地說：「你不知道嗎？有兩千官兵在保國公家蓋房子呀！」於是，憲宗暗中派遣太監尚明去訪查，朱永立刻撤兵停工，還拿錢賄賂尚明，這件事才算平息。

成化末年，刑法政令很敗壞，阿丑在皇上面前表演六部主事者差遣官員的樣子，命令要仔細地挑選人才。選出了一個人，主事者問他叫什麼名字。那人回答：「我叫公論。」主事者說：「公論現在沒有用了。」又選出另一人，主事者也問他的名字，那人說：「我叫公道。」主事者說：「公道也很難實行。」最後一個人，他說：「我叫胡塗。」

主事者點頭答應著說：「胡塗現在可以去了。」憲宗看了，只是微笑而已。

賞析

一般人對太監的印象都不好，所謂的「公公」，似乎不是陰陽怪氣，尖著嗓子說話；就是結黨營私，企圖顛覆朝廷。其實太監中也有不少傑出人才，像東漢和帝時發明造紙術的蔡倫，對書寫文化貢獻很大；明朝七次下西洋的鄭和，弘揚大漢聲威、發展海洋經濟等，更是功在史冊。

本篇的太監阿丑名氣不如蔡倫與鄭和，名字也不好聽，卻多才多藝，演什麼像什麼。更難能可貴的是他懂得委婉勸諫，演戲給皇帝看的時候，不忘「寓教於樂」，讓明憲宗有所警覺。

故事中他前幾次演戲，分別使汪直寵衰、王越和陳鉞遭貶，保國公也被祕密調查，顯然頗有效果。讀到這裡，真是為阿丑感到欣慰，也期待明憲宗能因此而成為一位大有為的明君；但結果卻讓人失望了。

成化末年，阿丑仍然努力演戲，企圖點醒憲宗，以「公論無用」、「公道難行」、「胡塗遍地」來暗諷當時衰頹的政局。不料明憲宗看了，只是微笑而已，沒有採取任何行動。憲宗一反之前的積極，變得畏葸無能，實在令人唏噓不已！

吳都憲膽氣

題解

本文選自蘇談，敘述常熟人吳訥與章珪都以豪邁自負，兩人相約試膽，一較高下。面對章珪的裝神弄鬼，吳訥竟泰然處之，令章珪大為折服。

作者楊循吉（西元一四五八—一五四六年），字君謙，號南峰，明吳縣（今江蘇省蘇州市）人。成化年間進士，授禮部主事。因體弱多病，三十一歲便致仕，於支硎山下結廬讀書。其人個性狷隘，好持人短長，又好以學問窮人。後明武宗召侍御前，以俳優蓄之，他深以為恥，不久辭歸。著有蘇談、吳中故語、松籌堂集等書。蘇談內容皆為明代蘇州的軼聞故事，筆風清新，人物生動。

常熟❶吳都憲訥❷少為士時，素負氣剛介❸。章御史珪❹于都憲差後❺，然亦一不屈士也。二人不相下，各有豪邁自雄，欲鬬見之。

福山有東獄祠，塑酆都獄❻，至為獰猛❼；又為機括❽，設伏❾于地下，人不知躡❿之，則有群偶鬼萃而搶焉⓫。殿堂闃寂⓬，人非攜一二伴侶，不敢單身而入也。章與吳約以月黑天陰之時獨往，以散餅為驗。每鬼前必留一餅。既約定，章私先往福山，匿神帳中。吳持餅詣鬼前，每至一鬼，必云：「與汝一個。」次⓭章所匿處，章伸手出乞：「吾也要一個。」吳遂以餅與之，云：「也與汝一個。」殊無驚異，由是章大驚服。

後吳仕至都御史，亦多有著述，為時名儒焉。然福山今已焚毀，余數年前一至，土偶零落⓮，無復向者⓯之可駭者矣！

---

❶常熟　地名。今江蘇省常熟市。位於江蘇省東南部，長江西南岸，為中國著名的歷史古城之一。

❷吳都憲訥　吳訥，字敏德。以廉潔正直授監察御史，官歷成祖、仁宗、宣宗、英宗、代宗五朝，頗有能名。都憲，明代都御史的代稱。

❸負氣剛介　負氣，以氣節自負，不肯屈居人下。剛介，剛強正直。

❹章御史珪　指監察御史章珪，字孟端。宣德年間，被舉為賢良方正，受廣東按察司知事，擢監察御史。罷歸後杜門教子，皆成名。

❺差後　略微落後；略遜一籌。

❻酆都獄　指陰曹地府。酆都，地名，位在四川省境內。傳說為冥府所在。

❼獰猛　猙獰凶猛

❽機括　指機關。

❾設伏　埋伏。

❿躡　踩踏。

⓫萃而搶焉　集聚而推擠人。萃，聚集。搶，音ㄑㄧㄤ。推；拉。

⓬闃寂　寂靜無聲。闃，音ㄑㄩˋ。

⓭次　及；至。

⓮零落　蕭條殘破。

⓯向者　昔日；從前。

翻譯

常熟人吳訥都御史，當他還是個年輕的讀書人時，性格就很自負剛強。御史章珪和他相比雖略遜一籌，不過也是一位剛硬不屈的人。這兩個人的膽量氣魄不相上下，各有豪邁不凡的地方，所以想比個高下。

福山有一座東嶽祠，祠裡有陰曹地府鬼卒的塑像，模樣非常猙獰凶猛；地下又設有機關，不知情的人一踏到，就會有一群鬼泥偶集聚而推擠他。整個祠堂寂靜無聲，一般人如果沒有一、二個夥伴陪著，絕不敢單獨進入。章珪和吳訥約定，在沒有月亮、天色陰暗的夜晚單獨前去，以散發餅食當作證明。每個鬼偶前，一定要放一塊餅。兩人約好之後，章珪卻偷偷先到福山，藏在神像背後的帳幔中。吳訥到了東嶽祠之後，手拿著餅走到鬼偶面前。每輪到一個鬼偶，他一定說：「給你一個餅。」等吳訥走近章珪躲藏的地方時，章珪伸出手來乞討說：「我也要一個。」吳訥就拿一個餅給他，說：「也給你一個。」絲毫不覺得驚訝害怕，章珪因此對吳訥非常讚嘆佩服。

後來，吳訥官做到都御史，也寫了許多著作，成為當時著名的大儒。不過，福山東嶽祠現在已經焚毀了，我幾年前曾經去過一次，泥偶殘破、景色蕭條，不再像過去那樣令人害怕了。

賞析

這則故事寫得十分精采！用吳訥和章珪二人對照，高下立判。

本文可分為三段：第一段介紹吳、章皆年輕豪邁。第二段寫福山東嶽祠的可怖與二人比勇經過。第三段以吳訥終成名儒及福山被毀作結。

第二段是本文重點，描繪生動，恐怖中夾雜趣味。如章珪躲在神帳裡，故意伸手要餅，若是膽小之人早就嚇昏了，不料吳訥毫無懼色，還說：「也與汝一個。」是吳訥的膽子特別大？還是他早料到是章珪裝鬼？

這座酆都獄其實就是今日所謂的「人造鬼屋」，從文中的描述可以看出明朝人早就充滿了想像力和創造力，可惜它已焚毀，否則一定是熱門的觀光勝地哩！

曹監生

題解

本文選自涇林續記，敘述曹監生赴京應考，竟以交換僮僕方式，提前取得試卷，因而順利金榜題名；陪考的沈邃洲本不知情，後來才明白其中的蹊蹺。

作者周玄暐（生卒年不詳），明嘉靖以後人，萬曆年間任廣東電白（今廣東省電白縣）知縣。所著涇林續記，記載明代朝野軼聞瑣事，多為科舉故事或自身見聞。

庚午科❶東倉❷曹監生❸應試至京，邀友人沈邃洲為伴。曹有一童能書識字，性敏捷，曹甚喜之，時刻不離左右。至七月終，童忽言歸，沈竊疑之而弗解其故。至初六日，曹拉沈看迎考官，攜手立店家簷石❹上，見諸考官從人❺俱青衣大帽乘馬而來，中一人用馬鞭挑開眼罩，顧曹微笑之，沈亦見之，曹以手捏沈一把，即下階歸寓。至夜飲，沈試詢曰：「日間所見執鞭者，頗似君家某童，何也？」曹笑弗答，沈亦不敢更問。

場事❻完，曹出赴宴，沈獨留守舍。偶往廚房取水淨手，見一人坐青布墩❼上，服飾弗類其僕。詰之，其舌❽侏儷❾似江右❿人。詢所從來，語甚支吾。沈心知之而不露，第時往覘⓫其動靜。見人坐墩上弗少移，若如廁則挾之而往，夜用為枕而臥，意其中必重貨⓬也。至揭曉，曹果中式⓭，報喜者在寓喧嚷，觀者肩摩⓮而前，童從人叢中歸矣。沈詢久在何處，笑而不答。少頃，往廚中索前人，則并包俱無蹤矣。

後細察之，乃知童充房考⓯家奴，入簾代主覓卷，而廚中人則房考令守質物⓰者。榜出，則一去一來，各歸原主。此沈所細述者。

---

❶庚午科　歲次庚午年所舉辦的科考。此庚午年指明穆宗隆慶四年（西元一五七〇年）。

❷東倉　地名待考。

❸監生　明清時，進入國子監就讀的學生。

❹簷石　屋簷下的石板。

❺從人　侍從；隨從。

❻場事　指科舉考試。

❼墩　音ㄉㄨㄣ。堆狀物。

❽舌　指語言。

❾侏儷　指蠻夷難懂的語言。

❿江右　指長江以西（或以北）的地區，不如江左（即江南或江東）繁華進步。

⓫覘　音ㄓㄢ。觀察；窺視。

⓬重貨　指金錢等貴重財物。

⓭中式　指科舉時代考試及格。

⓮肩摩　肩與肩相摩。形容人多擁擠。

⓯房考　科舉時代鄉試、會試時分房閱卷的考官。

⓰質物　用作抵押的東西。

翻譯

東倉的曹監生為了參加庚午年的科考，到京城去應試，並邀朋友沈邃洲同行作伴。曹監生有一個書僮能讀書識字，聰慧敏捷，曹監生非常喜歡他，時時刻刻都把他帶在身邊。到了七月快結束的時候，這名書僮忽然說要回去，沈邃洲覺得奇怪卻不知道緣故。到了初六，曹監生拉著沈邃洲一起觀看迎接考官的場面，兩人手拉著手站在街上店家屋簷下的石板上。他們看見眾考官和隨從都穿著青衣大帽乘馬前來，隊伍中有一個人用馬鞭挑開眼罩，望著曹監生微笑，沈邃洲也看到了，曹監生用手捏了沈邃洲一下，就馬上下階回旅舍。到了晚上喝酒時，沈邃洲試探著問：「白天我們看見的那個執馬鞭的人，很像你們家的書僮，這是怎麼一回事？」曹監生笑而不答，沈邃洲也不敢再問下去。

考試結束後，曹監生外出參加宴會，沈邃洲一個人留在旅舍，偶然到廚房取水洗手時，看見一個人坐在一個青布包袱上，那人的裝扮不像曹監生的僕人，沈邃洲問他話，他的口音怪異難懂，聽起來像是來自長江以西的人，問他從哪兒來，他支支吾吾答不上來。沈邃洲心裡知道有問題而不揭穿，只是時常前去觀察那人的動靜。只見那人老是坐在青布包袱上，很少移動，就算去上廁所，也帶著包袱一起去；到了晚上，便把那布包拿來當枕頭睡，沈邃洲心想那布包中一定是貴重的東西。到了放榜那天，曹監生果然考上了，報喜的人在旅舍中喧鬧著，來看熱鬧的人摩肩擦踵都往前走，那書僮也從人群中回來了。沈邃洲問他那麼久以來是去哪裡了，書僮笑而不答。過一會兒，沈邃洲到廚房裡去找之前那個人，那人已經和包袱一起消失無蹤了。

後來沈邃洲仔細地調查，才知道原來曹監生的書僮冒充考官家的僕人，進入考場幫主人尋找考卷；而廚房裡的那個人，則是考官派去曹監生家看守抵押物品的人。放榜之後，這兩人便一出一進，各自回到原來的主人家。這些事都是沈邃洲一一告訴我的。

賞析

這是一則十分離奇的「掉包案」，也是一件考試舞弊案，作者透過沈邃洲的敘述，說明曹監生中式的原委。

全文可分為三段：第一段是曹監生和沈邃洲應試赴京，曹的書僮突然說要回家。第二段是沈邃洲發現廚房中另有一個僕人，鎮日守著包袱。第三段是榜單揭曉，曹果高中，書僮歸來，廚房裡那個僕人也消失了。

文中處處可見伏筆，沈受邀一同赴京察覺有異，問曹、問書僮，對方始終是「笑弗荅」、「笑而不荅」，沈也「不敢更問」，其實一切盡在不言中。曹監生精心設計，讓書僮和考官的僕人調換工作，以便找出自己的試卷，讓考官評給高分。沈也是曹監生設計中的一部分，他被利用陪考，以免引起他人的懷疑。「不經一事，不長一智」，也只能怪沈邃洲自己誤交損友了。

廁籌

題解

本文選自甲乙剩言，記載作者與朋友笑談古人如廁的用品，論及廁籌和紙的優劣等。

作者胡應麟（西元一五五一——一六〇二年），字元瑞，一字明瑞，號少室山人，又號石羊生，浙江蘭谿（今浙江省蘭溪市）人。藏書四萬多卷，著作豐富，著有詩藪、少室山房類稿、少室山房筆叢等。甲乙剩言為記載平日見聞的筆記，因胡應麟自言「此吾甲乙已後剩言也」，故傅光宅題為「甲乙剩言」。部分內容是後人研究當時文化的重要資料。

有客謂余曰：「嘗客安平❶，其俗如廁，男女皆用瓦礫代紙，殊❷為嘔穢❸。」余笑曰：「安平，晉唐間為博陵縣❹，鶯鶯❺縣人也。為奈何？」客曰：「彼大家閨秀，當必與俗自異。」

余復笑曰：「請為君盡廁中二事。北齊文宣帝如廁，令楊愔執廁籌❻。是帝皇之尊，用廁籌而不用紙也。三藏律部❼，宣律師上廁法❽，亦用廁籌。是比丘之淨，用廁籌而不用紙。觀此，廁籌、瓦礫均也。不能不為鶯鶯要處掩鼻❾耳。」客為噴飯❿滿案。

❶安平　古地名。今河北省安平縣。

❷殊　很；非常。

❸嘔柂　噁心骯髒。

❹博陵縣　古地名。今河北省安平縣、深縣、饒縣、安國市等地。

❺鶯鶯　指唐人傳奇鶯鶯傳的女主角崔鶯鶯。崔鶯鶯是世家大族的千金，容貌美麗，性格堅貞謹慎，和男主角張生相戀，私下幽會，但最後卻慘遭張生遺棄，另嫁他人。

❻北齊文宣帝如廁二句　北齊書記載，文宣帝上廁所時，讓宰相楊愔拿著廁籌在旁伺候。文宣帝，名高洋，為北齊的開國皇帝。性格殘暴、沉迷酒色，在位十年（西元五五〇－五五九年）。廁籌，古人上完廁所後，用來擦拭的小木片。又稱「廁簡子」、「廁篦」、「淨籌」等。

❼三藏律部　三藏，佛教經典的總稱。包括經藏、律藏、論藏三部分。律部，即律藏。是以佛說的形式，講述僧人戒律。

❽律師上廁法　指律部中記載的「上廁用廁籌法」。律藏毗尼母經卷六記載：「用籌淨刮令淨。若無籌不得壁上拭令淨。不得廁板梁栿上拭令淨。不得用石。不得用青草。不聽諸比丘土塊軟木皮軟葉奇木，皆不得用。所應用者，木竹葦作籌。度量法，極長者一磔，短者四指。已用者不得振令汙淨者。不得著淨籌中。」

❾掩鼻　摀住鼻子以免聞到臭味。

❿噴飯　吃飯時，笑得把飯都噴出來。形容事情非常好笑。

翻譯

有個客人告訴我，說：「我曾經客居安平，那裡的習俗，上廁所時，不管是男是女，都用瓦礫代替草紙擦拭，實在很噁心骯髒。」我笑著說：「安平地區，在晉、唐時屬於博陵縣，崔鶯鶯就是博陵縣的人啊！那她怎麼辦？」

客人說：「她是大家閨秀，上廁所一定與當地習俗不同。」

我又笑著說：「請讓我為你說說兩件關於廁所的故事。北齊文宣帝高洋上廁所時，讓宰相楊愔拿著廁籌在旁伺候。像他這樣尊貴的帝王，用的是廁籌而不是草紙。佛教三藏中的律藏，記載僧人該遵守的『上廁用廁籌法』，他們也是用廁籌。像僧人這樣潔淨的人，也是用廁籌而不用草紙。這樣看來，廁籌跟瓦礫並沒什麼兩樣。我們不得不為鶯鶯如廁的地方而掩住鼻子呀！」客人聽了我這麼說，笑得把飯都噴到桌上了。

賞析

這篇短文主要是在討論古人上廁所使用的物品，乍看似乎不大衛生或有些無聊，但仔細想想，卻可以略窺人類日用品的演進過程。

客所說的「瓦礫代紙」，在過去的農業社會相當普遍，並非只是明代安平地區的專利，這恐怕是現在用慣衛生紙的人難以想像的。白皙甚至印有花紋的衛生紙是晚近的舶來品，臺灣在民國五十年代還使用「草紙」，一種黃褐色如同A4一半大小的紙，表面尚稱光滑，但一點也不柔軟，使用起來當然更談不上舒適。

客向「余」嘲笑安平地區的風俗，「余」不直接說破客的無知，反而轉了個方向，說唐人傳奇中的美女崔鶯鶯正是那裡人，應該也是瓦礫的使用者，客以「大家閨秀」必異來反駁。「余」這時才另外提出兩件史事，言出有據，證明用廁籌未必比用紙高尚。讀者讀到這裡，恐怕也不禁要發出會心的微笑吧！

馬湘蘭

題解

本文選自舌華錄俊語類，敘述名妓馬湘蘭在公堂上遭御史譏諷，她卻能冷靜地應對，終於獲得釋放。

作者曹臣（生卒年不詳），字藎之，安徽歙縣（今安徽省歙縣）人，明萬曆年間在世。所著舌華錄，為受世說新語影響的「瑣言」體小說，收錄先秦至明代的名人雋語，編成十八類，分別為慧語、名語、豪語、狂語、傲語、冷語、諧語、謔語、清語、韻語、俊語、諷語、譏語、憤語、辯語、穎語、澆語、淒語。兩類一卷，每卷前皆有其友吳苑的小序。此書只取語，不取事；只取口談，不取往來文書。錄事雖然簡略，卻能如見其人，如聞其聲，頗具哲理，耐人尋味。

平康❶姬馬湘蘭❷，甚有聲價❸，一孝廉❹往造❺之，不出。積十餘年，孝廉成進士，為南御史。偶湘蘭㘯株連❻，當審。御史見之曰：「爾如此面孔，徒負往日虛名。」湘蘭答曰：「惟往日之虛名，受今日之實禍。」御史憐而釋之。

❶平　康　平康里，是唐朝京城長安妓女聚居的地方。比喻妓院。

❷馬湘蘭　名守真，字湘蘭，南京人。天資穎秀，才華洋溢，善於繪畫蘭花。其性格輕財仗義，豪爽曠達。為明末秦淮名妓之一。

❸聲　價　名譽身價。

❹孝　廉　指科舉時代的舉人。

❺造　造訪。

❻坐株連　被人牽連而犯法。

翻譯

秦淮名妓馬湘蘭的名譽身價很高，有一位舉人前去拜訪她，她卻沒有出來和他見面。過了十幾年，那位舉人考中進士，並擔任南御史，湘蘭剛好因受人牽連而犯了法，應當受到審判。那位御史看到馬湘蘭，便嘲笑她說：「憑你這樣的容貌長相，實在是辜負了你過去的虛名。」馬湘蘭聽了，不甘示弱地回答說：「正因為有往日的虛名，才會遭受今天的災禍。」御史憐惜她，便把她釋放了。

賞析

名妓馬湘蘭的聲價高，不是達官貴人想見她一面都見不到。孝廉曾經吃過被拒的悶虧，如今成了審判她的長官，豈有不來個「公報私仇」的？誠所謂「相見爭如不見」也。聰明的馬湘蘭隨口答道：往日只是虛名，今天才是確實遭禍。應對得體，引人同情，讓御史也只得放她一馬了。

西廂記拷紅一折中，紅娘勸崔夫人成全張生和崔鶯鶯的婚事，理由之一就是「張生日後名重天下，施恩於人，忍令反受其辱哉？」換一個角度想，當年孝廉吃了馬湘蘭的閉門羹，未嘗不是鞭策他更上一層的助力哩！

解縉

題解

本文選自古今譚概，敘述明成祖想考倒才子解縉，但解縉卻懂得隨機應變，對答如流，並完成一首鏗鏘有致的詩，讓皇帝大為折服。

作者馮夢龍（西元一五七四—一六四六年），字猶龍，又字子猶，別號龍子猶、墨憨齋主人等，明長洲（今蘇州）人。崇禎年間補貢生，任壽寧知縣。明亡，曾參與抗清活動。他是明代最著名的通俗文學家，畢生致力於通俗文學的搜集整理與編寫刊行，最著名的「三言」（喻世明言、警世通言、醒世恆言）為其根據歷來話本、小說所潤飾改編的作品，對後世影響深遠。此外，他還改編平妖傳、新列國志等長篇小說，刊行掛枝兒、山歌等民間歌曲，編輯古今譚概、情史、笑府等短篇小說集，另有傳奇劇本數種。

古今譚概為馮夢龍由歷代筆記、古籍與當代傳聞中，選出兩千三百餘則輯錄而成，分為迂腐、怪誕、癡絕、專愚、謬誤、無術、苦海、癖嗜、越情、挑達、矜嫚、貧儉、汰侈、貪穢等三十六部。人物上自帝王，下至百姓，內容包括笑話、寓言及異事奇聞等。

解縉❶嘗從遊內苑❷。上❸登橋，問縉：「當作何語？」對曰：「此謂一步高一步。」及下橋，又問之。對曰：「此謂後邊又高似前邊。」上大悅。

一日，上謂縉曰：「卿知宮中夜來有喜乎？可作一詩。」縉方吟曰：「君王昨夜降金龍。」上遽曰：「是女兒。」即應曰：「化作嫦娥下九重❹。」上曰：「已死矣。」又應曰：「料是世間留不住。」上曰：「已投之水矣。」又應曰：「翻身跳入水晶宮。」上本欲詭言❺以困之，既得詩，深歎其敏。

❶解縉　字大紳，明代人。自幼聰敏。洪武二十一年（西元一三八八年）舉進士。成祖時，授侍讀學士。一四二四年）。卒謚文。

❷內苑　御花園。

❸上　指明成祖朱棣。在位二十三年（西元一四〇二—

❹九重　極高之天。比喻帝王的住所。

❺詭言　假稱；謊稱。

翻譯

解縉有一次陪明成祖在御花園賞遊。成祖登上橋，問解縉：「這應該怎麼說？」解縉回答：「這叫做一步比一步高。」到下橋時，成祖又問解縉，解縉回答說：「這叫做後邊又比前邊高。」成祖聽了很高興。

有一天，成祖問解縉：「你知道昨夜宮中有喜事嗎？可以作首詩。」解縉才剛吟出：「君王昨夜降金龍。」成祖立刻說：「生的是女兒。」解縉馬上改口回答：「化作嫦娥下九重。」成祖說：「不過已經夭折了。」解縉又應答：「料是世間留不住。」成祖說：「已經把她丟到水裡了。」解縉又說：「翻身跳入水晶宮。」成祖本來想說些假話考倒解縉，沒想到解縉竟能作出這首詩，成祖不得不對解縉的機敏大為讚歎。

賞析

解縉是明初著名的神童，民間流傳許多他能言善對的故事。本文可分成前後兩部分來看：前部是他隨明成祖登橋和下橋的對答，後部是成祖故意命他作詩，他也能從容應對。

比較這兩段文字：第一段較平凡，但可以看出成祖喜歡「高」，解縉就投其所好，把下橋說成：「後邊又高似前邊。」第二段有如機智問答，解縉的反應又快又準，用「留不住」來代替「死」，把「投水」美化成「跳入水晶宮」，難怪成祖要「深歎其敏」了。

俗話說：「伴君如伴虎。」歷史上心胸狹隘，容不下才臣的皇帝不在少數；陪侍在皇帝身邊，無才固然不可；有才也要懂得適度發揮，以免惹來殺身之禍。解縉的表現恰如其分，所以能贏得成祖的欽佩。

紹興士人

題解

本文選自情史第二卷情緣類，敘述一士人在中舉得官後，竟忘恩負義，謀害髮妻。到任後另娶長官之女，不料新娘正是他的前妻。收錄於喻世明言的話本小說金玉奴棒打薄情郎和京劇鴻鸞禧的本事都是這則故事。

情史，又名情史類略、情天寶鑑，為馮夢龍由歷代筆記小說、歷史故事與傳聞記載中，選錄八百餘篇愛情故事而成，分為情貞、情緣、情私、情俠、情豪、情愛、情痴等二十四類，是一部相當完備的愛情小說選集。

紹興❶間，有士人貧不能婚，贅入❷團頭❸家為婿。團頭者，丐戶❹之首也。女甚潔雅❺，夫婦相得❻。逾數載，士人應試成名，頗以婦翁❼為恥。既得官淮上，攜妻之任❽。中流❾與妻玩月❿，乘間⓫推墜於水，揚帆而去。妻得浮木不死。有淮西轉運使⓬船至，聞哭聲，哀⓭而救之。叩⓮其故，乃收為己女，戒⓯家人勿洩。

比⓰及淮，士人以屬官晉謁⓱。運使佯問：「已娶未？」士人答言：「有妻墜江死，尚未續⓲也。」

運使乃命他僚為己女議親，且云「必入贅乃可。」士人方慕高閥⑲，驚喜若狂。既成禮，士人欣然入闥⑳。忽嫗妾輩數十人，持細杖從戶傍出，亂捶之。士人口稱何罪，莫測所以。聞闑㉑中高喚曰：「為我摘㉒薄情郎來！」士人猶不辨其聲。及相見，乃故妻也。妻數其過，士人叩首謝罪不已。運使入解之。自是終身敬愛其婦，並團頭亦加禮焉。

以團頭為可賤，不婿可也。微而婿之，貴而棄之，其婦何罪？且幸而為團頭婿耳，假令為子，其不為劉叟之見笞㉓者幾何！天遣轉運使為結此一段薄情公案㉔，不然，嚴武㉕、王魁㉖之報，恐不免矣。

❶紹興　南宋高宗的年號（西元一一三一—一一六二年）。
❷贅入　即入贅。指男子於女方家結婚，成為女家的一員。
❸團頭　乞丐的首領。團頭平時由乞丐供奉，乞丐無衣無食則資助之，生活寬裕，小有財富，不過因身分低下，仍為一般人鄙視。
❹丐戶　乞丐人家。
❺潔雅　心地純潔、氣質文雅。
❻相得　彼此投合。
❼婦翁　岳父。
❽之任　前往上任。之，往。
❾中流　江河中央；水中。
❿玩月　賞月。玩，音ㄨㄢˋ。欣賞。
⓫乘間　乘隙；趁機。
⓬轉運使　宋代掌管地方軍需糧餉的官職，後又兼軍事、刑名、巡視地方民情等職責，成為州府以上的行政長官。
⓭哀　憐憫。
⓮叩　問。
⓯戒　通「誡」。告誡。
⓰比　音ㄅㄧˋ。等到。
⓱晉謁　進見；求見。
⓲續絃　續絃；再娶。
⓳高閥　名聲顯赫的家族。閥，門第。
⓴闥　音ㄊㄚˋ。門。

㉑闈　內室；閨房。

㉒摘　音ㄓㄜˊ。捉拿。

㉓劉叟之見笞　後唐莊宗的皇后劉氏出身低下，入宮顯貴後，其父劉叟欲與她相認，劉氏因和其他妃子爭寵而不肯認父，便在宮門前鞭打劉叟。叟，老先生。見，被。笞，鞭打。

㉔公　案　案件；案子。

㉕嚴　武　唐朝人，傳說曾誘拐鄰居之女，為免罪而將其殺害，後遭鬼魂索命而卒。

㉖王　魁　宋朝人，據說早年落第時被妓女桂英收留，功成名就後卻不認桂英，桂英失望自殺，化為鬼魂向王魁索命。

翻譯

紹興年間，有個讀書人因為家貧而沒錢娶妻，只好入贅到團頭家當女婿。所謂團頭，就是乞丐人家的首領。團頭的女兒相當純潔文雅，夫妻倆感情很好。過了幾年，那個讀書人參加科舉考試，獲得了功名，卻十分以岳父的身分為恥。後來他被分派到淮上做官，帶著妻子赴任。與妻子在河中賞月時，趁機將她推落水中，然後張起風帆加速離去。他的妻子因為碰巧抓到浮木而免於一死。此時剛好有淮西轉運使的官船航行到附近，轉運使聽到哭聲，心生憐憫便救了她。轉運使在問了她事情始末之後，便收她做自己的義女，並告誡家人不准對外洩露此事。

等到了淮西，這個讀書人以下屬的身分進見轉運使。轉運使假裝不知情地問他：「你娶妻了沒？」讀書人回答：「原有妻子，但掉到江裡淹死了，還沒有再娶。」轉運使於是派其他官員向他為自己的女兒商議婚事，並說：「一定得入贅到我家才行。」那個讀書人正好貪慕高官權貴的門第，得知轉運使派人來提親，整個人驚喜得像是快要發狂。成親行禮完畢，讀書人高興地進了洞房，忽然間有幾十個女僕、侍妾，手裡拿著細棍棒從門旁走出來，胡亂毆打這個讀書人。讀書人叫著：「我有什麼罪？」不知道為什麼會遭受這種對待。只聽見閨房裡有人高聲喊道：「替我把這個薄情郎捉過來！」讀書人還沒認出她的聲音。等到見了面，才發現是以前的妻子。他的妻子數落他的罪狀，讀書人則不停地跪在地上磕頭認錯，最後還是轉運使進房來才化解兩人的紛爭。從此以後，這個讀書人一輩子都敬愛他的妻子，連對他那個做團頭的岳父也更加有禮。

如果認為團頭是很卑賤的，那大可不做他的女婿。身分低下時入贅他家，功成名就後便厭棄他們，他的妻子犯了什麼錯？而且幸好那個讀書人只是團頭的女婿而已，假如是他的親生兒子，那他就算不像劉老頭被當上皇后的女兒鞭打，也差不了多少吧！還好上天派了轉運使解決了這一場夫婿薄倖無情的案子，不然，這個讀書人恐怕不免要像嚴武、王魁那樣遭冤魂索命吧。

賞析

本文可分為三段：第一段是士人娶團頭之女，後來卻想溺死妻子。第二段是妻子獲救，成了轉運使的義女，又嫁給士人。第三段是作者的評論。

古人的婚姻講究門當戶對，文中的士人娶乞丐之女確實是不得已為之。但他的妻子「甚潔雅」，婚後夫婦感情也很好，士人有了功名才嫌棄妻子出身不好，設計害死妻子，就太不應該了。俗話說：「糟糠之妻不下堂。」現代人也常說：「選你所愛，愛你所選。」狠心謀殺善良妻子的行徑，真是令人髮指！

幸而他的妻子命不該絕，被士人的長官救起，這位轉運使還好心地安排他們破鏡重圓，讓士人有所悔悟。「得饒人處且饒人」，他救了一條人命，挽回了一個家庭，同時也保住了士人的前程，可以說是功德無量啊。

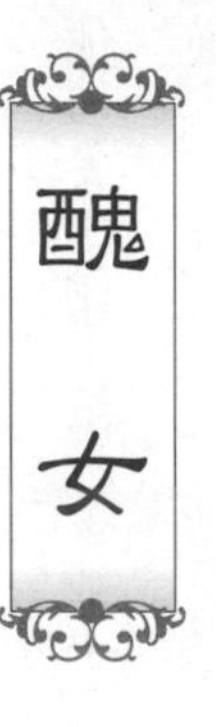

醜女

題解

本文選自艾子後語，敘述南里先生想娶完美的女子為妻，最後卻娶得醜婦，只好用干支的諧音自我解嘲。

作者陸灼（生卒年不詳），明末長洲人。所著艾子後語，共十五則，皆用艾子做畫龍點睛的角色。按蘇軾曾作艾子雜說，塑造「艾子」其人；陸灼作艾子後語，就是模仿蘇氏之作，內容詼諧逗趣，是明代笑話小說的代表作。

艾子通五行❶，多與星士❷游❸。有南里先生者，其刎頸交❹也，娶妻而求全❺。每聞一女，必相其容德，推其命造❻，務底❼于善而後可，故久而不就❽。一旦為媒氏所誤，娶得醜女，臼頭深目❾，皮膚如漆❿，雖登徒之婦⓫不至是也。南里先生不悅。

艾子往賀之，曰：「賢閣⓬容色之妙，某聞之審⓭矣。第⓮未知庚甲⓯，願以見諭⓰，當為君子推之。」南里先生閉目搖手而笑曰：「辛酉戊辰乙巳癸丑⓱。」艾子拊掌⓲而退⓳。

❶五行　金、木、水、火、土五種物質。這裡指推算命運吉凶的能力。

❷星士　占星卜卦的江湖術士。

❸游　交遊；往來。

❹刎頸交　以性命相許的朋友。刎，音ㄨㄣˇ。以刀割脖子。

❺全　完備；完美。

❻命造　生辰八字。造，八字。

❼底　盡；極。

❽就　成功。指娶到妻子。

❾臼頭深目　頭像臼一樣外高內低，眼部凹陷。形容樣貌醜陋。

❿漆　黑色之物。

⓫登徒之婦　戰國時楚大夫登徒子的妻子。相傳容貌醜陋。

⓬賢閣　敬稱他人的妻子。

⓭審　周密；詳細。

⓮第　但；可是。

⓯庚甲　又稱「年庚」。指生辰八字。

⓰見諭　相告；告訴我。

⓱辛酉戊辰乙巳癸丑　辛酉年戊辰月乙巳日癸丑時。此句為南里先生胡亂拼湊妻子的八字，故意以「丑」字結尾，意味其妻貌「醜」。

⓲拊掌　拍手。表示歡樂或激憤。拊，音ㄈㄨˇ。拍擊。

⓳退　告退；離開。

翻譯

艾子通曉陰陽五行的變化，經常與一些江湖術士來往。有個叫南里先生的人，是艾子的生死之交，他對娶妻的要求很完美。每聽說一個女子，一定要先觀察她的容貌品德，再推算她的生辰八字，務必要達到最好才可以，所以過了很久還沒成親。有一天他被媒婆給騙了，娶了一個相貌醜陋的女子，頭頂內凹、眼睛深陷，皮膚漆黑，就算是登徒子的妻子也沒她那麼醜。南里先生因此悶悶不樂。

艾子前去祝賀南里先生娶妻，說：「您妻子容貌的美好，我已詳細聽說了。但不知道她的生辰八字，希望您能告訴我，我會幫您推算一下。」南里先生閉著眼睛，邊搖手邊笑著說：「辛酉年戊辰月乙巳日癸『丑』時。」艾子聽了笑著拍手告辭了。

賞析

這則故事可分成兩小段：第一段是講南里先生娶妻的條件很苛刻，要求十全十美，結果他竟娶到一個醜女。第二段是艾子去向南里道賀，並詢問他妻子的八字，南里巧妙地用諧音字帶過。

現實生活中也不乏類似南里先生的這號人物，對別人求全責備，卻忘了自己有多少斤兩。南里千算萬算，竟栽在媒氏手裡，實在令人發噱。文中並沒提及南里先生的長相，也沒告訴我們他為什麼受騙，這些都是讀者可以自己去想像的地方。

古人說：「娶妻娶德。」是強調妻子德行的重要。傅佩榮教授則主張應該娶聰明的女子為妻，因為「聰明的女子會讓自己漂亮而能幹」。但娶妻擇夫這種事，實在是很難預料的。如果像南里一樣娶到醜女，就不妨學學他的幽默吧。

柳敬亭說書

題解

本文選自陶庵夢憶，敘述明末清初著名藝人柳敬亭的事跡。柳敬亭其貌不揚，說書卻有極高的成就。除本篇外，吳偉業、黃宗羲、周容都曾為柳敬亭作傳。

作者張岱（西元一五九七—一六七九年），字宗子，又字石公，號陶庵，又號蝶庵居士，山陰（今浙江省紹興市）人。出身官宦之家，卻不曾任官。明亡後，隱居著書。著有陶庵夢憶、瑯嬛文集、石匱書、西湖夢尋等書。陶庵夢憶內容多為對過往經歷的回憶，如江南風土民情的記載，明末的人物軼事等，筆風清逸，為明末傑出的小品文集。

南京柳麻子❶，黧黑❷，滿面疤瘤❸，悠悠忽忽❹，土木形骸❺。善說書。一日說書一回，定價一兩。十日前先送書帕❻下定，常不得空。南京一時有兩行情❼人，王月生❽、柳麻子是也。

余聽其說景陽岡武松打虎白文❾，與本傳大異。其描寫刻畫，微入毫髮，然又找截乾淨❿，並不嘮叨。𡀔夬⑪聲如巨鐘。說至筋節⑫處，叱咤叫喊，洶洶⑬崩屋。武松到店沽酒，店內無人，謈⑭地一吼，店中空缸空甓⑮皆瓮瓮⑯有聲。閒中著色⑰，細微至此。

主人必屏息靜坐，傾耳聽之，彼方掉舌⑱，稍見下人呫嗶⑲耳語，聽者欠伸⑳有倦色，輒不言，故不得強。每至丙夜㉑，拭桌剪燈，素瓷靜遞，款款㉒言之，其疾徐輕重，吞吐抑揚，入情入理，入筋入骨，摘世上說書之耳，而使之諦聽㉓，不怕其不齰舌㉔死也。柳麻子貌奇醜，然其口角波俏㉕，眼目流利㉖，衣服恬靜，直與王月生同其婉孌㉗，故其行情正等。

❶柳麻子　即柳敬亭。名逢春，明末著名的說書人。本姓曹，為避仇家而流落江湖，休於柳下，改姓柳。
❷黧黑　黑色。黧，音ㄌㄧˊ。
❸𡰪瘤　疤痕腫皰。𡰪，通「疤」。瘤，音ㄌㄡˊ。皮膚上腫起的小塊。
❹悠悠忽忽　悠閒懶散的樣子。
❺土木形骸　原指泥塑木雕等缺乏靈性的人偶，此處形容人外表樸實，不加修飾。
❻書帕　書籍與手帕。明朝官場中常用書籍、手帕作為禮物。後亦指贈送的錢財珠寶。
❼行情　身價。
❽王月生　明末南京地方的名妓。貌美，寡言笑，善書畫，身價極高。
❾白文　只說不唱的說書。
❿找截乾淨　補充或刪減情節，皆乾淨俐落。
⑪𡀔夬　即「勃夬」。音ㄅㄛˊ ㄍㄨㄞˋ。大聲說話。
⑫筋節　關鍵。
⑬洶洶　喧鬧的樣子。
⑭謈　音ㄆㄛˋ。叫喊。
⑮甓　音ㄆㄧˋ。磚的一種，此處指容器。
⑯瓮瓮　同「甕甕」。形容缸甕碰撞所發出的聲音。
⑰閒中著色　在別人忽略的地方多加著墨、渲染。
⑱掉舌　開口說話。
⑲呫嗶　音ㄔㄜˋ ㄅㄧˋ。低聲細語的樣子。
⑳欠伸　打呵欠和伸懶腰。形容疲倦的樣子。
㉑丙夜　半夜；子夜。

㉒款　款　緩慢的樣子。
㉓諦　聽　仔細地聽。
㉔齰　舌　咬舌。齰，音ㄗㄜˊ。咬。
㉕口角波俏　指說話伶俐。口角，說話技巧。波俏，伶俐。
㉖流　利　生動活潑，不呆板生硬。
㉗婉　孌　美好。孌，音ㄌㄨㄢˊ。

翻譯

南京有個柳麻子，他的皮膚黃黑，滿臉都是瘡疤、小疙瘩，個性悠閒懶散，外貌樸實，不修邊幅。他擅長說書，一天說書一回，定價一兩。要請他說書得在十天前先下訂金約好，因為他經常沒有空。當時南京有兩個最紅的人，就是王月生和柳麻子。

我聽過他說景陽岡武松打虎，與水滸傳的原文很不一樣。但他描寫刻畫，細緻入微，故事又說得乾淨俐落，並不嘮叨。他的吆喝聲像巨鐘一樣宏亮，說到高潮處，大聲呼喊，聲音震得房屋都快要崩塌。他說到武松到酒店買酒，店裡沒有人，武松一吼，店中的空缸空罐全都嗡嗡作響。他在一般人不注意的細微處極力渲染，說書的功力細緻到這種地步。

說書的時候，主人一定要安靜坐著，專心傾聽，他才開始說；只要稍微看到奴僕附耳低聲交談，或聽的人打呵欠伸懶腰、露出疲累的樣子，他就不再說下去，所以要他說書是不能勉強的。每到半夜，把桌子擦乾淨，剪好燈芯，靜靜地遞茶給他，他就會慢慢地開始說起故事，節奏或快或慢，聲音或輕或重，抑揚頓挫，說得合情合理，說得淋漓盡致。若把世上其他說書人的耳朵揪過來，讓他們仔細聽聽柳敬亭說書，恐怕都會羞愧得咬舌自盡吧！柳麻子相貌十分醜陋，但是他口齒伶俐，眼神生動活潑，衣服素雅，幾乎與王月生一樣美好，所以他們的身價也相等。

賞析

「人不可貌相」這句話在這則故事裡充分得到印證。

柳敬亭滿臉麻子，其貌不揚，但他說書的價碼很高，必須十天前就預交訂金。換成今天的話來說，他這個「名嘴」，到處演講，廣受歡迎，以價制量，檔期還排得滿滿滿，是娛樂界的大哥大。

柳敬亭說書到底有多麼精采？張岱告訴我們：他說的武松打虎和水滸傳原文大不相同。聽他說書時，沒見他使用什麼音效器材，但聲光效果卻彷彿一應俱全，聽眾聽得如癡如醉，過癮極了。

說書說到這地步，可以稱得上是出神入化了。所以雖然他人長得奇醜，但張岱卻讚他「與王月生同其婉孌」。王月生是當時著名的美妓，張岱認為醜男和美妓一樣美好，套句流行歌詞，是因為「我很醜，可是我很會說書」啊！

清代

清代是所有古典文學的復興期，小說方面也不例外，不但長篇章回大放異彩，筆記小說也很有成就。清初康熙、雍正、乾隆三朝大興文字獄，許多詩文集，甚至野史、筆記小說集都遭到查禁或焚毀。之後筆記小說的寫作才熱絡起來，其中蒲松齡的聊齋誌異被公認為是清代短篇小說的最高成就。但平心而論，聊齋誌異是兼具志怪和傳奇色彩的，所以本書只挑選兩篇合乎筆記小說形式和內容的作品。

另外一部了不起的著作是紀昀的閱微草堂筆記。博學多識的紀昀比懷才不遇的蒲松齡晚八十四年出生，官至四庫全書總編纂，一生榮華富貴。這部筆記是紀昀晚年以餘力完成的巨作，他用自敘的方式、淡雅的文字講述故事，和聊齋誌異風格迥異。如果說聊齋誌異是「作家的小說」，那麼閱微草堂筆記就是「學者的小說」了。

其實在閱微草堂筆記之前，南方大才子袁枚也有一部子不語（後改名為新齊諧），寫一些鬼怪故事，似乎有仿效聊齋誌異的企圖，一般評價都說他寫得不如蒲松齡精采，但也有不少佳作。更早的還有王晫模仿世說新語的新世說，這本書的特點是作者自加註解。至於張潮編輯的虞初新志則是優秀的筆記小說選集，我們選了兩篇，作者都另有其人。沈起鳳的諧鐸相當出色，他這本書照著聊齋誌異的體例，雖然也寫鬼怪，但往往借題發揮，嘻笑怒罵，令人莞爾，許多篇章可以當笑話閱讀。

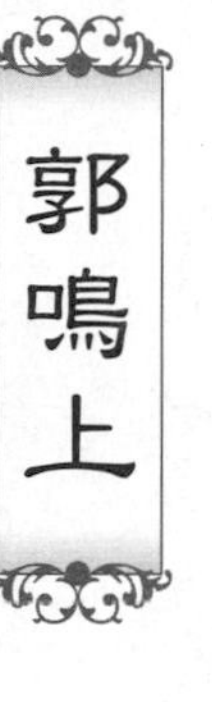

郭鳴上

題解

本文選自今世說政事，敘述郭鳴上到崑山縣上任，用機智嚴明的態度，使原本囂張的部屬改過向善。

作者王晫（西元一六三六—？年），初名棐，字丹麓，號木庵，又號松溪子，仁和（今浙江省杭州市）人。順治年間諸生，工詩文，喜刻書。著有今世說、遂生集、霞舉堂集等。今世說共八卷，仿世說新語體例，但刪去自新、黜免、儉嗇、讒險、紕漏、仇隙六類。書中記順治、康熙兩朝文人名士的逸事，並加以注解，對了解清初掌故頗有裨益。

郭鳴上筮仕❶，授崑山❷縣令。縣故劇❸難治，吏人且多豪猾❹。郭赴官，未至縣五百里，吏人十數輩迎於道，乃詐稱疾不起❺，自懷部牒❻間道❼行，一晝夜抵縣。守縣吏方會飲❽堂廡❾，見一老書生，儀狀樸野，直上堂踞坐❿，皆大怒，叱逐之，不肯去。視其手中所持，若文書狀，迫視⓫之，則部給崑山知縣牒也。大驚，互相推擠，仆⓬堂下。前迎令者，怪疾久不出，伺⓭得其故，亦馳歸，適至，共叩頭請死罪。

郭笑遣⑭之，吏愈恐，不肯起。乃諭之曰：「若所為，我盡知之。今為若計，欲舞文亂法⑮，快意一時，而身陷刑戮⑯乎？欲守公奉法，飽食煖衣，與妻子處乎？」皆曰：「欲飽煖守妻子耳。」曰：「果爾，我今貸⑰若罪。後有犯者，殺無赦。」吏皆涕泣悔悟，終郭任無犯法者。

（原注）：郭名文雄，山西介休人。年四十，以諸生⑱貢入京師⑲，得授是官，尋⑳卒。吏民聚哭於庭，闔縣皆罷市㉑往弔。發其橐㉒，敝衣數事㉓而已，無子，喪不能歸。縣人共買地，葬於馬鞍山㉔，更立祠其傍，歲時祀焉。葬之日，他邑來會者數萬人，吏民哭之，如其私親。

❶筮仕　古人將做官時必先占卜，以問吉凶。後引申為剛做官。
❷崑山　地名。今江蘇省崑山市。
❸劇　繁瑣沉重。
❹豪猾　強橫狡猾。
❺不起　不能起身。
❻部牒　吏部所給，記載官職的公家文書。牒，音ㄉㄧㄝˊ。官方文書或證件。
❼閒道　捷近的小路。閒，通「間」。音ㄐㄧㄢˋ。
❽會飲　一塊喝酒。
❾堂廡　傳統建築中，廳堂兩側連接較矮的房間。
❿踞坐　伸開兩隻腳，雙膝弓起坐著。這種姿態帶有倨傲不恭、旁若無人之意。
⑪迫視　近看。
⑫仆　跌倒而伏在地上。
⑬伺　音ㄙˋ。暗中偵察。
⑭遣　釋放；放走。
⑮舞文亂法　玩弄文字遊戲，擾亂法紀條文。
⑯刑戮　刑罰或誅戮。
⑰貸　寬恕。
⑱諸生　科舉時代對秀才的通稱。
⑲貢入京師　清代一種選拔人才的制度。由學政選拔秀才中文行兼優的人，薦舉入京師，稱為「拔貢生」。等會試、廷試及格後，入選者依成績優劣分成一、二、

三等，以七品京官、縣官、教職任用之。

⑳尋　不久；立刻。

㉑罷市　歇市；停止營業。

㉒橐　音ㄊㄨㄛˊ。袋子。

㉓事　量詞。件。

㉔馬鞍山　山名。位於今江蘇省崑山市西北。

翻譯

郭鳴上剛做官，便被分派到崑山縣當縣令。崑山縣一向事務繁多，極難治理，官差縣吏又大多蠻橫狡猾。郭鳴上到崑山縣上任，離縣城還有五百里時，就有十幾位官員在路上迎接他。郭鳴上騙他們說自己身體不適，無法起身相見；自己卻帶著吏部發給的官牒抄近路先走，只花一天一夜就抵達縣城了。當時，留守在縣衙的官員們正聚集在官衙飲酒，突然看見一位老書生，外貌樸實像個鄉下人，他直接走上堂上，兩腳張開，旁若無人地坐下。大家看了都很生氣，大聲叱喝著叫他滾開，但老書生卻不肯走。官員們看到他手中拿著的東西，很像是官府文書，靠近一看，原來是吏部發給崑山縣令的公文。官員們嚇得互相推擠，全部跌倒在堂下；之前去迎接縣令的官員，奇怪郭鳴上病了那麼久都不出來相見，暗中探查才發現其中緣故，也急急忙忙趕回官衙，剛好在這個時候回來了。大家全跪在地上磕頭，自請處分。

郭鳴上笑著釋放他們，官員們聽了更加驚恐，不肯站起身來。於是郭鳴上告諭他們說：「你們的所作所為，我都知道。現在我為你們考量，你們是想玩弄文字遊戲、擾亂法紀條文，得到一時的稱心如意，但最終難逃刑罰與誅戮呢？還是要奉公守法，吃得飽穿得暖，和妻子兒女相聚在一起呢？」大家都回答：「想要吃飽穿暖，守著妻兒。」郭鳴上說：「如果真的是這樣，我今天就饒了你們的罪行。以後如果還有再犯錯的，我一定殺了他，絕不寬恕。」

眾官員們各個都流淚哭泣，後悔覺悟了。所以直到郭鳴上的任期結束，縣衙內都沒有敢犯法的官員。

（原注）：郭鳴上，名文雄，山西介休地區的人。四十歲的時候，以秀才的身分薦舉入京城，成為拔貢生，被授與崑山縣令這個官位，但他不久就過世了。官吏與百姓聚集在縣衙廳堂階前哭泣，全縣居民都停止營業而前去弔喪。打開他的行囊，只有幾件破爛的衣服物品而已，他沒有兒子，沒辦法把他的棺木運送回鄉。崑山縣的百姓合資買下一塊地，把郭鳴上葬在馬鞍山，又在墓地旁建立祠堂，逢年過節時祭拜他。下葬的那天，有幾萬人從其他鄉鎮聚集而來，官吏百姓為他哭泣，就好像去世的是自己的親人一樣。

賞析

本文可分成兩部分來看：前一部分是郭鳴上獨闖崑山縣衙，先被斥罵，後來大家都向他叩頭請罪。後一部分是郭鳴上對眾屬官曉以大義，使他們悔悟，從此不再有人犯法。

郭鳴上是極有智慧的官員，他知道崑山縣的縣吏積習難改，赴任之初便使了一招「出其不意」，讓這些吏人在慌亂中不知所措，然後他再以「往者已矣，來者可追」勉勵大家奉公守法，終於讓原本「豪猾」之徒都幡然改悟。

俗話說：「帶人要帶心。」郭鳴上了解他們以前缺少好長官領導，才會無知地做下貪贓枉法的勾當，時間久了，習以為常，變得麻木不仁。郭鳴上不指責他們過往的錯誤，而是以「樸野」書生模樣說中他們的心事：「夜路走多了，總是會遇到鬼的。」一旦東窗事發，他們可是連命都保不住的。大家都聽進去了，所以崑山縣的縣治從此走上正軌。

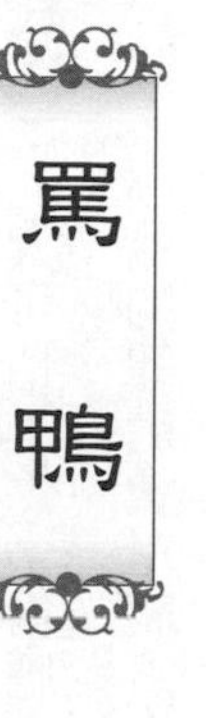

罵鴨

題解

本文選自聊齋誌異，敘述一個人偷鄰居的鴨子煮了吃，第二天竟渾身長滿鴨毛，無藥可醫。後來只得設法請鄰居罵他，才恢復正常。文字雖然簡短，卻十足表現了小偷的窘態，頗有趣味。

作者蒲松齡（西元一六四〇—一七一五年），字留仙，一字劍臣，號柳泉居士，清初山東淄川（今山東省淄博市）人。少時即聰慧過人，多才多藝，卻仕途不順、懷才不遇。聊齋誌異是他廣泛蒐集奇聞異事，傾畢生心血的著作，也是有清一代最優秀的文言小說集。

邑西白家莊居民某，盜鄰鴨烹之。至夜，覺膚癢；天明視之，茸生鴨毛，觸之則痛。大懼，無術可醫。夜夢一人告之曰：「汝病乃天罰。須得失者罵，毛乃可落。」而鄰翁素雅量，生平失物，未嘗徵於聲色❶。某詭❷告翁曰：「鴨乃某甲所盜。彼深畏罵，罵之亦可警將來。」翁笑曰：「誰有閒氣❸罵惡人。」卒不罵。某益窘❹，因實告鄰翁，翁乃罵，其病良已❺。

異史氏❻曰：「甚矣！攘者❼之可懼也，一攘而鴨毛生。甚矣！罵者之宜戒也，一罵而盜罪減。然為善有術，彼鄰翁者，是以罵行其慈者也。」

❶徵於聲色　顯露在口氣表情上。徵，表現；表示。
❷詭　欺詐；假冒。
❸閒氣　因無關緊要的事而生的氣惱。
❹窘　難為情；尷尬。
❺良已　痊癒。
❻異史氏　作者蒲松齡的自稱。
❼攘者　小偷。攘，音ㄖㄤˊ。偷竊。

翻譯

縣城西白家莊的某人，偷了鄰居家的鴨子煮來吃。到了晚上，覺得皮膚發癢；天亮之後一看，發現身上長出細密的鴨毛，一碰就會痛。他非常害怕，卻沒有方法可以醫治。夜裡夢見一個人告訴他說：「你的病是老天的懲罰。必須讓失主責罵之後，身上的毛才會脫落。」但鄰居老翁一向很有度量，生平掉了東西，從沒顯露怒意在口氣表情上。某人就騙老翁說：「你的鴨子其實是某甲偷的。他很怕被罵，你罵他一頓可以警告他將來不敢再犯。」老翁笑著說：「誰有閒工夫去罵壞人呀！」始終都不肯罵人。某人更加尷尬，只好把實情告訴鄰居老翁，老翁這時才開口罵人，某人的病也就好了。

異史氏說：「太可怕了！小偷應該會感到害怕，一偷鴨身上就會長出鴨毛。太可怕了！罵人的人應該以此為鑑戒，只要一罵，小偷的罪就會減輕。不過行善也有特別的方法，那位鄰居老翁，就是用責罵來表現他的慈善呀！」

賞析

聊齋的故事常有超現實的部分，這篇也不例外：人的身上突然長滿鴨毛，不是因為病變，而是他偷吃了鄰居的鴨子。

在醫學不如今日發達的時代，得了這種怪病要如何醫治呢？這中間就出現了一種趣味。聰明的蒲松齡讓他在夢中得到啟示：這是他惡有惡報，但不難解決，只要被鴨子的主人罵一頓就好了。

這個偷鴨賊不敢不信，但他惡性不改，居然還謊稱是別人偷的。鄰翁不願為一隻鴨子「造口業」罵人，偷鴨賊不得已才道出實情，鄰翁只好破例把他罵了一頓，他的鴨毛症總算痊癒了。

這篇文章用詼諧的口吻，告訴我們不可以「順手牽羊」，「勿以惡小而為之」。對小偷，我們不必寬宏大量，應該讓他受到懲罰。當然「人非聖賢，孰能無過？」犯錯的人，更要勇於認錯，積極改正才是！

鴻

題解

本文選自聊齋誌異，敘述一隻雄雁極力營救遭獵人捕獲的雌雁。雖僅寥寥數語，卻流露出鴻雁夫妻情深意篤的一面。

天津弋人❶得一鴻❷，其雄者隨至其家，哀鳴翱翔，抵暮始去。次日，弋人早出，則鴻已至，飛號從之。既而集其足下，弋人將並捉之。見其伸頸俛仰❸，吐出黃金半錠。弋人悟其意，乃曰：「是將以贖婦也。」遂釋雌。兩鴻徘徊，若有悲喜，遂雙飛而去。弋人稱金，得二兩六錢強❹。

噫！禽鳥何知而鍾情若此！悲莫悲於生別離，物亦然耶？

❶弋人　獵人；射鳥的人。弋，音ㄧˋ。用帶繩子的箭射鳥。

❷鴻　大雁。

❸俛仰　低頭和仰頭。

❹強　有餘；略多。

翻譯

天津有個獵人捕獲一隻母雁，那公雁也跟著回獵人家，一邊飛翔，一邊悲傷地鳴叫，到了傍晚才離開。第二天，獵人一大早出門，那隻公雁已經到了，邊飛邊叫著跟隨這個獵人，而後飛到獵人的腳邊。獵人打算把公雁一起捉起來，見牠伸長頸子前俯後仰，吐出半錠的黃金。獵人領悟公雁的意思，就說：「是要用這半錠黃金來贖回你的妻子吧！」於是把雌雁給放了。兩隻大雁徘徊流連，好像又悲傷又高興的樣子，然後便雙雙飛走了。獵人秤了這錠黃金，比二兩六錢還多一些。

唉！禽鳥有什麼知覺，竟能夠如此鍾情堅貞！人生最悲哀的事莫過於活著的時候分離了，萬物也是這樣的吧？

賞析

鴻雁這種鳥對愛情很忠貞，牠們是嚴格的一夫一妻制，如果配偶死亡，另一隻就成了所謂的孤雁，絕不再找新伴侶。

讀這篇故事，很容易讓我們聯想到金朝元好問的詞摸魚兒，他在詞序中說：他到并州考試，途中遇見正在殺雁的獵人，另一隻脫網的雁在旁悲鳴，居然撞地而死。他便買下這兩隻雁，將牠們葬在一起，取名叫「雁丘」。「問世間情是何物？直教死生相許」，正是元好問對孤雁殉情悲劇的真實描寫。但這篇卻有皆大歡喜的收尾：聰明的雄雁竟叼來黃金贖妻，獵人還算有良心，收下黃金，就放了雌雁，讓鴻雁比翼雙飛，也算功德一件。

王義士傳

題解

本文選自虞初新志，原出於陳鼎的留溪外傳，敘述王某感佩同鄉許德溥不肯降清而死，因許妻將遭流放，遂與妻子商議，由王妻代許妻流放遠方。文中除表揚王氏夫婦的義舉，也反映了明遺民的氣節。

虞初新志共二十卷，為清初張潮編輯。張潮（西元一六五〇—？年），字山來，號心齋，安徽歙縣（今安徽省歙縣）人。曾任翰林院孔目，能作詞，並以刊刻叢書聞名。著有幽夢影，編有虞初新志、昭代叢書等。虞初新志一書，共一百四十八篇，後附評語，目的在「表彰軼事，傳布奇文」，是清初優秀的小說選集。虞初，是漢武帝時方士，據說曾撰小說九百本，被奉為小說創作之祖。

王義士者，失其名，泰州如皋❶縣隸❷也。雖隸，能以氣節❸自重，任俠❹好義。甲申國亡❺後，同邑布衣❻許元博德溥不肯薙髮❼，刺臂誓死。有司以抗令棄之市❽，妻當徙❾。

王適值解❿，高德溥之義，欲脫⓫其妻而無術，乃終夜欷歔不成寐。其妻怪之，問曰：「君何為彷徨⑫如此耶？」王不答。妻又曰：「君何為彷徨如此耶？」曰：「非爾婦人所知也。」妻曰：「子毋以我為婦人也而忽之，子第⑬語我，我能為子籌之。」王語之故，妻曰：「子高德溥義而欲脫其妻，此豪傑之舉也。誠得一人代之可矣。」王曰：「然，顧安得其人哉？」妻曰：「吾當成子之義，願代以行。」王曰：「然乎？戲耶？」妻曰：「誠然耳，何戲之有！」王乃伏地頓首以謝。隨以告德溥妻，使匿於母家。

而王夫婦即就道⑭。每經郡縣驛舍就驗時，儼然官役解罪婦也。歷數千里，抵徙所，風霜艱苦，甘之不厭。於是皋人感之，斂金⑮贖⑯歸，夫婦終老於家焉。

外史氏⑰曰：「今之吏胥⑱，衹知侮文弄法⑲，以求溫飽，何嘗知有忠義也？王胥竟能脫義士之妻，而其婦尤能慨然成夫之志。噫！蓋亦千古而僅見者矣！」

張山來曰：「嬰、臼⑳猶趙氏客也，此婦竟遠過之，乃逸其名氏，惜哉！」

---

❶泰州如皋　古地名。今江蘇省如皋市。

❷縣　隸　縣衙裡的差役。

❸氣　節　志氣節操

❹任　俠　有擔當，樂於助人。

❺甲申國亡　指西元一六四四年（歲次甲申），崇禎皇帝自盡，明朝滅亡。

❻布　衣　借指平民。

❼薙　髮　剃掉頭髮。滿清入關後，以高壓手段，對漢人頒布薙髮留辮的法令，有「留髮不留頭」的說法。薙，音ㄊㄧˋ。

❽棄　之　市　將他處死。棄市，古代於鬧市執行死刑，並將屍體棄置街頭示眾，故稱。

❾徙　把罪犯流放到偏遠地區。

❿解　音ㄐㄧㄝˋ。押送；發遣。

⓫脫　開脫。

⓬彷　徨　擔憂；不知如何是好。

⑬第　儘管；但。
⑭就　道　啟程；上路。
⑮斂　金　捐募金錢。
⑯贖　用金錢財物來減免罪刑。
⑰外　史　氏　本文作者陳鼎的自稱。
⑱吏　胥　官衙中的小吏。
⑲侮文弄法　玩弄文字遊戲，擾亂法紀條文。
⑳嬰　臼　指程嬰與公孫杵臼。春秋時代，晉國大臣趙朔一家遭奸臣屠岸賈所害，僅留下一名剛出生的嬰兒（即趙氏孤兒）。趙家的門客程嬰與公孫杵臼為了搶救這名孤兒，不惜犧牲生命與背負惡名。多年後，孤兒長成，名為趙武。在得知身世之謎後，終於報了滅族之仇。

翻譯

王義士，他的真名已不可考，是泰州如皋縣的差役。他雖然只是個差役，卻重視志氣節操，愛好義勇，有擔當且樂於助人。甲申年明朝滅亡後，同縣的百姓許元博，字德溥，不願意剃髮投降滿清，便刺傷自己的手臂來發誓。地方官以他違抗法令，把他處死，他的妻子也必須流配遠方。

王義士正好負責押送許妻，因為他很敬佩許德溥的節義，想要解救他的妻子，卻想不出任何方法，於是整夜唉聲嘆氣，睡不著覺。王義士的妻子覺得很奇怪，便問他說：「你在煩惱什麼呢？」王義士沒有回答。妻子又問：「你到底在煩惱什麼呀？」王義士說：「這不是你們婦道人家能懂的！」他的妻子說：「你不要因為我是個婦人就輕視我，你儘管說出來，我可以為你想想辦法。」王義士把原因告訴她。他的妻子說：「你敬佩許德溥的節義而想要救他的妻子，這是豪傑的行為啊！只要找到一個人來假代許妻就可以了。」王義士說：「不過，哪裡能找到假代的人呢？」他的妻子說：「我應該助你完成你的義行。我願意代替許德溥的妻子被流放。」王義士說：「是真的嗎？你開玩笑的吧？」他的妻子說：「是真的，這有什麼好開玩笑的！」王義士於是伏在地上向妻子磕頭以示感謝。王義士隨即把這件事告訴許德溥的妻子，讓她躲回娘家去。

而王氏夫婦立刻就啟程上路了。在路上每經過官家的驛亭館舍接受查驗時，他們就像是官吏押送有罪婦人的模樣。就這樣他們一路走了幾千里，終於抵達流配的地方，經歷多少風霜艱苦的磨難，兩人始終甘之如飴。他們的義行讓如皋人非常感動，大家便募款把他們贖了回來，夫婦兩人最後回到家鄉終老。

外史氏說：「現在的官差，只知道玩弄文字遊戲，擾亂法紀條文，以求得溫飽的生活，哪裡知道有忠義這回事呢？王氏官差竟然能夠解救義士的妻子，而且他的妻子更能爽快地完成丈夫的心願。唉！這可是千百年來僅此一件的事跡呀！」

張山來說：「程嬰、公孫杵臼（為保護趙氏孤兒犧牲）畢竟還是趙家的門客呀，這婦人的行為居然遠遠超過他們兩個！卻沒傳下她的姓名，真是可惜啊！」

賞析

本篇名為「王義士傳」，實際上是寫王義士夫婦二人的忠肝義膽，尤其王妻成全夫婿的心願，更令人欽佩。故事本身可分成三小段來看，第一小段是介紹王義士的出身和個性。第二小段是描繪他與妻子間的互動，王妻主動表示願意代替許妻流放遠方。第三小段是他倆雖一路艱苦跋涉，卻甘之如飴，後來感動了鄉人，將他們贖回如皋終老。

本篇的作者陳鼎和編者張潮都對王妻讚譽有加。俗話說：「不是一家人，不進一個門。」王義士任俠好義，其妻也不遑多讓，特別是她三言兩語就把王義士的難題解決了，可見她的智慧逾越常人。他倆以義為出發點，寧願自己吃虧受罪，也要保護善良無辜的人。他們的作為雖不像程嬰和公孫杵臼那樣轟轟烈烈，卻也稱得上是難能可貴了。

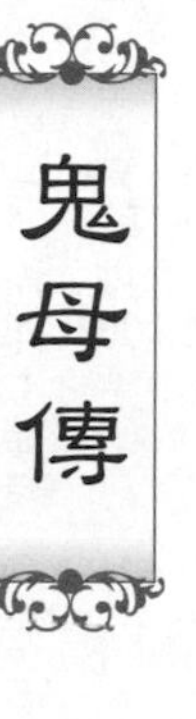

鬼母傳

題解

本文選自虞初新志，原作者為李清（一六〇二—一六八三）。李清在明朝滅亡後，隱居不仕，所有著作均被清廷列為禁書。

本篇敘述一位懷孕的婦人，死後於墓中產子，因缺少奶水，每天清晨必赴餅店買餅以哺育幼子。文中描繪鬼母流露的母愛及其子的孺慕之情，至為感人。

鬼母者，某賈人❶妻也。同賈人客某所，既妊暴殞❷。以長路迢遠，暫瘞❸隙地❹，未迎歸。適肆❺有鬻❻餅者，每聞雞起，即見一婦人把錢俟❼，輕步纖音，意態皇皇❽，蓋無日不與星月伴者❾。店人問故，婦人愴然❿曰：「吾夫去，身單，又無乳。每饑兒啼夜，輒中心如剜⓫，母子恩深，故不避行露⓬，急持啖⓭兒耳。」

店中初聆言，亦不甚疑，但晝投錢於笥⓮，暮必獲紙錢一，疑焉。或曰：「是鬼物無疑。夫紙爇⓯

於火者，入水必浮，其體輕也。明旦盡取所持錢，悉面投水甕，伺其浮者，物色之？」店人如言，獨婦錢浮耳。怪而踪跡⑯其後，飄飄颺颺，迅若飛鳥，忽近小塚數十步，奄然沒⑰。店人毛髮森豎⑱，喘不續吁⑲，亟走鳴之官⑳。起柩視，衣骨燼㉑矣，獨見兒生。兒初見人時，猶手持餅啖，了無怖畏。及觀者蝟集㉒，語嘈嘈然，方驚啼。或左顧作投懷狀，或右顧作攀衣勢，蓋猶認死母為生母，而呱呱若覓所依也。

傷哉！兒乎！人苦別生，兒苦別死。官憐之，急覓乳母飼，馳召其父。父到，撫兒哭曰：「似而㉓母。」是夜，兒夢中趯趯㉔咿喔㉕不成寐，若有人嗚嗚㉖抱持者。明旦，視兒衣半濡，宛然未燥，訣痕也。父傷感不已，攜兒歸。

後兒長，貿易江湖間，言笑飲食，與人不異。惟性輕跳，能於平地躍起，若凌虛㉗然。說者猶謂得幽氣云。兒孝，或詢幽產始末，則走號曠野，目盡腫。

張山來曰：「余向訝既已為鬼，亦安事楮鏹㉘為？今觀此母，則其有需於此，無足怪矣！」

---

❶賈人　商人。賈，音ㄍㄨˇ。

❷即妊暴殞　懷有身孕時突然死亡。妊，音ㄖㄣˋ。懷孕。殞，死亡。

❸瘞　音ㄧˋ。掩埋；埋葬。

❹隙地　空著的地方。

❺肆　市集；店鋪。

❻鬻　賣。

❼把錢俟　拿著錢等待。俟，音ㄙˋ。等待。

❽意態皇皇　神情顯得很慌張的樣子。

❾無日不與星月伴者　沒有哪一天不和星月相伴出現。意思是每天都來得很早。伴，相等。

❿愴然　悲傷的樣子。

⓫剜　音ㄨㄢ。用刀挖取。

⓬行露　路上的露水。

⓭啖　音ㄉㄢˋ。餵。

⓮笥　原指書箱，這裡指裝錢的小盒子。

⓯爇　音ㄖㄨㄛˋ。焚燒。

⓰蹤　跡　追蹤找尋。

⓱奄　然　沒　突然消失。奄然，忽然。

⓲毛髮森豎　毛髮豎立。形容非常恐懼害怕的樣子。

⓳喘不續吁　喘不過氣來。

⓴鳴　之　官　向官府告狀。

㉑燼　化成灰燼。

㉒蝟　集　紛然聚集。

㉓似　而　代詞。你。

㉔趯　趯　音ㄊㄧˋ　ㄊㄧˋ。跳動的樣子。

㉕咿　喔　音ㄧ　ㄨㄛ。含糊不清的聲音。

㉖嗚　嗚　形容低沉的聲音。

㉗凌　虛　升於天空。這裡形容跳得很高的樣子。

㉘楮　鏹　音ㄔㄨˇ　ㄑㄧㄤˇ。祭祀時所用的紙錢。鏹，錢幣。

翻譯

傳說中的鬼母親，是一位商人的妻子。她陪著丈夫客居在某個地方，懷有身孕時卻突然死亡。她的丈夫因為路途遙遠，就將她暫時埋葬在一塊空地，還沒把她接回故鄉安葬。當時正好有個在市集裡賣餅的人，每天聽到雞啼起床，就看見一位婦人拿著錢在門口等待。她的步伐輕緩、聲音柔細，一副慌張不安的樣子，每天都很早來。店家覺得很好奇，便問她為何每天都這麼早來買餅，婦人悲傷地說：「我丈夫離開了，我一個人孤孤單單，又沒有奶水。每當孩子半夜飢餓啼哭，我的心就像被刀挖過一樣。我們母子情深，所以我不畏懼路上的露水，就急急忙忙出門買餅回去餵孩子呀！」

這個店家一開始聽到她所說的話，並不感到懷疑，只不過白天把收到的錢丟入盒子裡，傍晚清點時，一定會拿到一張紙錢，所以覺得很奇怪。有人跟他說：「這是鬼沒錯。被火燒過的紙，丟到水裡一定會浮起來，這是因為它的重量較輕。你明天何不把收到的錢，都當場丟進水盆裡，偷偷觀察究竟是誰的錢會浮起來？」店家按那人說的做了，結果只有那位婦人的錢會浮起來。店家覺得很奇怪，就在婦人的後面跟蹤她。那位婦人飄飄蕩蕩地走著，速度快得像飛鳥一樣，在靠近一座小墳墓幾十步的距離就突然消失了。店家嚇得毛髮直豎，差點喘不過氣來，趕忙跑到官府告狀。官府把棺材挖出來察看，發現死者的衣物骨肉都已經化成灰燼了，只見到一個小男嬰活著。小男嬰剛看到人時，還拿著餅在吃，一點都不害怕，等到圍觀的人越來越多，說話聲很嘈雜，他才嚇得大哭。一下子向左看，做出要人抱的樣子；一下子向右看，做出拉住衣服的模樣，原來他還把死去的母親當作活人，哭著像在找依靠啊。

可憐呀！這個孩子！一般人因生離而痛苦，這個孩子卻是為死別而痛苦。縣官很同情這個孩子，急忙找個乳母餵他，又趕緊通知他的父親前來。他父親到了，邊撫摸著孩子邊哭著說：「你很像你的母親啊。」當天晚上，孩子在夢中翻來翻去，還發出含糊不清的聲音，沒辦法好好睡覺，好像有人抱著他發出嗚嗚的聲音安慰著。第二天早上一看，孩子的衣服濕了一半還沒乾，這是他母親和他訣別的淚痕呀。孩子的父親非常感傷，帶著孩子回家去了。

後來這個孩子長大成人，四處做生意，談笑飲食都和一般人沒什麼不同。只是他天生就擅長跳躍，能夠在平地上跳起來，跳得非常高。有人說這是因為他出生時得到陰氣的緣故。這個孩子非常孝順，只要有人問他母親陰間產子的經過，他就會跑到郊外大哭一場，兩眼哭得都腫了。

張山來說：「我以前覺得訝異，已經變成鬼了，還要紙錢做什麼？現在看這個鬼母親（的故事），才知道她有這個需要，並沒什麼好奇怪的！」

賞析

這篇寫得很感人，故事本身可分為三段。

第一段寫孕婦暴斃，經商的丈夫把她葬在異鄉，她卻在墓中產子，成了鬼母。她沒有奶水，於是每天清晨神色倉皇地到餅店買餅，留下紙錢，引起店家懷疑。經過實驗和追蹤，證明確有鬼母的存在。

第二段是全篇的高潮，店家嚇得報官，官府派人打開棺材，鬼母的屍骨已經毀壞，但旁邊卻有嬰兒存活。西諺有云：「女性為母則強。」這個故事強調母愛的偉大，婦人即使已經變成鬼了，還是竭盡全力要做一個好母親。

嬰兒被發現時，「手持餅啖，了無怖畏」，一副天真無邪的樣子；後來人多嘴雜，吵吵鬧鬧，他才嚇哭了，而且向左向右尋找母親的懷抱。這些描寫都非常細膩動人。

第三段寫嬰兒長大後，有跳高的本事，而且別人一問他有關鬼母的事，他便嚎啕大哭，顯見他是個孝順不忘本的人。

張潮的短評似乎是在替「燒紙錢」找理由：鬼和人一樣需要錢，君不見鬼母就得用紙錢替兒子買餅嗎？這是另闢蹊徑的評法吧。

關東毛人以人為餌

題解

本文選自子不語，敘述掘參人許善根遭關東毛人擄走，被當作獵捕動物的誘餌，後因思鄉而獲釋。文中對關東毛人刻劃得很生動，相當富有人情味。

作者袁枚（西元一七一六－一七九七年），字子才，號簡齋，又號隨園老人，浙江錢塘（今浙江省杭州市）人。乾隆年間進士，曾任江寧等縣知縣，後辭官居於江寧，築園林於小倉山，稱為「隨園」。袁枚為清代知名詩文家，提倡「性靈說」，主張創作應抒寫性情，反對清初以來擬古的風氣。他與趙翼、蔣士銓被稱為「江左三大家」，又與紀昀齊名，稱「南袁北紀」。著有小倉山房詩文集、隨園詩話、子不語等。

子不語二十四卷，又續集十卷，共九百九十九則作品。因元人說部有同名之書，故改名為新齊諧。內容以志怪為主，序云：「文史外無以自娛，乃廣采遊心駭耳之事，妄言妄聽，記而存之，非有所惑也。」此書地位雖不如聊齋誌異與閱微草堂筆記，但仍有可取之處。魯迅評：「屏去雕飾，反近自然。」十分公允。

關東❶人許善根，以掘人參為業。故事掘參者，須黑夜往掘。許夜行，勞倦宿沙上；及醒，其身為一長人所抱，身長二丈許，遍體紅毛。以左手撫許之身，又以許身摩擦其毛，如玩珠玉者。然每一摩撫，則狂笑不止。許自分將果其腹矣。俄而抱至一洞，虎筋、鹿尾、象牙之類，森森山積❷。置許石榻上，取虎鹿進而奉之。許喜出望外，然不能食也。長人俯而若有所思，既而點首，若有所得，敲石為火，汲水焚鍋，為烹熟而進之。許大啖。

黎明，長人復抱而出，身挾❸五矢，至絕壁之上，縛許於高樹。許復大駭，疑將射己。俄而，群虎聞生人氣，盡出穴，爭來搏許。長人抽矢斃虎，復解縛抱許，曳死虎而返，烹獻如故。許始心悟，長人養己以餌虎也。如是月餘，許無恙，而長人竟以大肥。

許一日思家，跪長人前涕泣再拜，以手指東方不已。長人亦潸然❹。復抱至採參處，示以歸路，并為歷指參地，示相報意，許從此富矣。

❶關東　山海關以東之地。指東北地區。
❷森森山積　形容數量很多的樣子。森森，眾多的樣子。山積，堆積如山。
❸挾　音ㄒㄧㄝˊ。夾在腋下。
❹潸然　流淚的樣子。潸，音ㄕㄢ。

翻譯

關東人許善根，以挖採人參為生。過去從事採參的人，都必須趁著黑夜前往挖掘。有一天，許善根晚上採參，因為疲倦而睡在沙地上；等他醒來後，發現自己被一個巨人抱著，那個巨人身長約二丈，全身都是紅毛。巨人用左手撫摸著許善根的身體，又用許善根的身體摩擦他身上的毛，樣子就像在玩賞珠玉寶物一樣。不過他每次撫摸，就不停地大笑。許善根心想自己大概會被這個巨人吃進肚子。不久，巨人把他抱進一個山洞，裡面虎筋、鹿尾、象牙之類的東西，數量很多，堆積如山。巨人把許善根放在石床上，拿虎肉、鹿肉給他吃。許善根非常高興，卻沒辦法吃下這些生食。巨人低下頭來像是在想些什麼，後來他點點頭，像是想到什麼了，便敲擊石塊生火，提水把鍋子燒熱，將這些食物煮熟再拿給許善根，許善根便大吃一頓。

天快亮時，巨人又把他抱出山洞，身上還挾帶著五枝箭。到了一個陡峭的山崖，巨人把許善根綁在高大的樹上。許善根又開始害怕，懷疑這個巨人是不是要射殺他。不久，有一群老虎因為聞到活人的氣味，都跑出洞穴來，爭著要抓許善根。巨人便抽出箭來射死這些老虎，再為許善根鬆綁，把死老虎拖回山洞，並像之前那樣烹煮後再拿給許善根吃。許善根這時才領悟，巨人養自己是為了要引誘老虎呀！就這樣過了一個多月，許善根平安無事，巨人反倒因此變得很胖。

有一天，許善根很想念家人，便跪在巨人面前邊哭邊拜，還用手不斷地指著東方。巨人也掉下眼淚來，便把他抱到當初採參的地方，指引他回家的路，並將產人參的地方一一指給他看，表示報答他的意思。許善根從此之後就成了富有的人。

賞析

這則故事介紹東北的「紅毛人」，可分為三段：第一段是說掘參人許善根夜裡被紅毛人帶進山洞，享受了一頓野味。第二段是天一亮，紅毛人就把許善根綁在高樹上，引誘老虎。第三段是後來許善根想家，紅毛人雖然捨不得，但還是讓他走了，而且還指示他採參的地點。

和紀曉嵐的「野人」相比，毛人身上雖然也長滿了毛，但顏色不同；野人住在西藏山中，毛人家在關東的山洞裡；野人是群居的，毛人卻是孤零零的一個人；野人有他們自己的語言，毛人卻只用手勢和許善根溝通；相同的是野人或毛人都對人類很友善，分手時或送禮物或指示致富之道。

毛人大概是太孤單了，當他發現許善根時，非常興奮，抱著他、撫摸他，還用許善根的身體摩擦自己的毛，可見毛人好不容易才找到一個玩伴。從毛人山洞裡堆積的獵物，我們可以知道毛人本來就擅長狩獵，有了許善根的協助，更是如虎添翼，手到擒來了。

我們還可以注意到許善根的情緒變化：一開始他是莫名其妙，怎麼會被一個毛人捉住，接著他害怕起來，毛人恐怕要吃他吧？等毛人為他烹煮虎肉、鹿肉，他才由驚轉喜。但第二天一早，他卻被綁在高高的樹上，他以為自己死定了；不料他只是誘餌，毛人真正的目標是老虎。

許善根和毛人無法用言語溝通，但一個多月下來，雙方合作愉快。毛人胖了不少，顯然他很開心。許善根雖也逐漸習慣獵虎生涯，終究還是想家。毛人也懂得報恩，告訴許善根採參的地點。許善根的經歷就像是受雇於毛人一個多月，回家後掘參致富，也算是因禍得福了。

城隍替人訓妻

題解

本文選自子不語，敘述周生有悍妻而無法管制，遂向城隍祈求，希望能讓妻子遭到天譴。後來城隍果真於夢中替他訓妻，終於使悍妻變為賢妻。

杭州望仙橋❶周生，業儒❷。婦凶悍，數忤其姑❸。每歲逢佳節，著麻衣❹拜姑于堂，詛其死也。周孝而懦，不能制妻，惟日具疏❺禱城隍神，願殛❻婦以安母。章凡❼九焚，不應；乃更為忿語，責神無靈。

是夕，夢一卒來，曰：「城隍召汝。」周隨往，入跪廟中。城隍曰：「爾婦忤逆狀，吾豈不知？但查汝命，只一妻，無繼妻，恰有子二人。爾孝子，胡❽可無後？故暫寬汝婦。汝何嘵嘵❾！」周曰：「婦惡如是，奈堂上❿何？且某與婦恩義既絕，又安得有嗣？」城隍曰：「爾昔何媒？」曰：「范、陳二姓。」乃命拘二人至，責曰：「某女不良，而汝為媒，嫁于孝子，害皆由汝。」呼杖之。二人不服，曰：「某無罪。女處閨中，其賢否某等無由知。」周亦代為祈免，曰：「二人不過要好⓫作媒，非賺媒錢作誑語者，與伊何罪？據某愚見，婦人雖悍，未有不畏鬼神念經拜佛者。但求城隍神呼婦至，示之懲警，或得改逆為孝，事未可定。」城隍曰：「甚是！但爾輩皆善類，故以好面目相向；婦凶悍，非吾變相，不足示威。爾輩無恐。」命藍面鬼持大鎖往擒其妻，而以袍袖拂面，頃刻變成青靛色，朱髮睜眼。召兩旁兵卒執刀鋸者，皆猙獰凶猛。油鐺⓬肉磨，置列庭下。

須臾，鬼牽婦至，觳觫⓭跪堦前。城隍厲聲數其罪狀，取登註冊示之。命夜叉⓮：「拉下剝皮，放油鍋中！」婦哀號伏罪，請後不敢。周及兩媒代為之請，城隍曰：「念汝夫孝，姑宥⓯汝。再犯者有如此刑。」乃各放歸。

次日，夫婦證此夢皆同。婦自此善視其姑，後果生二子。

---

❶望仙橋　位於浙江省杭州市。建於南宋。原為一座不起眼的小石橋，因傳說有仙人曾在橋上行醫，救人無數，故稱。為杭州市內著名古蹟之一。

❷業儒　以讀書考取功名為職業。業，從事某種工作。

❸姑　舊稱丈夫的母親。

❹麻衣　泛指喪服。

❺具疏　準備奏章。疏，音ㄕㄨˋ。古代臣下進呈君王的奏章。

❻殛　殺死。

❼凡　總共。

❽胡　怎麼。

❾嘵嘵　音ㄒㄧㄠ ㄒㄧㄠ。喧鬧不休的樣子。

❿堂上　對父母的敬稱。

⓫要好　努力求好。

⓬油鐺　油鍋。鐺，音ㄔㄥ。古代一種有腳架的鍋。

⓭觳觫　音ㄏㄨˊ ㄙㄨˋ。因恐懼而顫抖的樣子。

⓮夜叉　佛教謂一種捷疾勇健、會傷人的鬼。

⓯宥　寬恕；饒恕。

翻譯

杭州望仙橋有一位周生，以讀書考取功名為業。他的妻子非常凶悍，常常忤逆婆婆。每年遇到節日，她就穿著喪服，在廳堂上向婆婆下拜，這是詛咒婆婆趕快死去的意思。周生雖然孝順但個性懦弱，無法管教妻子，只能每天準備奏章向城隍神祈禱，希望能殺死妻子來讓母親安寧。奏章燒給城隍神九次都沒有任何回應，周生於是改用氣話責備城隍不靈驗。

當天晚上，周生夢到一個官差前來，對他說：「城隍爺召見你。」於是他便跟隨前往，進入廟裡跪下。城隍爺說：「你的妻子忤逆婆婆的事情，我怎麼會不知道？只是查了你的命，只有一個妻子，沒有繼室，剛好有兩個兒子。你是個孝子，怎麼能沒有後代？所以我才暫時饒恕你的妻子。你為什麼還喧鬧不休呢！」周生說：「妻子如此惡毒，要讓家母如何是好呢？況且我和妻子已恩斷義絕，又怎麼會有後嗣？」城隍爺說：「當初是誰幫你作媒的？」周生回答：「是范氏、陳氏兩人。」城隍爺於是下令拘拿兩位媒婆到來，責問她們說：「某人的女兒不好，你卻為她作媒，還把她嫁給孝子，禍患都是由你們開始的。」並叫人責打她們。兩位媒婆不服氣，說：「我們沒有罪。女孩子家待在閨房裡，她賢不賢慧我們無從知道。」周生也為兩位媒人求情，說：「這兩位媒人只不過是求好心切才替我們作媒，並不是要賺取媒人錢而故意說謊欺騙的。她們有什麼罪過？以我的淺見，婦人雖然凶悍，但沒有不怕鬼神、不念經拜佛的。只求城隍爺把我的妻子叫來，向她顯示懲罰作為警告，或許能讓她改忤逆而變得孝順，這也說不定。」城隍爺說：「你說得很對！不過你們都是好人，所以我用好的面目來面對你們；你的妻子凶悍，若是我不改變面目，不足以顯示我的威嚴。你們看了不要害怕。」便命令藍臉鬼拿著大鎖前往逮捕周妻，再用袖子拂過臉，轉眼之間，他就變成青紫色的臉，紅色的頭髮，還睜著炯炯的大眼。城隍爺並召喚兩旁手拿刀子、鋸子的士兵前來，他們個個都面目猙獰凶猛。人肉油鍋、人肉磨子放在大廳中。

不久，鬼便把周妻帶來，她嚇得全身發抖跪在階梯前。城隍爺嚴厲地數落她的罪狀，還把登記善惡的簿子給她看。接著，命令夜叉：「把她拉下去，剝了皮，丟到油鍋裡！」周妻哀叫著認罪，請求饒命說以後再也不敢了。周生與兩位媒人也替她說情，城隍爺這才說：「看在你丈夫孝順的分上，暫時饒了你；若你敢再犯，就會受到這樣的刑罰。」於是把各人都放回陽間。

第二天，夫妻兩人醒來證實所做的夢相同。從此周妻就對婆婆非常和善，後來果然生了兩個兒子。

賞析

這是一則非常有趣的故事，全篇可分成四個段落：第一段是周生責怪城隍不靈。第二段是夢中城隍召喚周生及媒人范氏、陳氏，了解狀況，並決定「變相」警告周妻。第三段是周妻被擒受審，哀哭求饒。第四段是周生夫婦所夢相同，從此周婦一改惡習，孝順婆婆，也為周生生下二子。

周生孝順卻懦弱，無法保護母親，所以轉而向神靈祈禱。城隍對周妻的剽悍早已心知肚明，但礙於周生命中只有一妻，也莫可奈何；找媒人興師問罪，媒人推說不知道周妻的脾性，事情又回到原點。幸而周生提出由城隍出面教訓妻子的建議，城隍也爽快答應，才終於了斷此件公案。

人沒有十全十美的，周生雖是孝子，卻無法制止妻子的忤逆，因而痛苦不堪。幸好他懂得向城隍求助，城隍也能善盡「神責」，故意扮「黑臉」嚇唬周妻，數落她的罪狀，才使周妻幡然覺悟。「人非聖賢，孰能無過？過而能改，善莫大焉」，本文頗有鼓勵大家改過向善的意味。

冤鬼戲臺告狀

題解

本文選自子不語，敘述三水縣在演包公戲時，出現一個鬼魂向飾演包公的演員申冤。後來演員向縣令稟報此事，經調查後找出殺人凶手，一雪鬼魂之恨。

乾隆年間，廣東三水縣前搭臺演戲。一日，演包孝肅斷烏盆❶，淨❷方扮孝肅上臺坐，見有披髮帶傷人跪臺間，作申冤狀，淨驚起避之，臺下人相與譁然❸，其聲達於縣署。縣令某著❹役查問，淨以所見對。縣令傳淨至，囑淨仍如前裝上臺，如再有所見，可引至縣堂。

淨領命行事，其鬼果又現。淨云：「我係偽作龍圖❺，不若我帶汝赴縣堂，求官申冤？」鬼首肯之。淨起鬼隨之，至堂，令詢淨：「鬼何在？」淨答：「鬼已跪墀下❻。」令大聲喚之，毫無見聞，令怒欲責淨，淨見鬼起立外走，以手作招勢。淨稟令，令即著淨同皂役❼二名尾之，視往何處滅，即誌其處。淨隨鬼野行❽數里，見入一塚中，塚乃邑中富室王監生葬母處。淨與皂將竹枝插地誌之，回縣覆令。

令乘輿往觀，傳王監生嚴訊。監生不認，請開墓以明己冤，令從之。至墓，開未二三尺，即見一屍，顏色如生。令大喜，問監生。監生呼冤，云：「其時送葬人數百，共觀下土，并無此屍。即有此屍，必不能盡掩眾口，數年來何默默無聞，必待此淨方白耶？」令韙❾其言。復問：「汝視封土❿畢歸家否？」監生曰：「視母棺下土後，即返家。以後事皆土工為之。」令笑曰：「得之矣！速喚眾土工來。」見其狀貌凶惡，喝曰：「汝等殺人事發覺矣，毋庸再隱。」眾土工大駭，叩頭曰：「王監生歸家後，某等皆歇茅篷下。有孤客負囊來乞火，一夥伴覺其囊中有銀，與眾共謀殺而瓜分之。即舉鐵鋤碎其首，埋王母棺上，加土填之，竟夜而成塚。王監生喜其速成，復厚賞之，並無知者。」令乃盡致之法。

相傳眾工埋屍時，自夸云：「此事難明白。如要得申冤，除非龍圖再世。」鬼聞此言，故藉淨扮龍圖時，便來申冤云。

---

❶包孝肅斷烏盆　即「烏盆記」。故事敘述商人劉世昌收帳返家，途中遇雨，借宿窯戶趙大家中，趙大見財起意，毒死劉世昌，並將其屍燒製成烏盆。鞋工張別古向趙大索債，得盆抵債，劉世昌的鬼魂乃求張別古代為申冤。經包拯審明，杖斃趙大。孝肅是包拯的諡號。

❷淨　一種戲曲腳色。面部勾畫各色臉譜，專門扮演勇猛、剛強、正直、奸險等性格的人物。俗稱「花臉」。

❸譁然　人多聲音嘈雜的樣子。

❹著　音ㄓㄨㄛˊ。命令；差遣。

❺龍圖　指包龍圖，即包公。

❻墀下　階下。墀，音ㄔˊ。階梯。

❼皂役　官差。

❽野　　行　在野外行走。

❾韙　　音ㄨㄟˇ。對；是。有肯定、同意之意。

❿封　　土　葬後堆土。

翻譯

乾隆年間，廣東三水縣的縣衙前，搭了戲臺演戲。有一天，演包孝肅斷烏盆的故事，花臉演員正扮演包公上臺坐下，就看到一個頭髮披散、身上有傷的人跪在臺前，好像要申冤的樣子。演員嚇得起身躲避，臺下的觀眾也喧鬧不休，吵鬧的聲音傳到縣衙裡。縣令派遣官差前去查問，演員把看到的情形說出來，縣令便命令演員前來，囑咐他仍舊穿著之前的戲服上臺，如果還看到那個鬼，可以把他帶到縣衙的大堂上。

演員遵命行事，那個鬼果然又出現了。演員說：「我是假扮包公，沒辦法幫你，不如我帶你到縣衙大堂，求縣令為你申冤？」鬼點頭同意。演員起身，鬼隨著他走。到了大堂上，縣令問演員：「鬼在哪裡？」演員回答說：「鬼已經跪在階下了。」縣令大聲呼喚那個鬼，卻什麼也沒看到、聽到。縣令很生氣，想要責怪演員。這時，演員看見鬼站起來往外走，用手做出招引的手勢。演員把看到的情況告訴縣令，縣令便讓兩個官差同演員跟在鬼魂後面走，看鬼到哪裡消失，就在那個地方標上記號。演員隨著鬼在郊外走了幾里，看見鬼進入一座墳墓中。這座墳墓是縣裡有錢人家王監生埋葬母親的地方。演員與官差拿了竹枝插在地上做記號，回到縣衙稟告縣令。

縣令坐上轎子前往察看，並傳王監生來嚴厲地詢問他。王監生不承認，還要求挖開墳墓來證明自己的冤屈，縣令同意這麼做。到了墓地，開挖還沒二、三尺深，就看到一具屍體，膚色自然好像活人一樣。縣令非常高興，便質問監生。王監生喊冤，說：「當時送葬的有好幾百人，大家一起看著棺材下土，並沒有這具屍體。如果真有這具屍體，一定沒法把眾人的嘴堵住。為什麼這幾年來，也沒聽到什麼傳聞，非得要等到這個花臉演員上臺才真相大白呢？」縣令認為他說得有道理，又問說：「你當時看著棺材封土完畢才回家嗎？」王監生說：「看到家母的棺材下土後，我就回家了。之後的事情都是土工處理的。」縣令笑著說：「我知道了！快傳那些土工們過來！」看到那些土工相貌凶惡，縣令大喝一聲，說：「你們殺人的情事已經敗露了，不用再隱瞞了！」這些土工非常害怕，磕著頭說：「王監生回家之後，我們都在茅篷下休息。有一個客人獨自背著行囊來討火，有個夥伴發現他的行囊內有銀子，便和大家商量一起殺了他，再平分那些錢財。於是我們就用鐵鎚敲碎那位客人的頭，埋在王監生母親的棺材上，再用土掩蓋起來，連夜就把墳墓造好。王監生很高興墓地那麼快就完成了，還給我們許多賞賜。當時並沒有人知道這件事。」縣令於是將這些土工都依法懲辦。

聽說那些土工在掩埋客人屍體時，曾自誇說：「這件事很難被查到。如果要申冤的話，除非包公再世。」鬼聽到這些話，所以藉著花臉演員扮包公的時候，便前來申冤。

賞析

這是一則關於包公戲的傳說故事，全篇可分成四段來看：第一段是縣衙前演包公審鬼的戲，果真引來了鬼。第二段是扮包公的演員帶鬼去見縣令，鬼又帶大家去找墳墓。第三段是縣令審問王監生，發現問題出在土工身上，終於釐清真相。末段是插敘，補充說明鬼魂找包公訴冤的緣故。

宋代的包拯以鐵面無私著稱，是中國老百姓最崇拜的青天大老爺。戲曲和小說裡充斥著他神奇的斷案故事，說他能夠「日審陽，夜審陰」，所以冤鬼總是要找包大人申冤；真正的包大人歸天後，他們就改找戲臺上演包公的人。

這篇故事記述得很周詳，包孝肅斷烏盆正是包公替鬼魂劉世昌平反冤屈的戲，飾演包公的「淨」才一上臺，冤鬼就下跪告狀，把正在上演的戲打斷了，引起觀眾喧譁，連縣太爺也派人來關切。

故事中只有扮演包公的淨可以看見鬼，縣太爺遂把跟鬼打交道的事交給他，鬼把他引到王監生母親的墳地就不見了。這位縣太爺是個明智的好官，他很信任扮演包公的演員，否則這件冤案就很難處理下去了。

這篇故事有個特點：一個人物引出另一個人物，連綿不斷。如淨引出鬼，鬼再引出王監生，王監生又引出土工，像鎖鏈一般。最後終於還原事實，是替王監生母親造墳的土工集體謀財害命。「法網恢恢，疏而不漏」，土工們自以為這件事做得神不知鬼不覺，誇下海口：「要得申冤，除非龍圖再世。」鬼偏偏聽清楚了，找到飾演包公的人替自己申冤。

俗話說得好：「若要人不知，除非己莫為。」為人處世還是要講究良心，作奸犯科哪會有好下場呢？

鎮江某仲

題解

本文選自子不語，敘述某仲的大哥趁他離家尋子時，竟擅作主張打算賣掉弟媳、害死小弟；最後某仲意外尋得兒子，又拯救了小弟，一家團圓。大哥居心不良，弄巧成拙，只得落荒而逃。

某仲❶，鎮江❷人，兄弟三人。伯無子，仲有子，七歲看上元燈失去，不知所往。仲悶甚，攜貲❸貿易山西，並冀訪子耗❹。去數載未歸，飛語❺謂仲已死，仲妻不之信，乞叔❻往尋。

伯利仲妻年少可鬻❼，詭稱仲凶耗已真，旅櫬❽將歸，勸仲妻改適。仲妻不可，蒙麻素于髻，為夫持服❾。伯知其志難奪，潛❿與江西賈人謀，得價百餘金，令買仲妻去，戒曰：「個⓫娘子要強取，黑夜命輿⓬來，見素髻者挽⓭之去，速飛棹⓮行也。」歸語其妻，意甚自得。伯故避去，仲妻見伯狀，知有變，甫黑即自經⓯於梁，懸絕作聲，伯妻聞之奔救，恐虛所賣金也。抱持間，仲妻素髻墜地，伯妻髻亦墜。適賈人轎至，伯妻急走出迎，摸地取髻，誤帶⓰素者。賈人見素髻婦，不待分辨，竟搶以行。伯歸悔無及，噤⑰不能聲。

仲自晉⑱歸，塗如廁⑲，見包袱裹五百金在地，心計此必先登廁者所遺，去應不遠，盍俟⑳諸？未幾，遺金者果至，遂與之。其人感德，分以金不受，乃邀仲偕行。數日抵其家，具雞黍㉑，命一子一女出拜。仲視其子，宛然㉒己子也。問之，良是。蓋仲子失去時，為人所賣，遺金者無子，買為己子，十餘年矣。仲持之泣下，遺金者曰：「若攜子去，我女即許汝子為媳婦。」

仲歸將渡江，見一人落於水，呼救無應者，群攫㉓其資。仲惻然㉔，亟㉕呼曰：「孰肯救者，我募以金！」救起視之，是季弟也。季承嫂命尋仲，伯并利其死，曩㉖之落水，有擠之者，伯所使㉗也。仲知其情，攜弟與子歸。入門，伯見之，亡去㉘。

❶仲　排行第二的兄弟稱仲。下文伯為大哥，季為小弟。
❷鎮江　地名。在江蘇省，是長江與大運河交錯點。
❸貲　音ㄗ。財貨。
❹耗　消息；音信。
❺飛語　即「蜚語」。謠傳；沒有根據的言論。
❻叔　指小叔，即仲之小弟。下文稱「季」。
❼鬻　音ㄩˋ。賣。
❽旅櫬　寄居外地的棺材。櫬，音ㄔㄣˋ。棺材。
❾持服　服喪；守孝。
❿潛　暗中；祕密地。
⓫個　此；這。
⓬輿　轎子。
⓭挽　音ㄨㄢˇ。拉。
⓮飛棹　飛快的划槳。比喻舟行快速。
⓯自經　上吊自殺。
⓰帶　通「戴」。
⓱噤　閉口。
⓲晉　山西省的簡稱。
⓳塗如廁　途中上廁所。塗，即「途」。
⓴俟　等待。
㉑雞黍　指招待賓客的飯菜。
㉒宛然　相似；彷彿。

㉓攫　奪取。

㉔惘然　哀憐的樣子。

㉕亟　音ㄐㄧˊ。緊急；急切。

㉖曩　以前；方才。

㉗使　指使。

㉘亡去　逃走。

翻譯

某位二哥是鎮江人，他們有兄弟三人。大哥沒有兒子，二哥有一個兒子，七歲那年看元宵節花燈時走失了，下落不明。二哥很煩悶，便帶著一些貨物到山西做生意，也希望能順便探詢兒子的消息。二哥去了好幾年都沒有回來，謠傳說他已經死了。他的妻子不相信，便拜託小叔前往尋找。

大哥看弟媳年輕，可以賣個好價錢，便騙她說二哥的死訊是真的，寄放在外的棺材即將運送回來，並勸她改嫁。她不答應，在髮髻上蒙白麻布，開始為丈夫服喪。大哥知道無法改變她的心意，就暗中和一名江西商人商量，以一百多兩銀子的價錢，讓商人把她買走。而且還警告商人說：「這個娘子必須要強搶，你最好趁著夜晚扛轎子來，看見頭上插著素髻的女人，就把她拉走，盡快開船離去。」大哥回家之後，把這件事告訴妻子，還露出得意的表情。之後，大哥藉故離開，弟媳看到大哥的態度，覺得不對勁，天一黑，就在屋樑上吊自殺。因懸吊在樑上的繩子斷了發出聲響，被大哥的妻子聽到了，急忙趕過來救她，生怕賣她的錢就這樣飛了。在拖持拉扯間，弟媳的素髻掉在地上，大哥的妻子的髮髻也掉在地上。正好商人的轎子到了，大哥的妻子急忙跑出來迎接，昏暗中摸取地上的髮髻，卻錯戴上了素髻。商人看到戴素髻的婦人，也不分青紅皂白，就把她搶走了。大哥回到家非常後悔，卻不敢將這件事說出來。

二哥從山西回家，途中去上廁所，發現一個包袱，裡面有五百兩銀子。二哥心想這一定是之前上廁所的人所留下的，人應該還沒走遠，何不等他回來呢？沒多久，掉銀子的人果然回來了，二哥便把包袱還給他。那個人非常感激二哥的恩德，打算把錢分給他，但二哥不肯接受。於是那個人便邀二哥一起走。幾天後到了那人的家，那個人命家人準備飯菜，還把自己的一兒一女叫出來拜見恩人。二哥看到他的兒子，長得很像自己的兒子，一問果然就是自己的兒子。原來二哥的兒子走失後被人賣掉，掉銀子的人因為沒有兒子，便把他買下來當作自己的兒子，已經有十幾年了。二哥拉著兒子不斷掉淚，掉銀子的人說：「你如果要把兒子帶走，我就把女兒許配給你兒子當媳婦。」

二哥回家路上正要渡江，看見一個人掉入水中，不斷地呼救，卻沒有人肯救他，大家都在搶奪落水者的財物。二哥很同情他，便急忙呼喊說：「誰肯救那個人，我就賞給他銀子！」救起來後一看，那落水者竟然是他的小弟。原來小弟奉嫂嫂的請託去尋找二哥，但大哥覺得小弟死了對他也有好處，剛才小弟之所以落水，把他擠落的人，就是大哥所指使的。二哥了解這個情形後，帶著弟弟和兒子回家。一進家門，大哥看到他們，就心虛地逃走了。

賞析

讀這則鎮江二哥的故事，真是令人感慨萬千。兄弟是同胞手足，關係何等親密，為什麼文中這位大哥老是算計兩個弟弟，連弟媳婦也不放過？他的心裡、眼裡只有「錢」，完全沒有兄弟的情分。他處心積慮地把弟媳賣給商人，結果陰錯陽差賠上自己的妻子。他還不知悔悟，居然又指使別人謀害幼弟。一錯再錯，莫此為甚！

幸虧二哥正好和大哥相反，他心地善良又處處替別人設想，最後好人有好報。他的妻子也是堅貞不屈，逃過被迫改嫁的劫數，守了十多年的活寡，終於等到丈夫、兒子、小叔都安然歸來，一家團圓，甚至連兒媳婦也一併討了了。

這篇故事有許多巧合：像大嫂錯戴素髻，商人便把她擄走，讓大哥「啞巴吃黃連，有苦說不出」；二哥上廁所撿到錢包，失主正是兒子的養父；後來二哥要過江返家，見有人落水，救起來一看才知道是幼弟。一連串的巧合，組成這篇動人心絃的故事。

這則故事警世意味濃厚，為人還是要多存善念，多行善事啊。

沙彌思老虎

題解

本文選自續子不語（子不語的續集），敘述一位禪師不想讓小沙彌對異性動心，便誆稱路過的年輕女子是會吃人的老虎，不料沙彌返寺後心中最掛念的卻是那「老虎」。這則故事說明人性無法受到壓抑與束縛，對傳統禮教相當諷刺。

五臺山❶某禪師收一沙彌❷，年甫三歲。五臺山最高，師徒在山頂修行，從不一下山。後十餘年，禪師同弟子下山。沙彌見牛馬雞犬，皆不識也。師因指而告之，曰：「此牛也，可以耕田；此馬也，可以騎；此雞犬也，可以報曉，可以守門。」沙彌唯唯❸。少頃，一少年女子走過，沙彌驚問：「此又是何物？」師慮其動心，正色❹告之，曰：「此名老虎，人近之者，必遭咬死，屍骨無存。」沙彌唯唯。

晚間上山，師問：「汝今日在山下所見之物，可有心上思想他的否？」曰：「一切物我都不想，只想那喫人的老虎，心上總覺捨他不得。」

❶五臺山　山名，位於山西省五臺縣。為著名的佛教聖地。

❷沙彌　佛家指已受十戒，尚未受比丘戒，年齡在七歲以上，未滿二十歲的出家男子。

❸唯唯　恭敬應諾之詞。

❹正色　嚴正的態度。

翻譯

五臺山有位禪師，收了一個小沙彌做徒弟，年僅三歲。五臺山地勢最高，師徒二人在山上修行，從來沒有下過山。十幾年以後，有一天禪師帶著徒弟下山。小沙彌看到牛、馬、雞、狗，都不認識。於是禪師指著牠們告訴徒弟，說：「這是牛，可以用來耕田；這是馬，可以用來騎乘；這是雞、狗，可以報曉、可以看守門戶。」小沙彌聽了連聲說是。不久，有個年輕的女子從旁經過，小沙彌驚訝地問師父說：「這又是什麼東西？」禪師擔心小沙彌心志動搖，就嚴肅地告訴他說：「這種東西叫老虎，只要靠近她的人，一定會被咬死，連屍骨都吃乾抹盡。」小沙彌聽了，也是連聲說是。

晚上上山之後，禪師問：「你今天在山下所看到的事物，有什麼還放在心上想他的嗎？」小沙彌回答：「一切的事物我都不想，只想那個會吃人的老虎，心裡總覺得捨不得她。」

賞析

這篇故事很簡短，也很幽默。當我們讀到禪師把少女命名為「老虎」，說她會吃人時，真是覺得又好氣又好笑。

禪師的教育方式未免太迂腐落伍了！

詩經國風的第一首關雎就告訴我們：「窈窕淑女，君子好逑。」男孩愛慕女孩是天性，怎麼可以把少女安上「吃人老虎」的罪名，用「屍骨無存」來嚇唬小沙彌呢？

這個小沙彌三歲就隨禪師在山頂修行，十幾年當中從沒下過山，沒見過外人，這麼單純的出家人，雖然聽了禪師「老虎會吃人」的警告，但看了少女後心裡始終念念不忘。小沙彌天真爛漫的回答，讓人不由得發出會心的微笑。

這則故事和崑劇裡的小尼姑「思凡」，頗有異曲同工之妙哩。

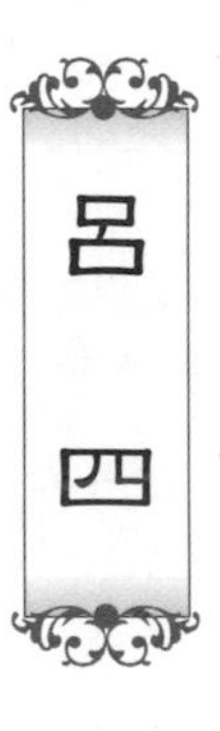

呂四

題解

本文選自閱微草堂筆記灤陽消夏錄一，敘述呂四無惡不作，想姦淫落單的少婦，反而害了自己的妻子，最後羞愧自殺，可謂自作自受。後來呂四託夢給妻子，說因他生前事母至孝，故免於在陰間受苦。作者記此故事，頗有勸人向善之意。

作者紀昀（西元一七二四—一八〇五年），字曉嵐，一字春帆，號石雲，又號孤石老人、觀弈道人，直隸獻縣（今河北省獻縣）人。乾隆年間登進士第，入翰林院。曾任鄉試考官、侍讀等職。後因洩露機密，被貶至烏魯木齊。召還返京後，擔任四庫全書總纂官，纂定四庫全書總目提要。後累官至禮部尚書、協辦大學士，加太子少保、管國子監事。年八十二，卒於任上，諡文達。有紀文達公遺集、閱微草堂筆記等書傳世。

閱微草堂筆記為紀昀晚年所作，共二十四卷，包括灤陽消夏錄、如是我聞、槐西雜志、姑妄聽之、灤陽續錄等五種。全書一千餘則，內容為紀昀的所見所聞與友人告知的奇聞異事。一方面記錄當時的社會生活風土民情，也反映紀昀的本人的思想理念。文字質樸，語言雋永，與聊齋誌異同負盛名，為清代筆記小說的重要著作。

滄州❶城南上河涯❷，有無賴呂四，凶橫無所不為，人畏如狼虎。一日薄暮，與諸惡少村外納涼。忽隱隱聞雷聲，風雨且至。遙見似一少婦，避入河干❸古廟中。呂語諸惡少曰：「彼可淫也。」時已入夜，陰雲黯黑❹。呂突入，掩其口。眾共褫衣沓嬲❺。俄雷光穿牖❻，見狀貌似是其妻，急釋手問之，果不謬。呂大恚❼，欲提妻擲河中，妻大號曰：「汝欲淫人，致人淫我，天理昭然，汝尚欲殺我耶？」呂語塞，急覓衣褲，已隨風吹入河流矣。旁皇❽無計，乃自負裸婦歸。雲散月明，滿村譁笑，爭前問狀。呂無可置對，竟自投於河。蓋其妻歸寧❾，約一月方歸。不虞母家遘回祿❿，無屋可棲，乃先期返。呂不知，而遘此難。

後妻夢呂來曰：「我業⓫重，當永墮泥犁⓬。緣生前事母尚盡孝，冥官⓭檢籍，得受蛇身，今往生⓮矣。汝後夫不久至，善事新姑嫜⓯；陰律⓰不孝罪至重，毋自蹈冥司湯鑊⓱也。」至妻再醮⓲日，屋角有赤練蛇垂首下視，意似眷眷⓳。妻憶前夢，方舉首問之，俄聞門外鼓樂聲，蛇於屋上跳擲數四⓴，奮然㉑去。

---

❶滄州　古地名。今河北省滄州市。

❷上河涯　村名。在滄州城南，臨衛河。紀昀在此村置有莊園。

❸河干　河邊。

❹黯黑　暗黑。

❺褫衣沓嬲　指剝衣輪姦。沓，音ㄊㄚˋ。眾多而重複。嬲，音ㄋㄧㄠˇ。戲弄。

❻牖　窗戶。

❼恚　惱怒。

❽旁皇　即「徬徨」。徘徊；游移不定。

❾歸寧　指已出嫁的女子回娘家探親。

❿遘回祿　遭遇火災。遘，遭遇。回祿，傳說中的火神。此指火災。

⓫業　佛教名詞。指身、口、意三方面的活動，稱為「三

業」。業分為善、不善、非善非不善三種。佛教認為業發生後不會消除，它將引起善惡等報應。這是佛教「善惡因果」說的依據。

⑫泥　犁　佛教名詞。意為地獄。在此界中，一切皆無，為十界中最惡劣的境界。

⑬冥　官　傳說中陰間地府之官。

⑭往　生　死後投胎。

⑮姑　嫜　舊稱丈夫的父母。嫜，音ㄓㄤ。丈夫的父親。

⑯陰　律　傳說中陰間地府的法律。

⑰湯　鑊　油鍋。此指刑罰。

⑱再　醮　再婚。

⑲眷　眷　依戀不捨的樣子。

⑳數　四　多次。數，音ㄕㄨㄛˋ。頻頻；屢次。

㉑奮　然　努力振起的樣子。

翻譯

滄州城南上河涯村有個無賴，名叫呂四。他個性凶狠橫暴，什麼壞事都敢幹，人們怕他就像畏懼虎狼。一天傍晚，呂四和幾個流氓惡少在村外乘涼。忽然間好像聽到雷聲，一場暴風雨即將來臨。呂四等人遠遠地看到好像是一位少婦，跑進河邊的古廟中避雨。呂四對流氓惡少們說：「我們可以去姦淫那個少婦。」當時已經入夜，天上被烏雲遮住，一片黑暗。呂四突然闖入古廟，堵住了那少婦的嘴。眾人一起七手八腳把少婦的衣服剝光，並輪番姦淫。這時閃電穿窗而進，藉著電光一閃，呂四發現那少婦似乎是自己的妻子，急忙罷手問她，果然不錯。呂四非常生氣，拉起被人糟蹋的妻子就想扔到河裡去，呂四妻子大哭著說：「你想姦淫婦女，結果卻讓人姦淫了我！這是上天對你的報應啊！你難道還要殺我嗎？」呂四聽了沒話可說，急忙尋找妻子的衣褲，但衣服早已被風吹入河裡沖走了。呂四左右為難沒有辦法，只好背著裸體的妻子回家。這時候，雲散月明，全村人見了無不譁然失笑，爭相上前問是發生了什麼事。呂四對別人的詢問無以回答，後來竟然自己投河自盡。原來呂四的妻子回娘家探親，約好一個月後才回來。不料她娘家發生火災，沒有屋子可以棲身，只好提前返回。但呂四不知道這件事，所以才遭受這場噩運。

後來，呂四的妻子夢見呂四對她說：「我生前罪孽深重，本該永遠打入地獄。但因為侍奉母親尚能恪盡孝道，陰間地府官員翻檢簿籍，才讓我轉為蛇身，現在要轉世投胎了。你的後夫不久就要來了，你要好好侍奉新公婆，陰曹地府的法律中不孝的罪很重，不要自己以身試法跳入陰曹地府的油鍋啊！」到了呂四妻子改嫁的那一天，屋角處有一條赤練蛇垂頭下望，看起來好像很依戀的樣子。呂四妻子回想起前些日子的夢來，剛抬起頭想問個明白，忽然聽到門外的鼓樂聲，那條蛇在屋樑上跳躍翻騰三四次，然後努力振起爬走了。

賞析

滄州自古就是名城，尤其出了四庫全書總編纂紀曉嵐，更被冠上地靈人傑的美譽。但每個地方有好人，也會有壞人。紀曉嵐不為家鄉護短，記下無賴呂四的惡行。

本篇可分為前後兩段：前段是呂四和一群不良少年輪姦一位少婦，事後才發現那少婦竟是自己的妻子，因而羞愧自盡。後段是呂四託夢給妻子，說自己將投胎為蛇，妻子也會再嫁，後來都應驗了。

在這則故事中，呂四的個性前後截然不同，可以算是小說理論中的「圓形人物」。一開始他給人的印象很惡劣：風雨之夜，他竟慫恿一夥惡少去輪姦婦人；當他發現受害者是自己的妻子時，非但毫無悔意，反而想把妻子淹死。若不是妻子據理力爭，恐怕他還得多一條殺妻的罪名。

他面對妻子的指責卻說不出話來，想要找回妻子的衣褲，又早已被吹進河裡，他只得背起裸體的妻子返家，一路遭村人恥笑。「千夫所指，無病而死」，呂四無法向村人解釋這件荒唐的行徑，最後只得選擇死亡。

作者起初並沒有告訴我們呂四有妻室。呂四死了，我們才知道呂妻提早從娘家返回的原因。呂四雖「不知」在先，但我們卻不能說他「不知者無罪」，因為姦淫婦女本來就有罪，何況還是多人輪姦，這幫人實在太囂張、太可惡了。

呂四後來投胎成一條赤練蛇，依依不捨地看著妻子再嫁。這樣的描述，讓人覺得呂四變得「有情」，不再是那個橫眉豎眼的凶暴少年了。

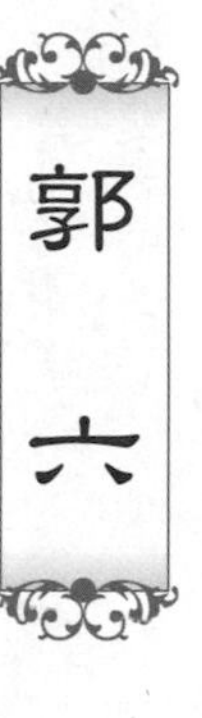

郭六

題解

本文選自閱微草堂筆記灤陽消夏錄三，敘述農婦郭六受丈夫之託，在家盡力奉養公婆，後逼不得已倚門賣笑，丈夫返家後她便自盡。作者在此提出「節」與「孝」的兩難：郭六雖被縣令判為失節，公婆卻明言她是貞婦孝媳。節孝應當並重，但郭六的處境，確實讓外人難以置喙。

郭六，淮鎮❶農家婦，不知其夫氏郭父氏郭也，相傳呼為郭六云爾。雍正甲辰、乙巳❷間，歲大饑。其夫度不得活，出而乞食於四方，瀕行，對之稽顙❸曰：「父母皆老病，吾以累❹汝矣。」婦故有姿，里少年瞰其乏食，以金錢挑之，皆不應，惟以女工❺養翁姑❻。既而必不能贍❼，則集鄰里叩首曰：「我夫以父母託我，今力竭矣，不別作計，當俱死。鄰里能助我，則乞助我；不能助我，則我且賣花❽，毋笑我。」（里語以婦女倚門❾為賣花）鄰里趑趄囁嚅❿，徐散去。乃慟哭白翁姑，公然與諸蕩子遊。陰蓄夜合⓫之資，又置一女子，然防閑甚嚴，不使外人覿⓬其面。或曰，是將邀重價，亦不辯也。

越三載餘，其夫歸，寒溫⑬甫畢，即與見翁姑，曰：「父母並在，今還汝。」又引所置女見其夫曰：「我身已汙，不能忍恥再對汝。已為汝別娶一婦，今亦付汝。」夫駭愕未答，則曰：「且為汝辦餐。」已往廚下自剄⑭矣。縣令來驗，目炯炯不瞑。縣令判葬於祖塋⑮，而不祔⑯夫墓，曰：「不祔墓，宜絕於夫也；葬於祖塋，明其未絕於翁姑也。」目仍不瞑。其翁姑哀號曰：「是本貞婦，以我二人故至此也。子不能養父母，反絕代養父母者耶？況身為男子不能養，避而委一少婦，途人知其心矣，是誰之過而絕之耶？此我家事，官不必與聞⑰也。」語訖而目瞑。時邑人議論頗不一。先祖寵予公⑱曰：「節孝並重也，節孝又不能兩全也。此一事非聖賢不能斷，吾不敢置一詞也。」

①淮鎮　古地名。在河北省獻縣東，本名槐家鎮。

②雍正甲辰乙巳　即清雍正二年、三年，西元一七二四、一七二五年。

③稽顙　音ㄑㄧˇ ㄙㄤˇ。即叩頭。古時一種跪拜禮。顙，額頭。

④累　音ㄌㄟˋ。託付。

⑤女工　也作「女功」、「女紅」。指婦女所作的紡織、刺繡、縫紉等事。

⑥翁姑　丈夫的父母。

⑦贍　供養。

⑧賣花　即賣笑、當妓女。此處指郭六決定做娼妓以奉養公婆。

⑨倚門　妓女靠在門邊招攬顧客。

⑩趑趄囁嚅　指欲進又退、欲言又止、躊躇猶豫的樣子。趑趄，音ㄗ ㄐㄩ。想前進卻又不敢。囁嚅，音ㄋㄧㄝˋ ㄖㄨˊ。有話想說又不敢說。

⑪夜合　這裡指賣身。

⑫覿　音ㄉㄧˊ。見。

⑬寒溫　見面時彼此問候生活起居。

⑭剄　音ㄐㄧㄥˇ。用刀割頸。

⑮祖塋　即祖墳。塋，音ㄧㄥˊ。墳墓。

⑯祔　音ㄈㄨˋ。合葬。

17 與聞 干預。

18 寵予公 指作者紀昀的祖父紀天申。

翻譯

郭六，是淮鎮的一名農家婦女，不知道是她的丈夫姓郭還是父親姓郭，但是大家都叫她郭六。雍正二、三年間，淮鎮發生大饑荒。她的丈夫估量活不下去了，想要離開家鄉到各地乞討。臨走時，對著她叩頭說：「父母都年老有病，我就託付給你了。」郭六原來就有姿色，鄉里少年見她家缺少食物，就用金錢來挑逗她，她都毫不理睬，只靠做女紅來養活公婆。後來，實在難以贍養公婆了，郭六就邀請眾多鄰里鄉親來，對大家叩頭說：「我的丈夫把父母託付給我，現在我的力量已經用盡了，如果不另做打算，就會一起餓死。鄰里鄉親如果能幫助我，那就懇求你們幫助我；如果不能幫助我，那麼我就打算去賣花，希望大家不要嘲笑我。」（鄉里俗語把婦女倚門賣笑稱為賣花）鄉親們欲言又止，吞吞吐吐，難以表態，慢慢散去了。於是她痛哭著把這事告訴公婆，就公開和鄉里的那班浪蕩子交遊。她暗地裡積蓄了賣身的錢，又購買了一個女子，但是對那個女子防範得很嚴，不讓外人見到她的面孔。有人說這是要想賣個好價錢，她也不辯駁。

過了三年多，郭六的丈夫回來了。問候剛完，郭六就同他一起去見公婆，說：「父母都在，現在還給你。」又帶領自己所買的女子來見丈夫說：「我的身子已經被玷汙，不能忍受恥辱再面對你。我已經為你另外娶了一個妻子，現在也交給你。」丈夫驚愕得還沒有回答，她就說：「我這就去替你做飯。」說完就到廚房裡割頸自殺了。縣令來檢驗郭六的屍體，她的眼睛還圓睜著沒有閉上。縣令判處把郭六葬在大家的祖墳裡，而不附葬於丈夫的墳墓裡，說：「不合葬，是應當斷絕同丈夫的關係；葬於祖墳，表明她沒有斷絕同公婆的關係。」這時她的眼睛仍然不閉。她的公婆哀聲號哭說：「她本是個貞節的女人，因為我們兩人的緣故，使她到了這種地步。兒子不能奉養父母，反而斷絕與代養父母的人的關係嗎？況且身為男子，不能奉養父母，自己逃避而將責任託付給一個少婦，路人也知道他心裡想的是什麼了，是誰的過錯卻要與她斷絕關係呢？這是我們家的事，官府不必過問。」公婆的話說完，郭六的眼睛就閉上了。當時鄉親的議論很不一致。我的先祖寵予公說：「節和孝一樣重要，但節和孝又不能兩全。這件事不是聖賢不能作出判斷，我不敢說一句話。」

賞析

這則故事可分成兩部分來看，前一部分是郭六受丈夫託付，在家奉養公婆，因生活無著迫不得已賣身；第二部分是數年後丈夫返家，她為丈夫另娶一妻，自己躲到廚房自盡，死不瞑目，引起縣令和她公婆的爭議。

郭六雖是農家婦女，但「受人之託，忠人之事」，丈夫離家不管父母，她就一肩挑起奉養公婆的重任，實在維持不下去了，她還請左鄰右舍見證，她賣身絕非自甘墮落，而是走投無路。她事先也得到公婆的諒解才倚門賣笑，為了生活，郭六的犧牲實在太大了！

前半段值得注意的是她開始賣笑，賺了錢，居然「又置一女子，然防閒甚嚴」，有人懷疑她居心不良，她也不辯駁。郭六從單純的農婦變成娼妓，還蓄養了一個女子，實在令人好奇。

後來這個謎團解開了，原來那是她為丈夫另娶的新妻子。她認為自己已是殘花敗柳，便自殺了。在那個時代，女子的名節重於一切，她的作為雖非自願，但也不敢奢望丈夫會接納自己，所以她乾脆做了這樣的安排。她「犧牲自我，成全夫家」，難道真的毫無怨懟？

她的自剄驚動了官府，縣令親自來驗屍，做出「葬祖塋不祔夫墓」的判決，郭六「死不瞑目」。她的公婆終於為愛媳說話了：是兒子不孝，怎麼能怪媳婦呢？這則故事再度印證了「清官難斷家務事」的俗諺。

總之，郭六生前被環境所逼，不得不任人糟蹋，死後終於得到她要的尊嚴。

明晟

題解

本文選自閱微草堂筆記灤陽消夏錄四，敘述獻縣縣令明晟用心調查一樁雷擊案，終於證實這是一場刻意安排的謀殺。明晟明察秋毫、一絲不苟的辦案精神，非常值得後人效法。

雍正壬子❶六月，夜大雷雨，獻縣城西有村民為雷擊。縣令明公晟往驗，飭棺殮❷矣。越半月餘，忽拘一人訊之曰：「爾買火藥何為？」曰：「以取鳥。」詰曰：「以銃❸擊雀，少不過數錢，多至兩許，足一日用矣。爾買二三十斤何也？」曰：「備多日之用。」又詰曰：「爾買藥未滿一月，計取用不過一二斤，其餘今貯何處？」其人詞窮。刑鞫❹之，果得因姦謀殺狀，與婦並伏法。

或問：「何以知為此人？」曰：「火藥非數十斤不能偽為雷。合藥必以硫磺。今方盛夏，非年節放爆竹時，買硫磺者可數。吾陰使人至市，察買硫磺者誰多，皆曰某匠。又陰察某匠賣藥于何人，皆曰某人，是以知之。」又問：「何以知雷為偽作？」曰：「雷擊人，自上而下，不裂地。其或毀屋，亦自上而下。今苫草❺屋樑皆飛起，土炕❻之面亦揭去，知火從下起矣。又此地去城五六里，雷電相同。是夜雷電雖迅烈，然皆盤繞雲中，無下擊之狀，是以知之。爾時❼其婦先歸寧，難以研問❽。故必先得是人，而後婦可鞫。」此令可謂明察矣。

❶雍正壬子　即清世宗雍正十年，西元一七三二年。
❷飭棺殮　命令用棺材收殮屍體。
❸銃　音ㄔㄨㄥˋ。一種舊式的槍械。
❹刑鞫　用刑審問。鞫，音ㄐㄩˊ。審判；訊問。
❺苫草　蓋在屋頂上的茅草。
❻土炕　北方人以土砌成的臥榻。下方有孔道，與爐灶相通，可生火取暖。
❼爾時　那時；當時。
❽研問　盤問；審訊。

翻譯

雍正十年六月，一天夜裡下了一場大雷雨，獻縣城西有位村民被雷擊死。縣令明晟前往查驗死者屍體，下令用棺材把死者屍體收殮了。過了半個多月，縣令明晟忽然拘捕了一個人來，審問他說：「你買火藥幹什麼用？」那人回答說：「用來打鳥。」明晟追問道：「用火槍打鳥，少者不過用幾錢火藥，多者到一兩左右，就足夠一天用了。你買二三十斤火藥幹什麼用？」那人回答說：「預備著許多天的使用。」明晟又追問道：「你買火藥不滿一個月，估計所用不過一二斤，其餘的火藥現在存放在什麼地方？」那人無話可說。明晟對他用刑審訊，果然審出因姦情而密謀殺人的情狀，那人同姘婦一起被判處死刑。

有人問明晟：「您怎麼知道是這個人殺人？」明晟回答說：「火藥沒有幾十斤不能偽造成打雷的樣子。合成火藥必定要用硫磺。現在正當盛夏時節，不是逢年過節放爆竹的時候，買硫磺的人屈指可數。我暗地裡派人到市集上察看誰買的硫磺最多，大家都說是某某工匠。我又暗地調查那工匠賣火藥給什麼人，都說是某人，所以知道是這個人幹的。」又有人問：「您是怎麼知道雷是偽造的？」明晟回答說：「雷擊傷人，是自上而下的，不會炸裂地面。雷擊有時會毀壞房屋，也是自上而下的。不過這次事件的茅草屋頂、房樑都被炸飛了起來，屋裡土炕的炕面也被揭去了，因此知道爆炸是從地面發生的。再者，案發地點離縣城五六里路，雷電是同時發生的。這天夜裡雷電雖然猛烈，但都在雲層中盤旋回繞，沒有往下擊打的情況，所以我知道這件案子必定有異。只是當時死者的妻子先回娘家了，沒有辦法盤問。因此一定要先找到這個人，而後才可以審訊那婦人。」這位縣令可說是明察秋毫了。

賞析

以內容來說，這是一篇公案小說，主角明晟是個了不起的官員。「被雷擊死」不是什麼稀奇事，自古迄今都有。一般官員受理此種案件，大概都是迅速結案了事；明晟卻不然，他暗中調查火藥和硫磺買賣的情況，終於抓到真凶。

明晟很有科學頭腦，他能分辨假雷是用硫磺、火藥合成，而且爆炸的方向與雷擊正好相反。原來凶手和被害人的妻子有姦情，出事那天被害人的妻子正好返回娘家。明晟掌握了物證，突破犯人的心防，才能將這場看似完美的謀殺案一一破解。

廣告詞常說：「認真的女人最美麗。」認真為民服務的官吏或許並不英俊，但卻是最令人敬佩的。

武邑某公

題解

本文選自閱微草堂筆記灤陽消夏錄四，敘述一位道學家喜歡高談闊論，即使在百姓饑饉痛苦之時也不例外，遂當眾遭鬼神厲聲譴責。作者是乾嘉學派的學者，主張經世致用，所以文中對當時已淪為空談的宋明理學頗有嘲諷。

武邑❶某公與戚友❷賞花佛寺經閣❸前。地最豁敞❹，而閣上時有變怪，入夜即不敢坐閣下。某公以道學❺自任，夷然弗信也。酒酣耳熱，盛談西銘❻萬物一體之理，滿座拱聽❼，不覺入夜。忽閣上厲聲叱曰：「時方饑疫，百姓頗有死亡。汝為鄉官，既不思早倡義舉，施粥捨藥；即應趁此良夜，閉戶安眠，尚不失為自了漢❽。乃虛談高論，在此講民胞物與❾。不知講至天明，還可作飯餐、可作藥服否？且擊汝一磚，聽汝再講邪不勝正！」忽一城磚飛下，聲若霹靂，杯盤几案俱碎。某公倉皇出走，曰：「不信程朱之學，此妖之所以為妖歟！」徐步太息❿而去。

❶武　邑　古地名。今河北省武邑縣。

❷戚　友　親戚朋友。

❸經　閣　即藏經閣。寺廟藏佛經之所。

❹豁　敞　開闊通敞。

❺道　學　亦稱理學，朱熹是其集大成者。認定「理」先天地而存在，把抽象的「理」提高到永恆的、至高無上的地位。

❻西　銘　即北宋哲學家張載所著正蒙中的訂頑篇。張載曾將此篇與砭庸篇分錄在學堂的兩扇窗上。程頤據此分稱這兩文為西銘和東銘。該文把全宇宙看成一個大家族，宣揚樂天順命思想。

❼拱　聽　恭敬、專心地聆聽。

❽自了漢　指只管自身而不顧大局的人。

❾民胞物與　是張載的倫理學說，他從人類萬物都是天地所生出發，提出了「民吾同胞，物吾與也」的抽象命題，要求愛一切人，如愛自己的同胞手足一樣，並擴大到「視天下無一物非我」。

❿太　息　嘆息。

翻譯

武邑縣某公，同親戚朋友一起在佛寺的藏經閣前面賞花。這地方最為開闊敞亮，但藏經閣上時常發生變怪，到了夜裡人們就不敢坐在藏經閣下了。某公以道學家自居，坦然而不相信鬼怪。他在喝酒盡興、耳根發熱的時候，暢談北宋張載西銘中萬物一體的道理，滿座專心地聆聽，不知不覺中已經到了夜裡。

忽然聽到藏經閣上厲聲喝叱道：「現在正在鬧饑荒、發瘟疫，很多百姓死亡。你是本地鄉宦，既不想早日倡議義舉，施粥捨藥；就應該乘此良夜，關門安睡，尚且還算是一個能照顧自己的人。你卻空談高論，在這裡講什麼民胞物與，不知道講到天亮，是可以當飯吃呢？還是可以當藥服？姑且打你一磚，聽你再講什麼邪不勝正！」忽然一塊城牆磚飛打下來，聲音就像霹靂雷震，把杯盤和小桌子都打碎了。某公慌張地跑出來，說：「不相信程朱之學，這就是妖怪之所以為妖怪吧！」便嘆息著慢慢離去了。

賞析

這篇可分為前後兩段，前段是武邑某公在經閣前大談哲理，聽講的人也忘了那兒常鬧變怪。後段是夜裡從閣上傳來斥罵聲，還丟下一磚，打碎杯盤和小桌，大家倉皇離去。

所謂：「衣食足然後知榮辱。」哲理並非不能談，但要在適當的時候和場合。當時民不聊生，又有瘟疫流行，某公還有心情與親友輕鬆地賞花飲酒，夸夸其談，實在太不把百姓放在心上了。那段厲聲責罵應是當頭棒喝，想打醒某公的冬烘腐朽，不料這位先生仍無法跳脫自己構建的牢籠，臨走時還說妖怪就是因為不信程朱之學才成為妖怪。

俗話說：「飽漢不知餓漢飢。」生活在金字塔頂端的達官顯要，有幾個能懂得體恤基層百姓的辛苦？談玄說理固然很高尚優雅，但安頓好老百姓的生活才是當務之急啊。

醫者

題解

本文選自閱微草堂筆記如是我聞三，敘述醫者某生因固執一理，不肯販售墮胎藥，導致女子分娩後母子皆被逼死。醫生一味拘泥於「理」卻不知變通，正如同當時不能領悟真義的理學家。作者藉此故事來諷刺理學家的意味相當濃厚。

吳惠叔❶言：醫者某生，素謹厚。一夜有老媼持金釧❷一雙，就買墮胎藥。醫者大駭，峻拒❸之。次夕，又添持珠花❹兩枝來。醫者益駭，力揮去。越半載餘，忽夢為冥司所拘，言有訴其殺人者。至，則一披髮女子，項勒紅巾，泣陳乞藥不與狀。醫者曰：「藥以活人，豈敢殺人以漁利！汝自以姦敗，於我何尤？」女子曰：「我乞藥時，孕未成形，儻❺得墮之，我可不死。是破一無知之血塊，而全一待盡之命也。既不得藥，不能不產，以致子遭扼殺，受諸痛苦，我亦見逼而就縊。是汝欲全一命，反戕❻兩命矣。罪不歸汝，反歸誰乎？」

冥官喟然❼曰：「汝之所言，酌乎事勢；彼所執者，則理也。宋以來，固執一理而不揆❽事勢之利害者，獨此人也哉？汝且休矣！」拊❾几有聲，醫者悚然❿而寤。

❶吳惠叔　紀昀門人。
❷釧　音ㄔㄨㄢˋ。臂鐲。
❸峻拒　嚴加拒絕。
❹珠花　首飾名，以珠穿綴如花形者。
❺儻　同「倘」。假若；如果。
❻戕　殺害；殘害。
❼喟然　嘆氣的樣子。
❽揆　審度；揣測。
❾拊　音ㄈㄨˇ。拍打。
❿悚然　驚恐；惶恐。

翻譯

吳惠叔說：有位醫生，為人向來謹慎忠厚。一天夜裡，有個老婦人拿著一對金釧，到他那裡買墮胎藥。醫生大驚，嚴詞拒絕了。第二天夜裡，這個老婦人又添加了兩枝珠花來，醫生更加害怕，極力將她趕走了。過了半年多，醫生忽然夢見自己被陰間衙門所拘捕，說是有人告他殺了人。

到了陰間衙門後，就看見一個頭髮披散的女子，脖子上勒著一條紅綢巾，流著眼淚訴說向醫生買墮胎藥而醫生不給的情形。醫生說：「藥是用來救人性命的，怎麼敢拿來殺人求利呢！你自己因為姦情敗露而遭禍，與我有什麼關係？」那個女子說：「我求藥時，所孕胎兒還沒有成形。如果能夠墮胎，我可以不死。這等於是破壞了一個無知覺的血塊，而保全了一條將死的性命。既然沒得到藥，我不得不把孩子生下來，以致孩子遭到扼殺，遭受種種痛苦，我也被逼而上吊。這是你想要保全一條命，反而殘害了兩條命。罪過不是由你承擔，那麼應該歸罪於誰呢？」

陰間衙門的官員聽了嘆息說：「妳所說的，是根據實際的情況；他所堅持的，則是道理。從宋朝以來，固執於一個道理而不去考慮事情發展的利害關係的，難道就只有他嗎？你就算了吧！」陰間衙門官員拍了拍桌子，發出聲響，醫生就嚇醒了。

賞析

一直到今天，「墮胎」還是法律和醫學，甚至宗教上爭議不休的問題。紀曉嵐早在清代就透過故事來討論它，思想相當前衛。

吳惠叔是紀曉嵐的門人，經常出現在閱微草堂筆記中。他講的這個故事可分成三小段來看：第一段是醫生兩次拒絕賣墮胎藥給老婦，半年後他夢見到了陰曹地府，被控殺人。第二段是醫生和女子的論辯。第三段則是冥官的感嘆。

醫生的職責是救人，故事中的醫生堅持原則，怎麼也不肯給老婦人墮胎藥，老婦第二天又來，可見情況緊急。但這位醫生並未詢問病人必須墮胎的原因。

在冥府控告醫生殺人的女子也未說明她為何要墮胎，但她墮不了胎以致孩子生下即遭扼殺，她也被迫自殺。這樣的事自古即有，如漢成帝的皇后趙飛燕，她自己無法生育，只要一聽說後宮嬪妃懷孕，就立刻下令處死。所以古代宮闈中固然有「以子為貴」的，也有因「懷孕而死」的不幸者。

冥官倒是能分析二人立場不同，但似乎較同情女子的遭遇。只是自宋至清，眾人固執一理的積習已深，實在很難扭轉過來呀！

野人

題解

本文選自閱微草堂筆記姑妄聽之一，敘述兩位商人前往西藏，途中遇見野人，他們回來後詳細敘述了這段經歷。歷來有關野人的傳說甚多，此篇不僅保留了野人存在的紀錄，也將他們視為尚未與外界往來的人類看待。

烏魯木齊❶遣犯❷剛朝榮言：有二人詣西藏貿易，各乘一騾，山行失路，不辨東西。忽十餘人自懸崖躍下，疑為「夾壩」（西番以劫盜為「夾壩」，猶額魯特之「瑪哈沁」也）。漸近，則長皆七八尺，身毿毿❸有毛，或黃或綠，面目似人非人，語啁哳❹不可辨。知為妖魅，度必死，皆戰栗伏地。十餘人乃相向而笑，無搏噬之狀，惟挾人於脅下，而驅其騾行。至一山坳，置人於地，二騾一推墮坎中，一抽刃屠割，吹火燔熟，環坐吞噉。亦提二人就坐，各置肉於前。察其似無惡意，方飢困，亦姑食之。既飽之後，十餘人皆捫腹仰嘯，聲類馬嘶。中二人仍各挾一人，飛越峻嶺三四重，捷如猿鳥，送至官路旁，各予以一石，瞥然❺竟去。石巨如瓜，皆綠松❻也。攜歸貨之，得價倍於所喪。事在乙酉、丙戌❼間。朝榮曾見其一人，言之甚悉。此未知為山精❽，為木魅❾，觀其行事，似非妖物。殆幽巖穹谷之中，自有此一種野人，從古未與世通耳。

❶烏魯木齊　清代屬新疆省，現為新疆自治區首府。

❷遣犯　被遣送邊地服刑的囚犯。

❸毿毿　音ㄙㄢ ㄙㄢ。毛髮細長貌。

❹啁哳　音ㄓㄡ ㄓㄚˊ。形容聲音繁雜而細碎。

❺暼然　忽然；迅速地。

❻綠松　即綠松石。礦物名。通常呈隱晶質膠體形態，如腎狀、皮殼狀等。有天藍色、蘋果綠色或帶綠的淺灰色，可作裝飾品。

❼乙酉丙戌　即清乾隆三十、三十一年，西元一七六五、一七六六年。

❽山精　傳說中的山中怪獸。

❾木魅　樹的精怪。魅，鬼魅；精怪。

翻譯

被遣送到烏魯木齊的犯人剛朝榮說：有兩個人到西藏去做生意，每人騎著一頭騾子，在山裡迷了路，分辨不清方向。忽然有十幾個人從懸崖上跳下來，他倆懷疑這些人是「夾壩」（西域的番人稱強盜為「夾壩」，就像額魯特人所說的「瑪哈沁」一樣）。這些人漸漸走近，身高都有七八尺，渾身長著細長的毛，有的黃色有的綠色，面孔像人又不太像人，說話聲音奇特細雜難懂。他倆知道碰上妖怪，心想必定會死，都嚇得渾身顫抖趴在地上。那十幾個人卻互相看看笑了起來，沒有要搏擊吞噬他們的樣子，只是把他們夾在腋下，然後驅趕著他們的騾子走。來到一個山坳裡，他們把兩人放在地上，把一頭騾子推落在土坑裡，拔刀把另一頭騾子殺死，點火把騾肉烤熟，圍坐著狼吞虎嚥吃起肉來。他們拎起那兩個商人過來坐下，各放了一些肉在兩人面前。兩個商人觀察他們似乎沒有惡意，也正覺得飢餓困乏，於是姑且先吃起肉來。

吃飽之後，那十幾個人都摸著肚子朝天發出呼嘯聲，聲音像馬的嘶鳴一樣。其中兩個人又各自挾了一個商人，飛快翻過三四道險峻的山嶺，動作敏捷得好像猿猴和飛鳥一樣。他們把兩人送到官路邊，各給了一塊石頭，轉眼間就離去了。那石頭像瓜那麼大，都是綠松石。他們帶著寶石回家賣掉，得到的錢超過損失貨物價值的一倍。這件事情發生在乾隆三十、三十一年間。剛朝榮曾經見過兩個商人中的一個人，說得十分詳細。不知道他們遇見的這些人是山精還是木魅，看他們的作為，似乎不是妖怪。大概在深山幽谷中，本來就有這樣一種野人，從古到今一直沒有與外面的世界來往吧。

賞析

青藏鐵路已於西元二〇〇七年七月一日通車，「西藏」立刻成了熱門的旅遊勝地。但從閱微草堂筆記裡看，清初到西藏等偏遠地區貿易還是危機四伏的。故事中的兩個商人在山裡迷路，遭到野人挾持，本以為性命休矣；不料卻柳暗花明又一村，他們的所得遠超過損失，實在非常幸運。

十幾個「盜匪」從懸崖躍下，長相相當怪異，黃毛或綠毛，似人非人，言語侏離，把兩人嚇壞了。其實他們只是看中商人的騾子，烤熟騾肉後還請商人一起享用，又送他們回到官路，贈以寶石，頗有以物易物的意思。

「野人」是以山野為家的人，心地善良，毫無害人之心。若說他們是妖怪，那就真是少見多怪了。

洩氣生員

題解

本文選自諧鐸，敘述一個駑鈍無能的考生夏器通，竟因學使想巴結座師，而意外高中西安舉人第一名。雖是一則笑談，卻也批判了科舉制度的弊端及官場的馬屁文化。

作者沈起鳳（西元一七四一——一八〇二年），字桐威，號蕡漁、紅心詞客，江蘇吳縣（今江蘇省吳縣）人。二十八歲中舉後，屢試不第，一生窮困潦倒，卻以小說與戲曲創作聞名於時。著有筆記小說集諧鐸、散曲集櫻桃花下銀簫譜、傳奇紅心詞客四種（才人福、文星榜、伏虎韜、報恩緣）等。諧鐸共十二卷，一百二十餘則，體例模仿聊齋誌異，多記鬼狐異事，對當時的社會百態頗有諷刺，為仿「聊齋體」筆記小說中較出色的作品。

臨潼❶夏生，名器通，性魯鈍❷，學操舉子業。每一藝❸出，群必譁笑❹之。偶應童子試❺，剿❻襲舊文，入邑庠❼。後赴歲試❽，自分❾必居劣等。遇卜者於市，占之，得一讖❿曰：「聽之無聲，視之無形。君子筮⓫之，必得其名。」卜者舉手賀曰：「君文必冠軍。」夏生喜，揚言於眾。眾曰：

「即學使⑫兩眼盲，觸鼻亦知香臭。三等以下，君冠軍或有冀也。」夏生大慙。

時學使某公，奉命督學西安⑬，臨行辭座師⑭某尚書⑮。尚書西安人，意其有心屬士，極力請教。尚書下氣⑯偶洩，稍起座，某公疑有所屬，急叩⑰之，尚書曰：「無他，下氣通耳！」某公唯唯，以為「夏器通」必座師心腹人⑱，謹記之。後公按臨⑲西安，果有夏生名器通者，扃試⑳後，細閱其卷，詞理紕繆㉑，真堪捧腹㉒。以座師諄屬，不得已，強加評點，冠一軍。案發㉓，諸生大譁，繼思某公本名翰林㉔，閱文必有真鑑㉕；夏生又貧士，絕無關節㉖可通，乃以劣藝而高居優等，殊不解。

後公任滿入都，告諸某尚書。尚書茫然，俯思久之，忽大笑曰：「君誤矣！是日下氣偶洩，故作是言。僕何嘗有所屬也？」某公悟，亦大笑。後傳其事於西安，諸生之疑乃解。噫！以洩氣而獵㉗功名，雖為士林㉘所笑，不猶愈於滿紙銅臭者哉！

「鐸」㉙曰：「古人命名，義各有取。長庚入懷，李名太白㉚；翠微乞嗣，崔號緇郎㉛。高琳應得寶之徵㉜，桓溫叶試啼之讖㉝。吾不知為夏生者，何獨取此嫌名，以為後來吉兆耶？相經㉞云：『穀道㉟豐，文運通。』則功名中人，此為第一嘉名耳。」

❶臨潼　地名。今陝西省西安市境內。

❷魯鈍　愚笨遲鈍。

❸藝　制藝，指八股文。

❹譁笑　譁然譏笑。

❺童子試　科舉時代童生的進學考試。應試及格者為「生員」。

❻剿　疑為「勦」字之誤。勦，音ㄔㄠ。抄襲。

❼邑庠　科舉時代的縣學。考中者稱「生員」，即取得「秀才」資格。

❽歲試　即鄉試。每三年舉行一次，考中者稱「舉人」。

❾自分　自料；自以為。

⑩讖 音ㄔㄣˋ。預測災異吉凶的言論。
⑪筮 音ㄕˋ。占卜。
⑫學使 主持考試的官員。明清時期，多由各省巡撫、總督擔任。
⑬西安 地名。現為陝西省省會，為中國著名古都之一，古稱咸陽、長安。
⑭座師 科舉時代，中試者對主考官的稱呼。
⑮尚書 古官名。明清時期，六部（吏、戶、禮、兵、刑、工）尚書分掌政務。
⑯下氣 中醫名詞，指放屁。
⑰叩 詢問。
⑱心腹人 比喻親信的人。
⑲按臨 巡行；視察。
⑳扃試 科舉時代，考生各閉一室應答試題。扃，音ㄐㄩㄥ。關閉；關上。
㉑紕繆 即「紕謬」。音ㄆㄧˊ ㄇㄧㄡˋ。錯誤荒謬。
㉒捧腹 形容令人發笑。
㉓案發 指放榜。案，與公務相關的文書、成例或獄訟判定的結論。
㉔翰林 古官名。明清時進士朝考後，成績較好的入翰林院任職，通稱「翰林」。
㉕真鑑 高遠見識。
㉖關節 指暗中賄賂勾通官員之事。
㉗獵 探求；尋求。
㉘士林 指文人士大夫階層。
㉙鐸 鐸本是古樂器，像個大鈴，官吏敲擊它以便向人民宣布重大的事件。諧鐸各篇都可以分為「諧」和「鐸」兩部分：「諧」是該諧的故事敘述，「鐸」是從「諧」引申出來的警惕或啟示。
㉚長庚入懷二句 新唐書記載：李白出生前，他的母親曾夢到長庚星掉下來，落在她的懷裡。等李白出生後，便將他命名為白，字太白。長庚，即金星，古稱「太白」、「太白星」。
㉛翠微乞嗣二句 新唐書記載：據說唐宣宗宰相崔慎由晚年無子，向一個怪和尚乞求子嗣。之後生下崔胤，字緇郎。翠微，指青山。緇，黑色僧服，代稱僧人。
㉜高琳應得寶之徵 周書記載：北周人高琳的母親，在泗水邊撿到一塊發亮的石頭，夜晚夢到仙人對她說：「你帶回來的石頭，是磬石的精華，如果能善加珍寶，必能讓你生下兒子。」不久她便懷孕了，生下兒子，就取名為琳，字季珉。珉，美石。
㉝桓溫叶試啼之讖 晉書記載：晉朝大臣桓溫出生沒多久，他父親桓彝的好友溫嶠看到他，便說：「這個孩子

有奇特的骨相，讓我聽聽他的聲音。」等聽了桓溫洪亮的哭聲後，溫嶠感嘆地說：「真是個英雄種呀！」桓彝因為溫嶠欣賞自己的兒子，便將兒子命名為「溫」。

34 相經　古代教人看相的書籍。

35 穀道　後竅。即直腸到肛門的一部分。

翻譯

臨潼地區有一位姓夏的讀書人，名器通，天生就很愚笨遲鈍。他讀書準備參加科考，每當完成一篇八股文，同儕看了必定群起嘲笑他。他參加童子試時，偶然抄襲他人已寫過的文章，竟取得生員的資格進入縣學讀書。之後他又參加鄉試，他自己估量名次一定很差。恰好在市集碰到一位算命師，便卜了一卦，卦文上說：「聽它沒有聲音；看它沒有形體。若是君子卜到這一卦的話，一定能夠得到他想要的名次。」算命師拱手向夏器通道賀，說：「您的文章一定能得到第一名！」夏器通聽了很高興，把這件事告訴大家，大家卻說：「即使主考官兩眼瞎了，他的鼻子聞一聞也能分辨出文章的香臭。若是三等以下文章，你要得冠軍或許比較有希望吧！」夏器通聽了十分羞慚。

當時，有個主考官某公，奉命到西安監督考試，臨走前，去向他的老師某尚書辭行。某尚書是西安人，某公心想他或許有內心中意的考生，便盡力向尚書打探。不巧某尚書剛好放個屁，就暫時起身離開座位。某公懷疑他的確有中意的考生，便趕忙詢問他。尚書說：「沒什麼啦！只是『下氣通』罷了！」某公聽了，連忙稱是，以為「夏器通」就是老師內心屬意的人，便把這個名字牢牢記住。等他到西安監考，果然有個考生名叫「夏器通」。等考試結束後，某公仔細閱讀他的文章，發現用詞說理錯誤百出，實在會讓人笑死。但因老師諄諄囑咐，不得已，只好勉強為他批改加點，並評為第一名。放榜後，考生們看了喧鬧不休，又想到某公原本是進士出身的翰林學士，評閱文章一定有他高遠的見識。夏器通又是貧窮的讀書人，絕對沒有暗中賄賂、關說的可能性。但他竟然以低劣的文章而得到極高的名次，大家都相當疑惑不解。

等到某公職務結束，回到京城，把自己的處置稟告某尚書。某尚書聽了茫然不解，低頭想了很久，突然大笑著說：「你搞錯了！那天我是剛好放屁才說那句話的。我哪有什麼內心屬意的考生呀？」某公這才醒悟過來，也不禁哈哈大笑。後來，這件事傳回西安，考生們的疑惑才得到解答。唉！因為放屁的緣故而得到功名，雖然不免被學界嘲笑，總好過那些滿紙銅臭味，靠賄賂考官而得名的人吧！

「鐸」說：「古人取名字，都有不同的原因和意義。因為夢到長庚星落入懷中，所以李白字太白；因為是向和尚求得子嗣，所以崔胤的字是緇郎。高琳的出生，他的母親在懷孕前得到寶石就是一個徵兆；桓溫尚在襁褓時，溫嶠就由他的哭聲判定他將來是個英雄人物。我不知道這位姓夏的讀書人，為什麼偏偏要取這種令人嫌惡的名字，卻能成為後來的好兆頭？不過相經上說：『穀道通順，文章的運氣也會通順。』那麼對追求功名利祿的人來說，這就是第一好的名字了。」

賞析

這是一則「無巧不成書」式的故事。一個過度講究尊師重道的考官，因誤解老師的一句話，錯取了一個文才不通的「夏器通」，最後真相大白，師生大笑不已。

故事本身可分成三段來看：第一段介紹夏器通其人，他的八股文寫得很糟，靠死背一篇文章進了縣學，考舉人根本毫無把握，偏偏卜卦的說他會得冠軍。第二段寫督學要到西安主考，向座師某尚書辭行，這位老師不小心放了個屁，便解釋自己離開座位是「下氣通」的緣故，卻被督學聽成是人名「夏器通」。督學閱卷時發現夏器通的文章詞理不通，但還是勉強取他為第一，讓大家議論紛紛，莫名其妙。第三段是督學事後向老師報告經過，師生二人才知道是誤會一場。

沈起鳳的評論引經據典，先提到李白等古人命名的緣由，再論說為何會有「夏器通」這麼諧音不雅的姓名？反倒成了考運絕佳的第一好名。命名確實是不容易的事，響亮又不俗氣的名字可遇而不可求。這則故事大家就當笑話看，畢竟這樣的巧合也是可遇而不可求啊！

病鬼延醫

題解

本文選自諧鐸，敘述牛醫計伏菴意外治好一個富翁，便自詡為名醫，後來醫死不少病人，竟在夢中遇見眾亡者怨怒抓打。

曹州❶計伏菴，本牛醫。有富翁某病喘，諸醫罔效，計以治牛之法治之，輒驗。遂自負名醫，行青囊術❷於齊、魯❸間。

一日晝寢，有僕持帖來邀，計不問為誰，令僕導去。至一堂上，見面黃骨立者數十輩，環來診脈。計熟視❹之，皆平昔所不治者，愕然曰：「此冥府耶？」眾曰：「然。」計曰：「若是，則請我何意？」眾曰：「先生醫我來，還望醫我去。」計不獲已，勉寫一方❺，眾睨視❻良久曰：「一劑恐不能效，屈先生留兩三月去。」計涕泣求歸，眾怒曰：「此地既不可居，曷為送我輩來此？」群起撾❼之。計亦驚醒，覺左頰微痛，驗之，有指爪痕。

「鐸」曰：「以治牛之法，而施諸有牛性❽者，宜奇功可立奏也」。執是術以往，哀哉眾生，盡喪於牛刀下矣。」

❶曹　州　古地名。在今山東省菏澤市。

❷青囊術　指醫術。青囊，古代醫家存放醫書的布袋。

❸齊　魯　齊指今山東東部，魯指今山東西部。

❹熟　視　仔細觀看。

❺一　方　一帖藥方。

❻睨　視　斜視。

❼撾　音ㄓㄨㄚ。抓；打。

❽牛　性　比喻倔強執拗的脾氣。

翻譯

曹州人計伏菴，原來是一位牛醫。有一個富翁得了氣喘病，請過許多醫生都治不好；計伏菴用治牛的方法來醫治富翁，竟立刻有了療效。於是他自以為是名醫，開始在齊、魯地區為人治病。

有一天，他正在午睡，有個僕人拿著拜帖來請他治病，計伏菴沒問對方是誰，就讓僕人引導他前去。到了一個大廳上，看見數十位面黃枯瘦的人，圍著他要求診脈。計伏菴仔細看這些人，發現他們都是以前被他醫死的病人，計伏菴驚訝地說：「這裡是陰曹地府嗎？」眾鬼回答說：「對。」計伏菴說：「既是陰曹地府，為什麼要請我來？」眾鬼說：「先生把我們醫來這裡，希望能再把我們醫回去。」計伏菴不得已，只好勉強寫了一帖藥方。眾鬼斜眼看了藥方很久，說：「只有一帖藥方，恐怕沒什麼效果。那就委屈先生留在這裡住兩三個月再走吧！」計伏菴哭著請求放他回去，眾鬼生氣地說：「這裡既然不能住人，你為什麼把我們送來？」大家一起打他。這時，計伏菴也突然驚醒，感覺左邊臉頰有點痛，仔細一看，發現臉上有指甲的抓痕。

「鐸」說：「用治牛的方法，來治療那種像牛一樣倔強的人，當然馬上就有特殊的效果。但以後都憑著這個方法治病，只能說老百姓可憐呀！全都死在牛刀之下了。」

賞析

這是一則庸醫害人的故事，可分成前後兩部分：前段是說牛醫計伏菴偶然治癒了一位富翁，就開始正式行醫。後段是他被請去為人治病，遇見一大堆被他治死的人，幸好醒來只是黃粱一夢。

故事簡短有趣。計伏菴用醫牛之術醫人，偶一成功，就以為自己是名醫了。作者沒告訴我們他如何「自負名醫」，是自吹自擂抑或是透過富翁的揄揚，但顯然他的病人不少，可惜大部分都被他醫死了。之後的描寫很幽默，幾十個面黃肌瘦的人圍著他要他診脈，他才察覺有異。他開了一帖藥方，卻被要求繼續留下，意思是要他「陪死償命」，計伏菴哭泣求饒，大夥兒群起而攻之。他嚇醒了，左頰還有被抓的痕跡。這表示確有其事，太可怕了。

作者評論牛醫可以醫治牛性之人，這也是妙論。醫生應當以救人為職志，怎麼能像計伏菴這樣拿人的生命開玩笑？孔子說：「知之為知之，不知為不知，是知也。」（論語為政）對人命關天的事，大家要三思啊！

文苑叢書

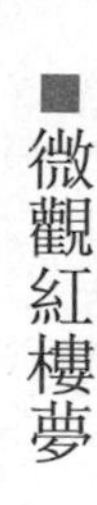

■紅樓夢與中華文化

周汝昌／著

本書為周汝昌先生眾多紅學論著中少數授權臺灣出版社發行的作品之一，為其致力研究紅學四十多年的成果精萃。此書特從文、史、哲「三位一體」的角度與層次來論證《紅樓夢》這部中華文化史上的奇蹟，提出《紅樓夢》形式上雖是章回小說，但其內容卻是一部偉大的悲劇，精神更已達到抒情詩的境界，三者融然不分；而作者曹雪芹則是身兼大詩人、大思想家、大史學家的綜合型奇才。全書觀點不同流俗，創見特為豐厚，為你我發掘出《紅樓夢》的另一種風貌。

■微觀紅樓夢

王關仕／著

本書分為三大部分：輯一，人物微觀。從小說人物探索史實人物，以證其真假有無，並澄清紅學上某些爭辯的問題。輯二，事物微觀。從小說中某些事物探索其隱義隱事，並指證書中的差失，及紅學學者的誤解。輯三，地點微觀。從小說中人、地、事、物、時序，以證明賈府真實地點是南京。

本書從《紅樓夢》中一人、一名等小事切入研究，考證真假，闡明隱義，澄清誤解，觀點多元新穎，也對未來研究紅學者提供了莫大的貢獻。

■古典詩歌選讀

王文顏、顏天佑、侯雅文／編著

詩歌是中國文學的菁華，長久以來溫暖萬千讀者的心靈。為了彌補坊間詩選的不足，我們增加編選方式、擴大詩歌的取材範圍，希望為詩歌愛好者提供更優質的讀本。本書編選，除依年代先後選擇代表詩人及作品外，另採「主題式」選詩。將同類型的詩歌集中呈現，以便讀者比較、鑑賞其間異同，增加研讀的趣味。

另外，自明鄭以來在臺灣生根發展的古典詩，不但具有古典詩的面貌，更反映臺灣獨有的內涵。本書亦另立專章，簡述臺灣古典詩歌發展的梗概，並挑選數首詩作提供讀者欣賞。這些編者的巧心，無非是希望與您共享讀詩的喜悅，一同貼近詩人的心靈。